神君不约

SHENJUN BUYUE

准拟佳期 著

天津出版传媒集团

天津人民出版社

图书在版编目（CIP）数据

神君不约 / 准拟佳期著. -- 天津：
天津人民出版社，2015.5（2020.3重印）
ISBN 978-7-201-09389-5-01

Ⅰ.①神… Ⅱ.①准… Ⅲ.①长篇小说 – 中国 – 当代
Ⅳ.①I247.5

中国版本图书馆CIP数据核字(2015)第108442号

神君不约

SHENJUN BUYUE

准拟佳期 著

出 版	天津人民出版社
出 版 人	刘 庆
地 址	天津市和平区西康路35号康岳大厦
邮政编码	300051
邮购电话	（022）23332469
网 址	http://www.tjrmcbs.com
电子信箱	reader@tjrmcbs.com
责任编辑	玮丽斯
装帧设计	夏 夜 齐晓婷
制版印刷	三河市华东印刷有限公司印刷
经 销	新华书店
开 本	710毫米×1000毫米 1/16
印 张	18
字 数	250千字
版权印次	2015年5月第1版 2020年3月第2次印刷
定 价	46.80元

目录

c o n t e n t s

目录

··· ··· ··· c o n t e n t s

楔子

PROLOGUE

"这么大的雨，你也敢出来，不怕让你现了原形吗？"门前的一棵桂花树上，坐了个一身火红衣衫的人，在那一片白色之中着实扎眼。他摇着那雪白的尾巴，用力一抖，掉了几根毛。他撑了一个球形的结界，雨水便只能砸在那一层淡红色的结界上，近不得他的身。

她仰起头来看他，淡淡地微笑。

红衣男子从树上飘了下来，撑着那个淡红色的球形结界，到了她跟前才收了，抓住她的手，不禁皱眉："这样凉？几时醒来的？"

"刚刚。夜寥可曾说过几时回来？"

红衣男子的神情一滞，旋即笑得魅惑："你怎么不问我为何这么久才来？"

她摇了摇头："爱说不说。"

"你这人，好生无趣！"他虽是这样说，可还是笑了出来，唇边一朵梨花乍现，竟比那妖界的九尾狐还要美上几分。这样的男子，这样的笑容，足以让天地失色。

红衣男子止住了笑，拉着她进了屋里，上下打量了一番，目光最终停留在她高高隆起的肚子上："这孩子该出生了吧。"

她微微低下头，手抚摸上自己的肚子，感觉到一阵胎动，傻傻地笑了起来。

那笑声回荡在空气里，夜空显得更加黑暗，仿若要将一切吞噬掉。

冷冰冰的大殿上，一个身着明黄衣衫的中年男子端坐在上，两边站了两行

人，个个神情严肃，就像是庙宇里冷冰冰的神仙雕像。

"妖媚惑乱，论罪当诛！"

夜凉如水，寒风彻骨，她从云端直直地落下来，身体仿佛要被撕裂一样，最终掉进了忘川里。那忘川的水好似张着口的野兽，将她一点一点地吞噬。致命的一击，被镇魂锤打下来的瞬间，她的脑海里突然一片空白。

魂飞魄散，忘川里的厉鬼将她的魂魄碎片偷了去，不知道带去了哪里。

洪荒之东，飞来一抹红光，快得几乎让人捕捉不到，他冲入强大的旋涡之中，举起妖界的圣物勾魂玉，吟唱出最动听的旋律。点点的金色光芒聚集到勾魂玉的周边，渐渐凝聚出一道人形。

他抚摸那半透明的人形面庞："我终究是来晚了一步。不过不打紧，就算倾尽所有，我也定会为你寻得全部记忆，让你重生！"

千年后，涣璃山吹断殿内。

"尊上，烦请你多多照看苏音。"

"当真要去轮回？"

"你也知，我犯下大错。"

尊上笑了笑，抿了一口茶，云淡风轻地说道："天君叫你改了那人的命格，你却背着他改成了那个样子，你此番轮回，是怕天君降夺你神格。如此自请去轮回，倒也是绝处逢生。司命越发聪明了。"

被人猜中了心思的司命星君脸上一红，拱了拱手说："瞒不过尊上。"

"只是我不知，你几时变得如此心慈，拼了自己的前程，也要为那人谋一条出路。"

"灵符她有恩于我，我岂能见死不救？"

南天门外。

白衣白发的司命星君好不容易寻到了神女苏音，将想了几日的话问出口："我刚巧路过，不如一起游历一番？"

岂料，哮天犬正好路过，一口咬在他的屁股上，他竟然就这样被踹下了云端，堕入了轮回道。

虽说早晚都要轮回，只是此番，司命星君觉得有些太快了啊！

第一章
CHAPTER 01

桃　花　幻　境

♥

"牛黄二钱，甘草二钱，相思子三钱……"

"桉桉，你这是在配什么药？"

"美容的。"

"扑哧。"

闻言，旁边正啃苹果的师兄笑了起来，整个人犹如花枝乱颤，大有不可抑制的趋势。

为了避免他将我这小药炉给笑翻了，我赶紧捂住了他的嘴。想起上一次师兄的情绪波动，导致我们清鸾山下了半个月的雨，我种的那点儿草药全糟蹋了，我就心有余悸。

"快放手！别弄坏了本宫的花容月貌！"师兄用传音大吼。

我说："那你得先保证不要笑了。"

师兄点了点头，我松开了手。师兄掏出镜子照了好一会儿，确保自己的妆容没有花掉才收起了镜子。

"桉桉，你这美容的东西管用的话，回头给师兄弄点儿。"

我看他满脸好奇的样子，心里嘿嘿一笑，就等着他问我呢。我师兄是个有来头的人，他是东海龙王的小儿子，拜了上方财神为师。那可是财神这一行里最大的官儿了，可后来他老人家羽化飞升了，唯独留下了这么一个徒弟。于是他老人家手底下这些小财神就采用扔骰子的方式来决定谁领这东海龙王的小儿子回家，

最后，领他回家的是我阿爹。

我心里想着这回可以大赚一笔了，嘴上却淡定得很，问他："好啊，但是师兄拿什么换？"

"我东海的宝贝随你挑！"

师兄向来大方，但是我不缺钱。原因并非我阿爹是财神，只是因为我自打出生就没离开过家，清鸾山有一道天然的屏障，将我隔绝在里面，以至于这些年来，我除了阿爹，唯一见过的人就是师兄了。

师兄同我长得有些不一样，阿爹说我的相貌随他，他说有一个词叫肤若凝脂，就是形容我这身皮囊的；还有一个词叫倾国倾城，人族大多数用来形容绝色美女。

阿爹在说这些的时候有点儿沾沾自喜，可是我曾经对着镜子看了很久，也没看出我们父女俩哪里相似。反倒是师兄的脸跟阿爹的脸挺相像的。

所以这些年来，我有个愿望，就是多见见人。

"师兄，我想要凡尘镜。"

师兄立即紧张起来，捂住自己的胸口说："这我可不能给你，师父知道了，要责罚我的。"

"你就给我看一眼，听说这可是个宝贝。师兄？"

师兄有点儿动摇。

"美南梓！"

是了，我师兄的名字叫美南梓。

"美容膏你爱要不要！我拿去倒掉！"

"成交！"

师兄将凡尘镜掏出来，往我手上一递："赶紧看，趁着师父不在家。"

　　我默念口诀，将灵力凝聚到指尖，然后在凡尘镜的镜面上一点，一刹那波光粼粼，等到镜面平和了之后，竟出现了另外一番景象。

　　夕阳西下，一个粗布长衫的中年男子气喘吁吁地赶着路，他大概是迷路了，显得疲惫不堪。好在他在天黑之前找到了一座庙，庙里有一座两米左右高的财神像，他"扑通"一声跪在财神像前拜了又拜，嘴里念叨着："求财神爷保佑我们孔家生意兴隆，财源滚滚！再保佑我老婆一胎得男！"

　　闻言，我愣了一下，问师兄："这活儿不归咱们财神部门管吧？"

　　师兄一边贴面膜一边含糊道："不管不管，咱们管的是大事儿，此等小事儿是送子娘娘的差事。"

　　哦，原来如此。

　　我忍不住笑出声来，却不想被那凡人听到了。

　　"谁？"

　　那中年男子谨慎地环顾四周，确定一个人也没有后，带着疑惑的表情又跪拜了一会儿。

　　居然有人向财神爷求子！回头他要是真的生了个大胖小子，送子娘娘还不得来跟我阿爹理论一番？就阿爹那笨口拙舌的，说不过人家，准得动手，这万一动了手，还不得赔钱？阿爹工作繁忙，耽误了他老人家的工作不说，赔钱就更不划算了。我们家可再也经不起那折腾了！

　　这时，那个中年男子点起了香。我正要开口提醒他拜错了，财神不送子，突然被人揪住了耳朵，一路提回了房间。

　　"阿爹！放手！疼啊！"

　　师兄立即把凡尘镜收了回去，并大喊："师妹，你怎么能趁我贴面膜的时候偷偷用凡尘镜？"如此一来，今儿偷窥的事情便被他撇得一干二净。龙族的人真是狡猾啊！

"你这瓜娃子！阿爹说过多少次，不许在别人面前露面，你若是让那人发现了可如何是好？"阿爹冲我吹胡子瞪眼。

我撇了撇嘴道："阿爹，您也太小题大做了，我好歹也是个有百年修为的仙人，为何要害怕一个凡人？"

阿爹叹了口气，拉着我在一旁坐下，拍了拍我的手说："桉桉可还记得，你娘走之前跟你说过的话？"

我点了点头说："记得，阿娘说您缺心眼，做财神还这么穷，简直有辱斯文。"

阿爹一瞪眼："我说的不是这句！"他又叹了口气，"你自小身体不好，命中带了一难，没事儿别出去，好好在家修行避难。阿爹还等着你继承我的衣钵呢！"

我张了张嘴："阿爹，在家修行避难可以，但是我能不继承您的衣钵吗？您在外面欠了一屁股债，我可不想帮您还债啊！"

阿爹立马将鞋脱了下来，照着我的脸狠狠地拍了过来。我来不及躲闪，只好捂住了口鼻。

阿爹疑惑地问我："味儿有那么重啊？你且在家煮饭，我去找月老打几把麻将，赢他几根红绳，给你找个如意郎君。"

"成！阿爹，您可要挑些粗壮的红绳回来，免得绑不住，让人跑了。"

阿爹抬手就给了我一巴掌："真没出息！"阿爹咬着烟杆，唱着小曲儿出了门。

自打涣璃山换了主人，新任战神性格有些乖张，天君他老人家搞了很多财神出来，美其名曰是分类管理。阿爹早些年做过会计，所以也被提拔做了财神。可

他只管对账，没能承接那散财的活儿，因此穷得很。阿娘嫁给阿爹之后大呼上当，在我出生没多久后就跟一个散仙跑了，如今不知道在哪里逍遥。

阿爹常说，他这样的花容月貌之所以一直没有续弦，完全是为了我。自古以来，后妈总归不是什么好角色，但是我总觉得这话的真实性不高。

抱怨归抱怨，饭还是要做的，虽说仙人不食人间烟火，但我是个例外。阿爹说，我这是先天不足的原因，体质比别人弱，修行起来总觉得吃力。我的脚踝上有一个蝴蝶形的疤痕，是年幼时我偷偷跑出去，被一只熊妖咬伤留下的。从那以后，阿爹就不让我出去了。导致这几十年来，我都只见过阿爹和师兄两个人，日子过得着实无聊。

关于我是怎么从熊妖手下逃出来的，我却是怎么也想不起来了。阿爹似乎也不愿与我多说起过去的那些陈芝麻烂谷子。

傍晚，阿爹终于回来了。

我已经吃过饭，正把自己埋在院子里的花盆里晒夕阳。阿爹一脸兴奋的样子，连声喊道："美南梓！桉桉！两个熊孩子去哪里了？我有大事跟你们商量！"

我抬了抬头，冲着他喊了句："我在这里！"阿爹看到桂花树下花盆里的我，喜悦的神色顿时消退了几分。

"我跟你说过多少次了，你是个仙人，不要总现出原形躺在花盆里！让旁人见到了，阿爹的颜面往哪里放？我这么玉树临风的财神爷，怎么就生了你这么个玩意儿！"

我抖了抖头上的缨子，怪我吗？

我也纳闷得很，阿爹是财神、人仙，阿娘是花仙。据说，阿娘十月怀胎的时候，总憧憬着我是一个花容月貌的花仙。后来我出生了，跟阿娘关系很好的那些仙子很是惊讶，花容月貌是不假，怎么是一只胡萝卜……

阿娘因为这件事，跟阿爹生了很大的气。后来阿娘走了，我每次现原形，阿爹都会动怒，因为这能让他想起阿娘来。

这真的不能怪我……

我从土里爬出来，变回人身。

"阿爹，什么大事？"

阿爹似乎想起了什么，怒气瞬间消散了，脸上又挂起了笑容，活脱脱的一个调色盘。他又喊了一嗓子："美南梓！"

"师兄在敷面膜呢，一时半会儿不会出来见人的。"

"桉桉，阿爹今天找月老打麻将，谁承想他府上出事了。小徒弟打翻了宝葫芦，把老君要用来炼丹的妖兽放跑了。你也知道，月老是个文官……月老说了，只要有人能捉住此妖兽，重金答谢！桉桉，阿爹私心想着……"

"我肯定能对付妖兽！"我大喊一声，信心满满。

那边师兄从里屋出来，颇为鄙夷地说："师父，您说得好像我们不是文官一样！"

"桉桉、美南梓，月老答应我，只要我们能捉住那妖兽，咱们家的债他都替咱们还了，另外还给桉桉一根大红绳，许诺桉桉看上谁，就给她绑谁！"

我有些心动，要是我能出嫁的话，就不用一直这么无聊了。就算抓不住那妖兽，也能出去见见世面。

"成！阿爹，您且在家等我的好消息！不就是个妖兽吗？我堂堂仙女，还打不过一个妖怪？"我言罢就要夺门而出。

阿爹赶紧把我拉了回来："你哪凉快哪歇着去！我说过让你去吗？就你那三脚猫的功夫，还不让妖兽一爪子拍死？"

我摆了摆手："阿爹，您也太小瞧我了！这百年来，我每天都勤加修炼，法力高强得很！您和师兄在家等我的好消息吧！"

阿爹狠狠地拍了一下我的脑袋："胡闹！这哪里轮得到你去？"

阿爹将目光投向了师兄，师兄顿时花容失色，连连摆手："师父！我这样的花容月貌，若是出门被妖怪看见了，那可不得了！他们一定会想方设法抢我回去的！师父，徒儿的清白也很重要啊！"

师兄说得很着急，脸上的肉一抖一抖的。我也觉得师兄的话有道理，于是跟阿爹说："还是让我去吧，师兄这样的美貌，怎能以身犯险？"

师兄连连点头："师父，您怎么舍得让除了您之外的天下第二美男香消玉殒？"

阿爹一听此言，黝黑的老脸红了红，脸上的褶子都有点儿颤抖了。他和颜悦色地笑着说："爱徒所言甚是！你有个三长两短，我也不好跟你父王交代。这件事情甚为重要，不如开个会研究一下吧！"

我们三人在财神殿研究了一晚上，经过抓阄、投票等方法，最终决定大家一起去。原本阿爹是不同意我出门的，他对我出门见世面仍旧有诸多顾忌。可是后来经不住我师兄左一个倾国倾城，右一个风华绝代的赞美，最终决定我们三个一同捉妖，师门齐心，其利断金！

吃了早饭，我换了身新衣服——草绿色的短褂短裙，头发用银簪别住。我精心打扮后来到阿爹的面前，阿爹却穿得十分朴素，我有些不满："阿爹，好歹也是公费旅游，您就不能穿得好看点儿？"

阿爹白了我一眼，说道："花枝招展必为妖！"

我想了想，好像有点儿道理。

没多久，师兄从房间里走了出来——头上一顶黄金冠，正中镶嵌着一颗鸡蛋大小的东海珍珠，后面坠着两根金色飘带；身上一件玉锦彩缎做的袍子，袖口和领口都镶着金边，缀着玉石；腰间一块通透的古玉，上面刻着"第一美男"四个字，腰带的做工也很是讲究，除了刺绣之外，还配着珍珠和红宝石；一双黑色靴子，鞋尖上有两朵玉雕的并蒂莲。

师兄这一身打扮，可真是珠光宝气！配上他那张抹得惨白的脸，让人看着越发"精神"了！

阿爹摇了摇头："美南梓，在外要低调。"

"师父，天生美貌没办法低调。"

阿爹气得只想给他几巴掌。

笑闹一阵后，阿爹又说："注意安全！要跟紧我，知道吗？"

我挥了挥手说道："知道了，这光天化日，朗朗乾坤，神界重地，还能让个妖怪作祟不成？"

师兄抖了抖袖子："师父放心，只管让那妖怪有来无回！"说完便一个翻身上了他的坐骑，扬起鞭子一抽，这便出发了。

我啃完了六个果子，还没走到月老丢怪兽的地方，看来过阵子得换个坐骑了。

"什么时候到啊？"

我问了一句，却没人应我。

我惊了一下，赶紧拉紧缰绳，催着驴子快跑几步。我环顾四周，只见身处在一片竹林之中，云雾缭绕，星河灿烂，哪里还有阿爹和师兄的身影。

"阿爹，阿爹，您在哪里？师兄？师兄，你们快出来啊！"

只有回声回应着我。

完了，我跟阿爹走散了。

我心里有些慌乱，这是我真正意义上第一次离开家，如今我跟阿爹走散了，我可怎么回家？

我不认路啊！

我扫视了一圈，这竹林前不见尽头，后不见退路，云山雾罩，倒是个仙气十足的地方。突然我闻到一阵异香，这香味我从未闻过，莫非那只逃跑的妖兽在这里？

我顿时激动起来，月老都搞不定的妖兽，我捉了它肯定名垂青史啊！

思及此，我从口袋里掏出几张阿爹给我的符咒，催动灵力，想了许久却不知道该画点儿什么才能降妖除魔，最终我将阿爹和师兄的头像画了上去。阿爹和师兄不经意碰到对方的时候，总是互相吓一跳，这或许就是所谓的人吓人吓死人，照此推测，他们的头像必定能吓死妖兽。

我将画好的灵符往空中抛去，催动灵力让灵符去搜寻妖兽，嘴里胡乱念着："甘草二钱，大黄一钱，银杏一钱……"

我想了想，又加了句："诛邪！"

灵符慢慢地燃起来，朝着东方飞去。

可不知为何，风向忽然变了，燃着的灵符突然往我这边飘来，将我的袖子烧着了。我大惊，手忙脚乱地扑灭了火，袖口被烧出了一个黑乎乎的洞，可惜了我的新衣服。

我心里骂了几声，掏出酒壶，含了一口酒，打算喷在阿爹给我的宝剑上。岂料一张画了阿爹头像的灵符被风吹得贴在了我的脑门上，我吓了一跳，将含的那口酒咽了下去，喉咙一阵辛辣。

等我稍微平静了一会儿，才发觉不对，莫名其妙的怪风……我握紧了剑，警惕地望向四周。

"何方妖孽？还不速速离开，本大仙饶你一命！"我尽量让自己沉着冷静，声色俱厉地喝道，希望能吓走几只不懂行情的小妖。

"吵。"

这声音清冷得好似一块寒冰，毫无温度，让人不寒而栗。

"何方妖孽？"

我大喝一声，阿爹说过，我们做神仙的气势上不能输。

"妖孽？"他轻轻咬字，分明是很轻的声音，却好似在我耳边一般，一直回荡着。

我循声望去，远处一棵竹子上坐着个男子，他穿着一身火红的衣服，衬着白里透红的皮肤，飞扬入鬓的剑眉，何等嚣张霸气；抬眼间，目光慵懒，薄唇微红，尖尖的下巴；身材高挑，腿修长且匀称；墨色的长发垂在身侧，随意地用一根玉带系着，衣服的领口很低，精致的锁骨毫无保留地露出来，胸口若隐若现……跟我师兄和阿爹是完全不同的类型，我竟然一时分辨不出这到底是仙还是妖。

我思索了一会儿，既然师兄长成那样算美，那他长成这个样子应该算丑的吧？

"果然是妖！"

我暗暗感慨了一句。

"我是妖？"

他朝我飘来，桃花瓣漫天飞舞起来，带着一阵桃花香。

他几乎是贴着我的脸说的这句话，我看着他妖娆的银色眼眸。虽然我见过的人不多，但我的直觉告诉我，这绝对不是一个正常人该有的眼睛，除非这人得了白内障。

“你长这么丑，还说不是妖？”

他闻言一愣，好似被我的话噎着了。

我哼了一声：“大胆妖孽，我这就收了你，送你回月老那里领罪！”

“无知小仙，你若现在离去，本君可以既往不咎。”他闪身飞了出去，又坐在那棵竹子上。

红衣飞扬，长发飘散，腰间一壶酒，好似要醉了这九重天。

我撇了撇嘴说：“大胆小妖，你还敢跟本大仙说大话，本大仙看话本子放狠话的时候，你还没出生呢！”

“我还没出生？”他一字一顿，我并没有听出他有什么不满，只觉得他有点儿蔑视我。

我堂堂一个神仙，居然被一只妖兽蔑视了，不能忍！当即朝他飞过去，左右开弓，拳脚就朝他招呼上了。

他忽然一笑，我有那么一点儿失神。他伸手将我踹向他的那只脚抓住，“咔嚓”一声，钻心的疼从脚踝传来。

他脸上凝着冷笑：“本君多年未曾见过如此低等的神族，下手稍微重了些。”

“啊啊啊！你不是人啊！”我疼得号叫，这是稍微重了些吗？这简直是下死手啊！

他一手扶住我的腰，一手还捏着我的脚踝，我半仰着躺在他的怀里，他有些不悦地翻了一个白眼。

尽管脚疼得要命，可现如今我觉得心更疼，因为这颗心正不受控制疯狂地跳动着，我简直要昏死过去了，这是什么妖法？

他说：“即便是本君弄伤了你，你也不至于辱骂本君，你可知这是大罪？”

我有点儿蒙了："你难道是人不是妖？"

"人……族？"他轻笑道，"本君也有许多年未曾见过了，他们现在可好？"

唉，果然是妖孽呢，这是被关了很多年关傻了吧？

"看那边！"我大喊一声，与此同时，迅速从袖子里抖出一包药粉，照着他的脸就撒了一把。

他大概是被我突然的动作吓到了，以至于没有躲开，又或许是想看看我究竟想做什么。但是药效发作得太快，他两眼一闭，就从竹子上掉了下去，连带着我也摔了一个跟头。

"啊啊啊！哎哟……"

你没猜错，他砸在了我的身上。我的鼻腔瞬间涌上一股暖流，鼻血喷涌而出。

我用了吃奶的力气将他推开，从袋子里翻出一瓶自己配的跌打损伤药，抹在脚踝上，原本难忍的疼痛渐渐消失了，又拿了颗安神丸，塞到他鼻孔里，这样一来，他不睡上三天三夜是醒不了的。

我将他捆结实了，放到驴上。现在只要将他带回去就好了。

走了足足有三天三夜，这期间，我怕他醒过来，每隔半个时辰喂一次药。我摸过他的脉，身体好修为高，这要是一般的散仙，恐怕就吃成傻子了。

皇天不负有心人，我终于在第四天太阳升起来之前找到了家。

我归家之时，阿爹和师兄正愁眉不展地坐在门前，地上有一堆烟灰和面膜，想来这几天把他们俩急坏了。

"阿爹！师兄！"我远远地叫了一声。

阿爹闻言一惊，愣了一秒之后，朝我狂奔而来，将我一把搂在怀里。我的脸

被他按在胸口上，险些昏死过去。

"桉桉，你去哪里了？阿爹担心死你了！不是让你跟紧一点儿吗，你怎么走丢了？阿爹就你这么一个女儿，你要是有个三长两短，我怎么跟你娘交代？"

阿爹老泪纵横，我刚想说我娘走了多少年了，找都找不到，交代个什么的时候，就听师兄大喊了一声："驴上何物？"

第二章 02
CHAPTER

自 古 美 人 如 蛇 蝎

　　"阿爹，师兄！我把妖兽抓回来了！咱们去找月老拿钱吧！"我开心地在他们面前炫耀。

　　师兄将一条缝似的眼睛瞪大了一些，围着我的驴左看右看："师妹，这到底是谁？这脸长得……"

　　我点了点头："的确，他长得丑，别吓着师兄。"

　　师兄闻言，看了看我，又看了看驴上的人，吞了一下口水，说道："的确，比起我差了些。"

　　阿爹听了我的话却认真起来，仔细地打量："这人哪来的？"

　　"我抓的。"

　　我万分自豪，只可惜阿爹和师兄都露出惊讶的表情。我将怎么抓的妖兽一五一十地说了，阿爹将信将疑，师兄愁眉不展。

　　"阿爹，您就说这人身上有没有妖气吧！"

　　阿爹和师兄凑上去闻了闻，二人对视一眼，狐疑地说："好像是……有点儿？"

　　我撇撇嘴："岂止是一点儿！他浑身上下都妖里妖气的！还有这脸，瞧瞧，长这么丑，不是妖兽是什么？"

　　或许是我看错了，师兄和阿爹的脸同时红了。然后阿爹清了清嗓子，说道：

"先关起来！我去月老那里探探底。"

阿爹提着烟袋走了，师兄当即做主："关你房间里吧！"

"为什么？"

"开玩笑！师兄这样的花容月貌，此等妖孽看了，难免要起色心！还是关在你那里比较安全。"师兄一边说一边照镜子，甩了甩自己的头发。

"不可能！"我狠狠地拍了一下那人的屁股，冲师兄笑了笑，"你看，他哪里有杀伤力了？真要是跟传闻一样那么厉害，还能让我这样？师兄，你在这里看一会儿，我去配点儿药……师兄？咦，师兄，你去哪里？"

在我说话的空当，师兄已经跑了。我只好将驴牵进去，暂时把他放在药炉里，我则去沐浴更衣。这几天驴不停蹄地走，真是累煞我也。

虽说脚被捏断的当天，我做了些应急措施，可是这几天迷路，走路走多了，再加上方才沐浴泡了水，方察觉到脚钻心之痛。我还是去药炉给自己治治吧，免得以后落下个病根。

我的药炉可是个宝贝地方，我在家的这百年来，没被憋疯，全靠配药解闷。我从小醉心于医术，奈何我爹是个管账的，只擅长打算盘；师兄是个玩水的，只擅长贴面膜。年幼的时候，阿爹给我找过教书先生，可是我体弱，没学会几个字，就病得不行。后来阿爹找人给我看命数，说我命中带劫，保不齐就活不长了，与其整日读书，不如逍遥自在。我那时候也不知道自己到底喜欢什么，久病成医，我也就爱上了医术。可一没师傅请教，二看不懂医书，我学医的这条道路甚是坎坷。

感慨了一番，我推开药炉的门，到药柜前看了看，思索着自己该用点儿什么药。琢磨出了药方，接下来就是拿药了，我脚下一点，腾空而起，在药柜前飞来

飞去，将自己想好的药都抓出来，扔在桌上。最后一味红花，因为以前不常用，所以放在最高处，我足尖点地飞了上去。

这药柜足足有两层楼那么高，打造的时候费了些心思和钱财，阿爹心疼不已。

我正要拿红花，也许是我绷着脚太久了，脚又带伤，一下子抽筋了，身体瞬间失去平衡，直直地摔了下来，四仰八叉地倒在了地上。

"哎哟！"我惨叫道。

"神族如今这么弱小了吗？"

是谁？我抬头，看见我抓回来的那妖兽正坐在我的太师椅上，一双媚眼不怒自威，唇角勾了勾，扯出一抹嘲笑。

"大胆妖兽！你居然敢嘲笑本仙子！"我从地上爬起来，却没站稳，又摔了下去。我懊恼着又爬起来，又摔，这脚也太不中用了！

"神族如今果然凌弱，啸日当真管理无方！"他的脸上露出失望的神色。

我正纳闷啸日是谁，跟神界到底有什么关系的时候，师兄跑了过来，看见我趴在地上，惊呼了一声："师妹，可是那妖兽苏醒了，你们二人打斗起来了？可打得过他？师兄这就回东海搬救兵，你且等着！"

美南梓眼瞅着要跑，我赶紧喊他："师兄莫怕，他已经被我制住了，你快来扶我一把！"

"果真？"师兄狐疑地问道。

"当然！"

"呵呵……"那妖兽笑了，他还敢笑！

师兄顿住脚步，走了过来，打量了那妖兽一番，然后才将我扶起来。我冷哼

一声："你还敢笑话我们师兄妹，一会儿可有你好果子吃！本仙子一向疾恶如仇！"

那红衣男子抬了抬头，待看清我师兄的面容之后，眉头紧蹙，似有厌恶的神色。

师兄竟然被他看得羞愧难当，往我身后躲了躲。我哪能坐视不理，欺负我们家的人就是欺负我！

"大胆妖孽！谁准许你如此看我师兄，为他的花容月貌折服了吧？"我叉着腰，怒视着他。

师兄也哼了一声："一定是的！我长得花容月貌有错吗？"

那红衣男子竟然笑了，说："不承想本君混沌百年，方一醒来，六界的审美已经扭曲到如此地步。"

我正要问他这话什么意思，阿爹的咒骂声却已经响起。阿爹骂得很是难听，月老的祖宗一个也没有放过。

"阿爹，怎么了？月老要赖账？"我赶紧拍拍阿爹的背，给他顺顺气。

阿爹气得红了双眼，说："月老那厮，竟然说他的妖兽根本没丢，就在后花园。可我分明看他神色慌张，定是骗我！"

师兄问道："他是不是不想给咱们钱？"

"他是不是不想给红绳？"我问。

阿爹冷哼道："我一定找个地方说理去！"

我点点头："阿爹，咱们这就把这妖兽抓到月老跟前去，我不信他不承认！"

阿爹和师兄以为我的方法甚好。

"那妖兽呢？"阿爹问。

"驴上呢，他吃了我的药，醒不过来呢！我那药丸别说是一个小妖精，就是大罗神仙也敌不过！他……"我的声音戛然而止，我突然想起他已经醒了，醒了？这不对劲啊，我当即慌了。

师兄也慌了，阿爹看到太师椅上抱着双臂看我们的人之后也慌了。

"方才说月老丢了东西？"那红衣男子问。

我们仨一起点点头。

他又道："若是他有困难，可去雪海涧寻本君。今日还有事，暂且不与你们计较！"言罢竟然消失在我们面前，仿若不曾来过一般，剩下我们一家三口目瞪口呆。

"阿爹，这是什么妖术？"我问。

"师父，他身上好像有仙气。"师兄说。

"你们可曾亏待他？"阿爹问。

我们俩一起摇头，阿爹松了口气，捋了捋自己的胡子。

"也就是打了他的屁股，给他下了点儿药，放了点儿狠话，骂了他几句而已。"我无所谓地说。

阿爹瞪大眼睛，给我们俩一人一烟杆："胡闹！听他那口气，说不准是个大人物！"

师兄沉思了一会儿，说："师父，徒儿觉得您多虑了，现在但凡是个有身份的，出门都是前呼后拥的，不然都对不起自己神仙的身份。您再瞧瞧他，啧啧，不像！"

阿爹叹了口气："但愿吧。"

我也叹了口气："吃饭吧。"

他们俩一起鄙夷我了，缘何呢？谁让人家仙根比我结实，早就不食五谷了。

据说阿爹后来去跟月老说了，有个人可以帮他捉妖，但月老再询问是谁的时候，阿爹把那红衣男子的话忘了个干干净净。阿爹答不上来，月老又逼问得紧，一来二去，两人竟然吵了起来，最后闹了个不欢而散。月老逼我阿爹还钱，阿爹自然是没钱的，我们家越发拮据了。我跟师兄也埋怨阿爹，好不容易有个有钱的朋友，怎么就得罪他了呢？

这件事闹得很大，甚至惊动了同为财神的姬伯伯。他是阿爹的同门师兄，知道此事之后将阿爹训了一顿，原话是——当财神当成你这样，真丢人！

骂过之后，姬伯伯也给阿爹介绍了一个赚外快的私活。可是师兄竟然一脸的凝重，十分不愿让阿爹接这个私活。

我感到诧异，不过是一个满月酒而已啊！涣璃山战神夫妇的小女儿满月，因为神界很久没有什么喜事了，所以这一次要大肆庆祝。听说这还是天君的意思。

"阿爹，师兄为何如此惆怅？"

阿爹吸了一口烟，颇为忧伤地说："大概因为他是东海的吧。"

我更加迷茫了，可是阿爹跟师兄都不肯说了。

这个活儿最终应承下来了，我们这一派人数太少，因此，在我即将过101岁生日之际，阿爹同意我出去了。

热闹，真是热闹。我从未见过这么多人，也从未见过涣璃山这么美的地方。只是涣璃山的仙女姐姐跟我师兄不是一个画风，虽说看着她们很舒服，可是跟师兄不同的，那一定是丑人。

于是我在布置完涣璃山的宴会厅后，偷偷跟一个仙女姐姐耳语说："姐姐，

我这里有脱胎换骨美容膏，用了以后保管你变成绝世美人！仙女姐姐，你长得不好看也不要紧，我可以帮你。"

岂料，仙女姐姐冷若冰霜的脸突然就红了，然后冲我大声说："滚！"

呃……我哪里得罪她了？

师兄那边忙完了，缩头缩脑地凑到我身边，将脸上的面纱掀开，对我说："师妹，弄好了咱们赶紧回去吧！"

"师兄为何要戴面纱？"

师兄吞吞吐吐、鬼鬼祟祟，最后说："自然是怕我的花容月貌被别人看了去！"

我一想，有道理啊！这涣璃山除了战神的夫君——前任战神苍衣之外，全是仙女，我师兄这般的美男子，可不能让人瞧了去，多生惦记。

我们正打算离开，忽然有个仙女拦住了师兄的去路，面带憎色地问："你可是东海之人？"

师兄说道："不是！"

我说道："正是！"

那仙女姐姐顿时怒目圆睁："我们这里不欢迎东海之人！快些离开，否则别怪我们不客气！"

师兄连忙点头，拉着我要走。我却不能让师兄平白受了这冤枉气，我奋力甩开了师兄的手，和那仙女姐姐理论道："这位姐姐，我们是来为府上打点满月酒的，怎可打点完了就说这样的话？我师兄同你们并没有恩怨啊！"

仙女姐姐冷哼一声："没有恩怨？他是东海的人就有恩怨！若不是当年他们东海步步相逼，我们苏音姐姐也不会斩断情丝来了这里，现在更不会在人界受苦！"

这从何说起？我回头看师兄，师兄一言不发。最后我们俩被涣璃山的仙女姐姐们扫地出门，这着实郁闷。

我骑着驴，师兄腾着云，一起回清鸾山。路上师兄有些沉闷，都没有像往常那样照镜子。

"师兄，这事你不打算跟我解释一下吗？"

"涣璃山有个神女叫苏音，以前是南海的小公主，后来被我大哥看上了，想娶回来当太子妃，可是后来出了一些事情，导致南海落败，苏音出走。我大哥这个人生性放荡不羁，惹过不少桃花债。可我跟他是不同的！"师兄解释道。

我点了点头："如此，你大哥可真是个坏男人！"

师兄哼了一声，将我和驴一起拽上了云，回到了清鸾山。跟阿爹说了今日的遭遇，阿爹决定让师兄明日易容去涣璃山帮忙记账。

第二日天还没亮，我们三人就去了涣璃山，跟领事的仙女打了招呼，便在门房忙碌。

我们主要的工作是记录来往的客人，登记他们送的礼物。因为涣璃山唯一一个会管账的苏音神女下凡去了，所以这个活儿就对外承包给我们财神了。

这涣璃山来往的神仙可真不少，师兄吃了我的易容丹，幻化成平常小官的样子，倒是没有被发现。他跟阿爹一起奋笔疾书，我坐在旁边看热闹，并不是我偷懒，而是我不会写字。

我嚼着一根甘蔗，看门前的人络绎不绝。他们的长相大多数很奇怪，或许是因为我见过的人太少。他们似乎都很友好，一双眼睛总往我这里瞧，那目光热切，我也不好意思无视掉，于是回以一笑，他们便红了脸。新鲜，真是新鲜！

"阿爹，您看那边的人脑袋是光的！真是有趣！"

"那是西方佛祖！罪过啊罪过！"

"阿爹，您看那边一群人围着一个人，金灿灿的衣服真好看，就是长得磕碜点儿！"

阿爹一瞧，倒吸了一口冷气，过来捂住我的嘴巴："那是天君大人！大不敬啊大不敬！"

我挣脱了阿爹的手，因为我看到了一个让我更加震惊的人。我指向那边："阿爹，师兄，你们看，红衣妖孽！天君和佛祖为什么都给他让路？他好大的胆子！"

阿爹和师兄朝着我指的方向望去，阿爹黝黑的脸瞬间惨白。

又听闻那边齐呼："恭迎神君思凡大人。"

阿爹和师兄一屁股坐到了地上，面如死灰，仿佛天要塌下来的样子。

"阿爹，师兄，咱们要收妖吗？"我忍不住摩拳擦掌。

阿爹狠狠地给了我一烟杆："捉你个大头鬼！那是神君思凡！"

我头上立刻起了一个包，我委屈地捂住头："思凡是谁？"

师兄号啕大哭："创世之神转世你都不认识，你怎么在神界混的？桉桉，你可闯大祸了！你抓谁不好，你抓他？"

恰好此时，那边红衣胜火的思凡朝我们这边瞥了一眼，同身旁的人说了句什么，没过多久，有个仙侍过来说："可是清鸾山的桉笙仙子？"

"正是。"

"我们君上请你过去。"

"你们君上是谁啊？"

"神君思凡。"

我一听，立马翻了个白眼，说："不去！"

阿爹说："快去！"

师兄说："你敢不去！"

我委屈地说道："为何？他不过是一个……唔唔……"

我被阿爹捂住了嘴，然后拖到角落里，阿爹几乎要哭出来："桉桉，咱们爷仨的性命可就在你手上了！误绑神君，这可是天大的罪过啊！神君万一动怒，咱们爷仨怎么死的都不知道啊。就算阿爹求你了，快去给神君赔罪，求他老人家宽恕。"

我的神色也凝重了一些，拍开阿爹的手，问："真的有这么严重？"

"没文化真可怕！你平时就看话本子，怎么也不看看《六界史书》这样最基本的书籍？远古时期，天地混沌，创世诸神开天辟地，创立六界，后来杀戮过多，诸神有心悔改，于是诸神将自己的恶念分离出来。这些恶念汇集到一起，最终形成了一个新的神。此神亦正亦邪，创世诸神即将飞升之际，不放心自己的恶念，恶念之神感知到，甘心入了轮回路。这一世转世去了妖界，成了妖界的二太子，也就是思凡。"师兄痛心疾首的时候，还露出了无比崇拜的神色。

我又迷茫了："那他还是妖啊，我捉妖有何不对？"

阿爹和师兄一起吼我："他是神君！得罪他，全家死光光！"

"好好好，我去道歉还不成？"

我同那名仙侍一起进入了涣璃山的吹断殿，一大群人正因为座位如何排而苦恼，各自谦让着。天君让佛祖坐上头，佛祖表示"我坐哪里都没问题，只要一会儿让我讲经就行"。战神醒醒坚持要让天君坐最末尾，因为他那一脸老褶子看着

就烦。前战神苍衣则是从头笑到尾，表示"我听夫人的"。

他们几个不落座，剩下的一些神仙就更加不敢落座了，一时之间，大殿上乌压压全是人。我跟仙侍都无路可走了，我正头疼，嘟囔了一句："爱坐哪坐哪不就好了吗，哪有那么费劲？"

不承想，不过是一声低语，却被全场的人听到了。大殿上瞬间鸦雀无声，目光似箭，齐刷刷地射向了我。我脚下一个踉跄，差点儿没摔在仙侍身上。他扶了我一把，说："桉笙仙子可不要乱说话，这里的神仙各个法力高强，你说话声音再小也是能听到的。"

这也没人告诉我啊！阿爹说，嚼舌头是顶不好的行为，我真是犯了大忌。

正尴尬，忽然听到有个懒洋洋的声音说："就按她说的办，你们立即去找位子坐下，本君这杯酒喝完之前，要看到开宴。"

话音刚落，"哗啦"一下，原本还站着谦让的诸位神仙立刻散开，各自奔跑着抢一个就近的座位。大殿上立刻就敞亮了，只是地上掉了不少鞋和玉佩等物件，想来是刚才太急挤掉了。

我仔细地瞧了瞧，战神一家坐在上座，他们旁边就是神君思凡。右边是西天诸佛，而天君……果然坐在最末尾了，此刻正一脸的不悦。

"如此，苍衣可以开宴了吗？"神君思凡问道。

苍衣点了点头，对神君思凡笑道："你苏醒之后，倒是变了不少。"

"我惦记着你从南海弄回来的一口醉千年。"神君思凡笑道，目光突然朝我投过来，"桉笙斟酒。"

霎时间，大殿上的目光再次集中在了我身上，且久久不离去。我不明所以，悄悄地问仙侍："他们为何一直盯着我？"

仙侍笑而不语，做出手势，让我去神君思凡的身边。我从坐着的几位神君后面绕过去，站到神君思凡的身边，拿起酒壶，为他斟满酒。那酒香四溢，光是闻一闻都要醉了，不知喝一口是什么感觉。听说，这酒是南海老龙王的多年珍藏，老龙王醉心于酿酒，这酒是他还在做太子的时候酿的，如今已经尘封万年。当真是个无价之宝，喝一坛少一坛，他肯送给苍衣做满月酒，可见这位战神颇有威望。

阿爹说过，对于比我们有能力、比我们强大的人，要懂得尊敬。

"该吃吃，该喝喝！"坐在最上端，现如今的战神醒醒朗声说道。她笑容满面，怎么看怎么觉得舒服。

话音一落，诸位神君开始用餐了。他们毫不矫情，也没什么架子。这场满月酒当真其乐融融。

神君思凡一直跟苍衣聊天，但是说了什么，我却听不到，只怕是在场没几个人能够听到。以他们的修为，想不让人听，还是很容易的。

我再一次给神君思凡斟酒，他这长相，真是奇怪，那眉那眼，怎么看都透着妖气，却偏偏是全场最大的神君。

"神君，可否跟您单独说几句话？"我压低了声音问道。

"呃？你认得我？"他含笑，看似无害。

"神君思凡，小仙自然认得。"我恭恭敬敬，对待前辈这是应有的态度。

"神君思凡。"他一字一顿，笑得漫不经心，"我不过是一只妖兽而已。"

我点了点头："话虽如此，但是我师兄说您很厉害。我们家得罪了您，所以赔罪也是应该的。今儿这杯酒我干了，您随意！"

我将他手里的酒杯拿过来，倒了满满一杯，一饮而尽。人在江湖飘，哪能不

挨刀，人在屋檐下，哪能不低头。我理应罚酒三杯，话本子里都是这么写的。

一连干了三杯酒，我的头有点儿晕。待我放下酒杯，才发现有异样的目光正在看我。

"那丫头什么来头？"

"瞧见了吗，抢咱们神君的酒喝！"

"倒是个极致的美人，只可惜穿衣打扮太没品位，这是神君的新欢？"

……

"呃……"他们在说什么？我摇了摇脑袋，眼前的神君思凡竟然变成了两个人。我伸手拍了拍他的脸："哪个是真的？怎么变俩了？"

有人倒吸一口冷气："好大的胆子！"

"你看神君都没说什么，想来真的是新欢吧。"

新欢？他们为什么总说新欢？

这酒真是厉害，我腿软了一软，想找个地方坐一会儿。这椅子可真是不怎样，硌得慌。

只听那战神醒醒说："夫君，你这位朋友可真是好定力！"

苍衣说道："神君思凡坐怀不乱，当真是真君子。只是你这避世百年，方一出来，就有佳人相伴，今天这样的场合也带来了，可见感情非同一般！不过，这姑娘年纪小了些，你竟然好这口。"

神君思凡说道："你闭嘴！你，给我下去！"

这是说什么呢？

我两眼一黑，彻底瘫软了。

醒来已经是半月之后的事情了，这一觉真长，那酒当真是好酒。只是我醒来之后，阿爹和师兄看我的眼神都不太友好。

"你们干吗？"我怯生生地问。

"瓜娃子，你看我不打死你！当初就不该跟你娘浪费那一刻钟，不然也就没你！祸害啊祸害！"阿爹说着就拿起拖鞋要打我，我赶紧躲到师兄身后。

师兄这一次没有躲开，而是拦住了我阿爹。

"师父，有话好说！可别误伤了我！"

"还有什么好说的！她干的好事！"阿爹一着急，眼睛都红了。

我意识到可能出大事了。

"你还记得自己做了什么吗？"师兄问我。

我点头说道："就是去给神君思凡赔礼道歉，我先干为敬，之后就没了啊！"

师兄冷哼一声，阿爹长叹一声。

"莫非出事了？"我问。

"你喝人家酒了。"阿爹说。

"你打人家脸了，啪啪两大嘴巴子，整个神界的人都知道了。"师兄说。

我赶紧比了个"打住"的手势："你们能不能总结一下？信息量有点儿大。"

"你得罪咱们神君了，大不敬啊！"阿爹和师兄一起说。

我想，这下完了，赔罪不成，又惹出点儿事儿来，喝酒果然误事。

"他家住哪里？"我问。

"你还想做什么？现在外面对你人人喊打，你是不知道神君有多少拥护者啊，若不是咱们家不好找，那些仙子早就来把你撕碎了！你老实在家待着！"阿

爹狠狠地给了我一巴掌，打得我脑袋一阵眩晕。

"有句话叫解铃还须系铃人，阿爹，这事情是我惹出来的，我断然没有逃避的理由。您只管告诉我神君思凡住在哪里，我这就上门赔礼道歉！"

"雪海涧十里竹林！"阿爹和师兄异口同声地说道，那语速快得让我隐约觉得，他们就等着我说这句话呢。

对于我这个没怎么出过家门的路痴来说，即便是告诉了我神君思凡住在哪里，我也是找不到的。最后还是师兄驾云送我去的，为了表示道歉的诚意，我还带了好些我研制的药。

飞了有三炷香的时间，总算是到了雪海涧，我这才知晓这名字的由来。漫天风雪，偏偏又青山绿水，花香四溢。

我知道人间有一句形容美景的话叫人间仙境，我却不知道这神界里如此美景该怎么形容了。

一时间看得有点儿傻眼了，还是师兄推了我一下我才回过神来。

"师妹，你此去道歉，可要诚心一些，多说点儿好话，神君不责怪我们就好。若不是因为你得罪了神君，这些天也不会有那么多人上门逼债。我跟师父也是着实没办法了，我虽然是东海的太子，可我父王是个抠门的人。你放心，你若是有个三长两短，师兄就吃点儿亏，娶了你。"

师兄一番深情告白，我却听得一头雾水："师兄娶了我是什么意思？"

"字面上的意思，你快进去吧！"

我往前走了几步，回头想再看一眼师兄的时候，他已经没了踪影。

这雪海涧可真是大，我绕来绕去也没见着像样的房子，好似有个屏障将我隔绝在外。我在包里翻了翻，找了一瓶以前研制的现形水，四下喷了喷，隐约能看到竹林里的一座宫殿了。我测了测风向，点燃了一根千凝香，顺着香走，不至于在风雪里迷路。不出半个时辰，我已经走到了宫殿门口。

这宫殿比我们清鸾山的气派多了，金碧辉煌不说，门口两尊瑞兽竟然不是雕像，而是活物，它们的样子我在上古医书里见过，竟然是两只饕餮。

将饕餮这种凶兽驯服来守门，主人可真不一般啊！饕餮跟前还有两个仙童，看来是门童。

我上前递上名帖，微笑道："小仙是财神之女，特来拜见神君思凡。"

左边的仙童看了看我，颇为惊讶："你是如何进来的？"

我将怎么来的一五一十说了，他频频露出惊讶和崇拜之色。

"你竟然是个大夫，我平生最喜欢大夫了！"他笑道。

"那我可以进去了吗？"

"不行！"

他忽然冷了脸，这变脸的速度也太快了。

"为何？"

"我们家神君将宅子建在这里，这么隐秘，自然是不想外人来打扰。这么浅显的道理，你怎么就不懂呢？那么多人求见，神君要是都见了，他就不用干别的事了！神君忙得很，你快走吧，我以后有个头疼脑热的，会去找你的，你可得把我治好！"

我隐忍不发，牵着驴往回走。走到竹林隐秘的地方，又掏出一瓶隐形水，往自己和驴身上喷了几下，渐渐地身体就变成透明的。

这种隐形水跟一般的法术不一样，在这种有高灵力护体的地方卖弄法术，肯定会被发现。

可药物就不同了，因为无章可循，所以也就防不住。

我特意从两个仙童跟前经过，冲他们做了个鬼脸，然后牵着驴大摇大摆地进了宫殿。

第三章 03
CHAPTER
神君口下留人

❤

雪海涧这宫殿修得有点儿意思，进了宫门之后有一座天梯，看不到尽头。每隔一百个台阶都有一个平台，可以乘坐机关传送到各个小宫殿去，每个宫殿都不同。我因为并非来参观的，所以也不敢多溜达。

一路走去只觉得满目辉煌，我本想着创世之神这么大的来头，该是个淡泊名利的人，怎料想如此铺张浪费。这台阶竟全是水晶打造，踩在脚下当真是可惜了。

我当即从口袋里拿出了一个小锤子，凿了一点儿水晶下来，准备回去磨成粉末给师兄做新面膜。

原本十分长的天梯，因为我一边爬一边凿，从最下面凿到最上面，竟然也不觉得累。我回头望了一眼下面的台阶，不由得有些头晕。

眼前是一片林海，这林海有些眼熟。我又前行几步，这里竟然是我抓走神君思凡的地方！这……我当时是怎么来到这里的？

一栋独门的小屋被竹林包围着，院子正中有一棵巨大的桂花树，满树繁花，将树枝都压弯了。整个院子里飘散着桂花的香味，花瓣纷飞，如同一场花雨。

院门边上有一块牌匾，上面写着"竹隐"二字。

这庭院与整个宫殿的风格大为不同，十分清雅、简朴。

隐形水的药效一过，我现出身形，站在院中。小屋窗下摆放着一排花，不知道是什么品种，只觉得好看，娇艳异常，有的如血火红，有的如雪清透。那些花

盆更加精致，我仔细瞧了，材质竟是东海最名贵的紫水晶，能够看清花朵的根茎和每一根根茎的纹路。我听师兄说，他们东海这种成色的水晶并不多见，因此他也没能得上几块，竟然被用来做成花盆种花，真是铺张浪费啊！

我一边痛心疾首，一边拿出锤子，打算凿一点儿下来给师兄留作纪念。

可这玩意坚硬无比，我凿了几下也就放弃了，免得引起旁人的注意，我可是来道歉的。

忽然清风徐来，桂花树枝沙沙作响，花瓣瞬间起舞，在空中飘荡，如同有了生命一般。

我还未见过这样的美景，一下子得意忘形起来，追逐着花瓣，想着能不能弄点儿回去入药。可是当我握住花瓣，再张开手看时，那花瓣竟然化作星光，一下子不见了。

竟然是法术幻化吗？

"爷，您慢着点儿。"

"不碍事。"

门外忽然传来人声，人已经走近，马上要推门进来，我方才太认真采花，竟然没发觉。好在我此刻在树后面，他们不至于在院子外就看见我。如何是好？电光火石间，我看见桂花树下有一方石桌，桌子上有个果盘。我灵机一动，立即现出原形，躺在果盘里，隐没于水果之间。

我隐去了自己神女的仙气，跟普通的水果没有两样，这下应该看不见我了吧？嘿嘿，还好我聪明。要不然，我是来道歉的，没经过主人同意就进来了，那可真不太好。

门外的人已经进来，一个红发黑衣的男子扶着神君思凡，神君思凡走路有些摇晃，许是喝醉了酒。红发男子的面容竟然也精致得很，只是头上的灵角透露了

他是妖的身份。妖界的人，无论怎么修炼也会保留一些妖的特质，同我们神族不一样，同魔族、人族也不一样，如此六界才好辨认。但是也有个例外，比如神君思凡，他没有任何种族的特征。

这时他们已经来到石桌旁，红发男子扶着神君思凡躺在石桌旁边的藤椅上，藤椅有节奏地摇晃起来。神君思凡双目紧闭，白色衣衫上挂着几缕如墨的长发，唇边似有笑意，无尽悠闲。

"爷，可是累了？"

"嗯。"

"不如渊浊为爷沐浴更衣？"

啧啧，这大白天的就沐浴更衣，神君没什么事做吗？

"不必。"神君思凡开口，那双狭长的凤眼突然睁开，淡淡地扫了一眼果盘，"有些口渴。"

"渊浊这就去倒茶。"

红发男子极为恭敬地起身，刚要走，神君思凡就说："不必了，吃个水果算了。"说罢伸过来一只手，竟然到果盘里摸了摸。

天啊！他要干什么？

神君思凡冰冷的指尖绕过葡萄、苹果、猕猴桃，最后放在了我的身上。他俯身过来看了我一眼，手指在我的身上摩挲了一下，我的萝卜缨都差点儿抖动了。他忽然一笑，拿起我放在嘴里咬了一口。

啊啊啊！我顿时吃痛，但是又不敢叫出来。此刻我满头大汗，萝卜缨不住地抖动。

神君思凡皱了皱眉，张口吐出了方才咬下去的那一块萝卜——也就是我的腿，然后说："没洗。渊浊，去拿点儿水来洗洗。"

"是。"渊浊闻言下去。

我慌了，水？他方才说水？救命啊！我虽然是萝卜化身，但是我最害怕水，平日我都是吸收天地精华，并非浇水。他如果把我放水盆里，那我岂不是要淹死？啊啊啊！不行啊！

怎么办？

渊浊速度极快，片刻后已经回来，桌上多了个水盆。神君思凡撩起袖子，正打算将我放入水中清洗。我却再也不能忍了，张口就咬在他的虎口处，他一甩手将我扔了出去。我在地上翻滚几圈，化出人形，只是少了一条腿。

我来不及哭喊自己失去的腿，只得先开口求他："神君饶命！"

他佯装惊讶，实际上那眼眸里的笑意早就藏不住了："饶命？你为何会在这里？饶命又该从何说起？"

这一连串的问题看似简单，实际上一环扣着一环，我说错一个字都会不得了。我怎么会在这里，难不成说我是潜入的？人家门童分明说过不让我进来。饶命这个事儿也是，我现如今后悔自己为何要躺在果盘里，也后悔没有认清此人面目，他到底是怎么发现我的？

"呜呜呜……"我扯着嗓子开始号啕大哭。师兄说过，男人都见不得女人哭。

"不许假哭。"

"呃……"他如何看出来的？

"爷，这位姑娘鲜血淋淋，在下实在是看不下去了，不知可否先给她止血？"渊浊瞥了我一眼，竟然一脸嫌弃。

我这才想起来，我少了一条腿啊！我那无辜的腿啊！回去不知道要用多少药才能接回去。

对了！说起腿……

"神君，我的腿呢？"

神君思凡微微一愣："什么腿？"

"就是你刚才咬了一口，吐出来的那个玩意。你吐在哪里了？"我满面焦急，我虽然是个大夫，但是这活死人肉白骨的活儿，着实不好办啊！

"不曾见过。"

我急了，仰着头问他："怎么可能？你刚才就躺那里，然后伸手摸过来，在我身上摸了一个来回，后来你把我放嘴里的啊！你咬了我一口，然后吐掉了，怎么会没见过呢？"

"喀喀……"渊浊咳嗽了一声，神君思凡的脸色一黑。

我说错话了吗？

"渊浊，给她止血，然后送回去。"神君思凡下了命令，渊浊在我身上加持了几道仙法，血是止住了，只可惜我还是个残疾。我如何能就此罢休！

"我不走！你不给我把腿找着，我哪里都不去！"我索性不起来了，就坐在地上哭喊。我就不信没人能管管这不平之事！

神君思凡笑了笑："你当真不走？"

"我就不走！除非你把腿还给我！"

他走过来在我面前蹲下，伸手握住我的手腕："百年木灵能化身人形已经实属不易，本君念你初犯不与你计较，下次若是再敢跑到这里来撒野……"他挑了挑眉，对我轻轻一笑，我分明看见那尖细的牙齿，我怎么忘了他是神也是妖啊？

我咬了咬牙，悲愤地说道："神君大人！我想回家！"

"如此，甚好！渊浊送客。"

　　三日后，竹隐门前月华最好的一个泥盆，如今成了我的栖身之所。这泥盆怎么看怎么低端。我不由得唉声叹气，都是花花草草，看看隔壁那些花，都是水晶盆，待遇怎么就那么差？

　　我正在自怨自艾，突然一盏热茶泼了过来，我抖动起浑身的须子和缨子也没能躲过去，结结实实地挨了这么一下，顿时就蔫了。

　　"哎呀！"我尖叫一声。

　　那边泼茶的白衣仙人还颇为惊讶地望了我一眼，然后对神君思凡问道："你养了只花妖？"

　　"你什么眼神？那分明是一棵胡萝卜。"

　　"果然重口！"

　　我心里悲愤，你们俩能不能先别聊了，好歹过来看看我的伤啊！

　　"思凡，我此次来找你，是想请你帮忙。"白衣仙人又说。

　　神君思凡摇了摇头："我并非大夫，茵沫亦病入膏肓，你找错人了。"

　　茵沫？这是战神醒醒的小女儿，满月酒还是我们财神操办的呢，怎么就病入膏肓了？我用力将脖子拧过去看了个仔细，那白衣仙人竟然是涣璃山的战神苍衣。

　　"此言何意？"

　　"命该如此。"

　　"你何时也信命运？思凡，你如今当真叫我刮目相看。"

　　神君思凡莞尔一笑："若是司命星君还在，他拼上毕生的修为，给你女儿改一改命格，也还是有救的。"

　　啧啧，这个神君思凡可是够坏的。神界谁人不知，司命星君前阵子被哮天犬

追赶，失足掉下了轮回道。他这会儿说起这个，不是成心给人添堵吗？

苍衣眉头微蹙："你若治好我儿，我便告诉你那人的下落。"

神君思凡仍旧淡漠地笑着，可是手里那只茶杯被捏出了裂痕，他忽然将杯子一扬，正巧朝我砸了过来，我这抖来抖去，怎么也躲不掉啊！我干脆闭紧了眼睛想着挨了这一下算了，"啪嗒"一下，杯子砸在了地上，原来神君思凡丢了一枚棋子，正好把杯子打飞了。我松了口气，算他有点儿人性。

"苍衣竟然也同那些人一般威胁我？"神君思凡似乎是难以置信，外加痛心疾首。

苍衣无奈地抱了抱拳："性命攸关，还望出手相救。"

"容我想想，你先回去吧。"

苍衣还想要说什么，却被神君思凡不耐烦的目光挡了回去。直觉告诉我，他们俩有秘密！只是他们打哑谜归打哑谜，能不能管管我的死活？

"别抖了，叶子都要掉了。"神君思凡把我端起来，放在院子里的石桌上。

我抗议地摇晃着身体："我这是缨子！"

神君思凡"扑哧"一笑："养了你这么多天，怎么也不见好转？"

提起这个我就来气！

"木灵大多性格温顺，你这么暴躁的脾气，对修行不利。"他又说。

我哼了一声："神君大人，您对我不公！"

"呃？"

"别的花都是水晶盆，我凭什么是泥盆？"

他愣了愣说："种花当然用花盆，可你是花吗？"

呃……待遇果然不公！若有朝一日我能翻云覆雨，一定让天下所有的胡萝卜都住上花盆！

"我的腿到底什么时候能长好？我急着回家呢！"

神君思凡给自己倒了杯茶，许久也没理我，待品了几口茶之后才说："木灵修行不易。"

"什么意思啊？"

"等着吧。"他说完，随手把茶渣淬倒在了我的花盆里。

"嗷嗷！你干吗？"

他笑了笑："手误。"

"哼！明明就是故意的！"我嘬了嘬嘴，想起方才他们两人的谈话，于是问："神君，战神家的孩子什么症状？"

"灵气不足，四肢冰冷，口唇发黑，毛发脱落。"

"你这么清楚，你当真治不了？"

"有法可医，并非必医。"

这话我就不认同了："医者仁心！"

"如此说，你能治那孩子的病？"

"当然！只要让我看看！"

神君思凡笑了笑说："你先变回人形，从盆里出来再说。"

如此，我更加来气了！

三日前，渊浊送我回家。我不过是跟师兄诉说了被神君思凡摸了然后咬了的经历而已，师兄素来人缘不错，出去跟朋友聊天八卦了几句这件事情。未承想第二日，渊浊就一脸幸灾乐祸地找到了我们清鸾山，不顾我们全家的意见，直接将我抬到了雪海涧。

神君思凡对我横眉冷对，接着就监视了我整整三日三夜。对此，我很是迷茫，我哪里做错了？

"神君大人，您可是创世之神，怎么会连我一个小小的胡萝卜都治不好呢？"

"木灵……"

"我是草本！"

"你若是把茵沫的病治好了，说不准你丢的那一截腿我就找到了。"

"此话当真？"

"自然。"

我立即抖了抖缨子，伸到他面前。

"你做什么？"他诧异地问道。

我鄙夷地说道："击掌啊！变卦怎么办？"

神君思凡对我笑了笑说："那便算了。"

"一言为定啊！我治好了茵沫，你给我找腿。"

要不了多久，我就能长出萝卜腿，变回人身，成为一代名医啊！这前途，想不无量都难！

我正手舞足蹈，渊浊毕恭毕敬地进来，右手抚胸，左手手背放在额头上，冲着神君思凡弯腰行礼。这是妖界特有的礼节，我以前听师兄说过，可还是第一次见到。渊浊是神君府上唯一的妖，是得到准许在六界行走的。

"爷，瑶沁公主求见。"

"她可带了东西？"

"公主说来物归原主。"

"我去前厅见她，你在这里看着这株木灵。"

我小声抗议："是草本！"

神君思凡一眨眼就不见了，只剩下我跟渊浊大眼瞪小眼。渊浊围着我看了许久，当他第三次凑近我的时候，我终于没忍住打了个喷嚏。

"桉笙仙子怎么了？"

我抖了抖身体说："渊浊大哥，你能不能离我远点儿？"

"为何？"

"你身上这骚狐狸的味道，我委实有些受不了。"

"骚狐狸？"

"可不，你没闻到吗？哎呀，旁人怎么也不告诉你，这若是被别人闻到了，偷偷嘲笑你可怎么办？渊浊大哥，你别担心，我是个大夫，我有独门秘方，回头我给你开点儿药，保准你一个疗程下来就没有骚味了……嗷嗷……好烫！"

我的话还没有说完，渊浊就拿起茶壶倒了我一身热茶。虽然我现在是个胡萝卜，但是也不能这么对我吧？我说错什么了？

渊浊冷冷地看了我一眼说："抱歉，手误。"

这……谁信啊！

渊浊放下茶壶就走了。偌大的院子里只剩下我一个人，还有点儿寂寞。晚风徐徐，我被烫的地方有点儿疼。但好在神君思凡的茶水不是一般的茶水，是这天底下最好的灵水，配上只有冥界才能长出的幽冥茶，芳香四溢，且对修行也是极好的。我被这茶泼了一身，也吸收了许多这茶水里的灵气，因此勉强能幻化出人形来，只是我那可怜的腿还没能长出来。

原来被渊浊带来时穿的衣服，都被他收在西边的厢房里了，现如今我也只能一点点爬过去找我的药包，这受伤了不上药可不行。

一步，两步，三步，我满头大汗，神君思凡这小院子也太大了，虽说地上草坪很松软，可也有点儿扎人。

我正爬得起劲，身后突然有人问道："你在做什么？"

我眼睛一亮，转过身冲他笑了笑："神君！你回来得正好，我被烫伤了，你能不能扶我进去擦点儿药？"

"啊……你……你怎么不穿衣服？成何体统！"

"呃……"我再扭头看了看，神君思凡身边还站着个女子，浑身灵气逼人，穿着打扮也十分讲究，不是金啊就是玉的，明显价格不菲。

"我是草本植物啊。"我弱弱地说了一句。

那女子冷哼了一声，指着我的鼻子说："小小精灵，胆敢以下犯上，勾引神君大人！来人，给本公主拿下，速速处死！"

"处……处死？"我惊呆了，"你是谁啊？"

"本君的人几时需要旁人教训？"神君思凡冷冷地说道，他蹲下身，用宽大的袍子将我裹住，然后抱了起来。我被他裹成了一个粽子，烫伤的地方被袍子摩擦得更加疼了。我皱了皱眉，他看着我也开始皱眉。

方才还嚣张跋扈的女子顿时退后了一步，躬身行礼："是瑶沁鲁莽，冒犯了神君，还望神君大人莫要怪罪。"

神君思凡笑了笑说："瑶沁，你去佛祖跟前修行，又饱受了轮回之苦，怎么一点儿也没变呢？"

瑶沁当即诚惶诚恐，更加恭敬："神君大人，瑶沁如今已经诚心悔改。"

"与我无关，你回去吧。你帮本君保管东西的恩情，本君日后自会还你。许你一个愿望，想要什么来跟本君说。"

瑶沁立即开心地道谢，然后退了出去。她欢天喜地的样子，跟方才凶我的样子真是判若两人。

一晃神的工夫，神君思凡抱着我入了西厢房。他将我放下，转身打算出去。

"神君大人！你能不能好人做到底？"

"嗯？"

"我这身上被烫伤了，你帮我擦点儿药。"我说着将药包找了出来，从里面拿出我自己调制的烫伤药，然后脱下他的外袍，露出被烫红了的后背，"你看，这里红了一大片，我够不到。"

神君思凡瞪大了眼睛，冷冷地说："把衣服穿好！"

我愣住了，穿着衣服怎么上药？

"你难道不知道男女有别？"他质问我。

我摇头，若不是这一次的意外，我这辈子一共也就见过两个人，我阿爹跟我师兄，他们跟我算男女有别吗？显然不算啊！那是我的亲人。

他再一次将我裹好了，手掌隔着衣服放在我的背上。他轻轻地晃动手掌，一股清灵之气缓缓流入我的身体，背上的灼热感瞬间消失。

"好了，你无须擦药。"

"当真？"我欢喜无比，当即想要扯掉衣服看看，却被他一把按住，我不解地看着他。

神君思凡皱紧了眉头："你是个棒槌吗？"

我有点儿恼了："神君大人，小仙说过很多次了，我是胡萝卜。"

他抚了抚额头，又看了我一眼，那眼神就像我平常看发霉的药材一般，然后拂袖而去。

没一会儿，神君思凡带回来一位夫人，听说是天君的兄弟——啸离帝君的夫人。这位夫人温柔贤淑，法力高强，最关键是精神太好，足足给我讲了三天三夜的女训，告知我如何做一个正常的女子，告知我什么是男女有别，告知我一切我从前不曾听过的关于女子的道理。

我只觉得脑袋里嗡嗡直响，几乎要炸开了一般。

这三日唯一支撑我听完这些道理的，也就是神君思凡渡给我的那几口仙气。我隐隐约约觉得自己要生根了一般，失去的那一条腿慢慢开始生长了。只是他非要我变回胡萝卜去花盆里才肯渡给我仙气，然后再从盆里爬出来，去听夫人的教导。这着实麻烦，神君思凡真是一个麻烦的人，直接嘴对嘴吹几口气不就完了吗？

当我提出这个疑问的时候，神君思凡再一次拂袖而去。

三日后，他送走了啸离帝君的夫人，回到竹隐，躺在桂花树下的藤椅上，召来了渊浊在一旁服侍。将我这盆胡萝卜放在了他的石桌上，我隐约觉得他有话要对我说，要不然就是闲得慌。

"你那日为什么受伤？"

说起这个真是欲哭无泪，我抖了抖头上的缨子，只可惜我满脸的委屈都埋在土里，他们俩谁也看不见。

"渊浊拿茶水泼我！"

神君思凡微微挑眉，看向渊浊："可有此事？"

渊浊一脸鄙夷地看了看我的萝卜缨子，然后对神君思凡恭敬道："爷，是此人嘴太欠。"

神君思凡看了看我，又看了看渊浊，然后问："你是不是说他骚狐狸了？"

我点了点头："我可以根治骚味的，我是个大夫！可是渊浊大哥不相信我！"

"哦，他不是不相信你，而是他不喜欢听到'骚狐狸'这三个字，以后莫要在他面前说骚狐狸了。你若再说骚狐狸，渊浊可能就不是烫你了。"

"骚狐狸怎么了？"我问。

"骚狐狸并没有怎么，只是渊浊他是只狐狸精。明白了？"

我撇撇嘴："记住了，以后我不当着他的面说骚狐狸就是了。"

神君思凡拍了拍我的缨子，渊浊掩面狂奔出去。

我一愣："他又怎么了？我也没再说骚狐狸啊！"

"是啊，狐狸精的心思真难猜。"

神君思凡的东西都是好东西，我在他这里养了几日，就觉得身体好了许多，现在已经能每日保持两个时辰的人形了。我托人捎了封书信给我阿爹和师兄，师兄很快给我回信，言辞恳切请我快些回去，他的面膜快要用完了。

于是我跟神君思凡告假，他闻言微微一愣："我只听闻修仙有请假一说，你这长根也要请假？你若不早日长出根来，我怎么带你去见茵沫？"

如此也是。

我陷入了沉思，过了许久才说："你把我连人带盆端过去不就行了吗？我这种级别的大夫悬丝诊脉即可！"

于是，我来了竹隐小半个月后，第一次踏出门。神君思凡的速度极快，不过半刻，他便带着我从大北边往神界的大东边——涣璃山飞去。

这一路风驰电掣，我的萝卜缨子都快被风吹掉了，我得赶紧捋一捋，于是我冲渊浊笑了笑："渊浊大哥，可否帮我捋捋缨子？"

渊浊一边给我捋了捋缨子，一边对我极尽魅惑地一笑。他的皮肤太过白皙，眉眼太过细长，身段太过婀娜，我打了个寒战，差点儿把缨子抖掉了。

"渊浊大哥，我家里有一些上等的美容药，回头我拿给你。你长得实在太丑了，我于心不忍。"

渊浊的嘴角一阵抽搐。

神君思凡立在云上，一袭白衣迎风飞扬，如墨般的发丝被风吹起，有几根扫在我脸上。他扭头看了我一眼，迟疑道："你说渊浊长得丑？"

我点了点头："我不是嫌弃他的长相，毕竟像我师兄那样的花容月貌不多。"

"美南梓？花容月貌？哈哈哈……"神君思凡大笑起来，笑声爽朗，让他整个人看起来更加丰神俊朗。

许是我跟他待一起的时间久了，因此觉得他也不如一开始见到的那么难看了，虽说跟我师兄比起来还是差远了。

于是我安慰道："你别难过，我也有法子让你变美，只是你得吃点儿苦，回头我照着师兄的样子给你改造，保证让你成为天下第三美男！还有渊浊大哥，你能成为天下第四美男！"

渊浊显然是不愿意理我，只是听了我的豪言壮语，便鄙夷地瞪着我。

神君思凡镇定自若，不愧是创世之神，是见过大场面的人。他问："第二美男是谁？"

"自然是我阿爹了！"

神君思凡点了点头说："你师兄那样都能当第一美男，你阿爹鞋拔子脸，侏儒身材，确实也当得起第二美男。"

我怎么听着不像好话？

来到涣璃山门前，早已有许多神女和仙子聚集在这里，她们并不像涣璃山的人，各个肤若凝脂，衣着简朴，白皙的脸上不施粉黛，有好些个是我在涣璃山的满月酒上见过的。上次见时都衣着光鲜，如今怎么如此朴素了？

神君思凡皱了好几次眉头，因为我们在山门前等待苍衣出来迎接的一会儿工夫，已经有十来个神女过来假装偶遇了。

渊浊将她们一一拦住，好言好语地劝了回去，期间送了无数的秋波和媚眼，惹得那些神女各个都满面桃花。

渊浊完成任务回到我们身边之时，已经有了疲惫之色。

"为何忽然这么多人？"

"回爷，是上一次满月酒之后，大家传言爷喜欢清纯一些的女子，因此这些神女才做此打扮。今日得知爷的行踪，特来蹲点。只怕这里面还有瑶沁公主的功劳。"

神君思凡冷哼一声："她这丫头，得了那么惨痛的教训，还是不长记性。无妨，随她去吧。"

如此我便好奇了："什么教训？"

"陷害战神，得罪了醒醒，被罚去佛祖跟前听经文，后来自愿入轮回受罚，前些日子才重新得到神格。以后你见到了绕着走就是了。"

神君思凡说得波澜不惊，我听着却心有余悸。这个瑶沁公主倒是也可怜，但可怜之人必有可恨之处啊！

"那瑶沁公主跟你有什么关系？"

神君思凡向远处望了望，似乎是在看苍衣什么时候来，又似乎是在回想，他淡淡地开口说："她手上有我故人的记忆。"

"故人？很重要的人？"

我隐约觉得有故事听，而我平日里除了钻研医术，最喜欢的就是听故事了。于是我从盆里跳了出来，跳到他肩膀上，准备聆听。

神君思凡勾了勾唇角，似乎陷入了无尽的回忆里面。从他唇边的笑意可以看出，这些回忆必然是甜蜜的、幸福的，我这一刻竟然觉得，神君思凡一点儿也不丑，丑的该是我那师兄美南梓了。他带着笑意说："我的夫人。"

"神君大人，您居然有夫人？我为何从未听说过？她叫什么？多大了？"

神君思凡却微微发愣，苦笑一声："记不得了。"

"骗人！"我撇了撇嘴，哪有人会忘记自己的夫人叫什么的？除非根本不爱，根本不是心尖上的人。算了，我只当他年纪大了，记不清了吧。

想了想，我又问："神君大人，您多大了？"

他一愣，似乎是没想到我会问这样的问题，又似乎是真的不知道自己多大了。

"上一世他三十万岁，这一世十七万岁，小萝卜，你得称呼他一声老祖宗。"说话的是那前任战神苍衣。

神君思凡瞪了他一眼。

苍衣又说："又带着这小丫头，当真跟外界说的一样，喜欢得紧？"

"几时变得如此八卦？你以为我听不出来你刚才什么意思？"

苍衣笑了笑并不言语，神君思凡也不继续说了。我彻底迷茫了，什么意思？我向渊浊投去询问的目光，他恍若未闻。我的目光再热烈一点儿，他就狠狠瞪我一眼，坚决不跟我说话的样子。

唉，神君说得没错，狐狸精的心思真难懂啊！

苍衣带我们一行人穿过涣璃山的特殊结界，进入了长林殿。殿里点了凝神香，有安神的作用。隔着床幔隐约看见一个白衣女子，便是战神醒醒。她神色疲惫，发丝凌乱，眉宇之间都是焦急之色，怀里抱着的婴孩就是茵沫。

原本天真可爱的娃娃，怎么就成了这样？我不免叹息，这孩子真是可怜。

醒醒抱着孩子出来，茵沫身上有一股臭味，本该白皙的皮肤已经全青了。

"思凡，你能治好茵沫吗？付出什么代价我都愿意。"

"我又不是大夫。"

醒醒一愣，眼睛里燃着的希望殆尽，变成了不耐烦。她扭头看了一眼苍衣：

"你这朋友着实不靠谱！"

"醒醒不可无礼，思凡在跟你开玩笑而已。"苍衣虽然也有担忧之色，但是相对醒醒来说冷静多了。

醒醒撇了撇嘴："我不管！治不好我女儿，神君也照打！"

霸气十足，无比嚣张跋扈，这才是战神醒醒的真面目。我从师兄那里听过她的传闻，醒醒原本是魔族，历劫归来，洗尽铅华终于成神。然而她的脾气在成神之后也大变，是让天君都头疼的一个人。

神君思凡看了一眼茵沫，原本懒散的样子一下子没了，颇为严厉地说："孩子放下，你们都出去。"

醒醒将茵沫放回了床上，跟苍衣一步三回头地走了。

渊浊将我放在桌子上，也出去了，房间里只剩下了我和神君思凡。我伸长脖子看了看，神君思凡扬起右手，催动灵力，从指间挤出一滴血，涂在了茵沫的嘴唇上，然后反手结印，在她身上罩了一层网状的东西。

"桉笙，过来看看。"

我运气，勉强幻化出人形，跳着凑过去，茵沫的脸色仍然是青色的，看不出别的变化。这病真是奇怪，我虽然博览医书，但还是第一次见到这样的症状。我努力回忆看过的那些上古医书，一时间竟然不知道这是个什么病症。

神君思凡在一旁的水盆里净手，找了找四周也没什么擦手的东西，就拍了拍我的肩膀。我净白的衣服上留下了两个手印，对此我很郁闷，神君真不讲究啊。

"看出是什么病了吗？"

我摇了摇头："气结于心，肤色已经泛青，像是中毒。"

神君思凡点了点头，又摇了摇头："也不尽然。"

"莫非是病毒？"

"可是想起了什么？"

"倒是有一本医书上说，有一种不知名的毒素，从母体带来遗传给孩子，毒发后无药可医，无论神魔。现如今看来有点儿像茵沫的症状。"我顿了顿，接着说道，"你刚才是帮她抑制病情吗？你知道怎么治疗对不对？那你为什么不直接救她？"

神君思凡笑了笑："我说过，不医。这孩子有我这张治疗帐，十年内不会出事。十年，你总该能找出治她的办法。桉笙，记得我们的约定。"

"你为什么觉得我能医好她？"

"我们第一次见面时，你的药迷晕了我，这也算前无古人。"

他不知道我就擅长这些小打小闹的玩意。

"我再看看茵沫。"

神君思凡让了让，我开始仔细观察茵沫，给她把脉，全身检查一遍，也做了详细的记录。

检查结束后，我们和战神夫妇约定好每月初一来看一次茵沫。醒醒见孩子的脸色比方才好多了，对神君思凡的态度立即改变不少。她笑着拍了拍神君思凡的肩膀："我方才听说你跟我夫君是穿一条裤子的关系，如今我可算是信了，我女儿的命就拜托你了！"

神君思凡的脸色暗了暗，显然他对这个一条裤子的关系不是很满意。我偷偷看了一眼神君思凡的腰身，再看看苍衣，这两人穿一条裤子倒是也不难。回去的路上，我一直在想这裤子的问题，忍不住嘿嘿一笑，神君思凡伸了一只手过来，直接掐掉了我一片叶子。

"呜呜……你干吗？"

"生虫子了。"

第四章 CHAPTER 04

修 行 什 么 呀

　　雪海涧是个灵力极为充沛的地方，我在这里养伤，修为竟然增进了不少，这着实可喜可贺。

　　养伤的这段日子，我与神君思凡的关系日渐密切，具体表现在，神君做什么都喜欢带着我一起，久而久之，渊浊就不高兴了。因为在我没来之前，他是神君面前的第一红人。

　　我有一种感觉，渊浊总想把我赶走，所以没事就往我这花盆里倒点儿水什么的，我每次都被吓得尖叫。偏偏神君思凡最近总不在，这可如何是好？我一代名医胡萝卜精灵被茶水淹死了？传出去多丢人。

　　不妥，甚为不妥！下次神君思凡出门，我得跟着才是。

　　趁着每日幻化两个时辰人形的工夫，我研制了新的缩骨丸，能让自己的身体缩小到肉眼看不见。

　　这一日神君思凡又打算出门，我随手在自己待的花盆里插了一根真的胡萝卜，以防被渊浊发现，又赶紧吞下一颗缩骨丸，藏在神君思凡的怀中。

　　神君思凡的飞行速度让人叹为观止，一个吐息之间，已经从雪海涧飞到了太上老君的府邸，绕过了门口的仙童，直接进到内庭的炼丹房。

　　太上老君的炼丹炉可是神界出了名的宝贝，自从几百年前战神醒醒进去炼丹炉，打算将自己炼成丹药，被苍衣打碎了以后，太上老君寻遍了六界，才找到这玄铁，重新打造了炉子。

　　只是当我看到这个新的炼丹炉以后，有点儿诧异，为何这炼丹炉的形状那么像一把剑？

　　太上老君正跟一个红衣红发的男子商讨着什么，两人一语不合，竟然打了起来。太上老君明显处于下风，两人打架全无章法，没几个回合，太上老君就被那红衣红发的年轻男子压在了身下，脸上挨了一顿拳头。

　　那叫一个触目惊心，那叫一个血肉模糊，这下手着实狠了点儿啊！

　　没一会儿，太上老君发现了神君思凡的到来，立即呼救："神君救我！神君！哎呀，神君！"

　　神君思凡恍若未闻，找了把椅子坐下，桌上放着一壶茶水，他倒了一杯，闻了闻，然后问："几时沏的？"

　　太上老君一面挨打，一面还得回他说："有半炷香的时间了！"

　　"哦，那刚好可以喝了，你们继续，无须招待本君。"

　　神君思凡开始喝茶，太上老君泪眼婆娑。

　　过了没一会儿，太上老君哭喊着说："神君，您要什么直说，我都给，都给啊！"

　　神君思凡勾了勾唇角，一抬手，那红衣男子就停了下来。神君思凡不慌不忙地继续品茶，他用杯盖撇了撇茶叶，漫不经心地说道："老君这是哪里话，本君会问你要什么？本君可从不喜欢欠人人情。"

　　太上老君立刻说："自然是小神想要送给神君的！"

　　"哦，那敢情好。把你炼丹炉给本君吧，找人送到我府上去，择日不如撞日。"

　　太上老君想要哭了。不过在活命和炼丹炉之间，他选择了保命要紧。

　　神君思凡站起身，几步走到太上老君跟前，那红衣红发的年轻男子立即退到

一边。他看太上老君的眼神极为挑衅和嫌弃，看向神君思凡的眼神却无比恭敬，仿佛这就是他的神他的天。神君思凡伸手将太上老君拉起来，他那张血肉模糊的脸当真惨不忍睹。

"啧啧，下这么重的手，是本君来晚了。"神君大人撕了一块太上老君的衣服，给他擦了擦脸上的血迹。

太上老君有苦说不出。

红衣红发的男子向神君思凡行了大礼，正色道："主上出关，属下有失远迎，还望主上恕罪。"

"不碍事，你如今已经另有主人，身不由己，我不会怪你。如今叫什么了？"

红衣红发的男子一阵沉默，仿佛难以启齿，太上老君嘿嘿一笑："他现在叫红烧肉！"

那红衣红发的男子立即跪在了神君思凡的面前，说："主上恕罪。"

神君思凡轻笑道："这名字倒也符合醒醒的风格。老君，炼丹炉。"

太上老君脸上的笑容瞬间烟消云散，他哭丧起脸来："神君大人，这炉子其实不适合炼丹，铸剑上神显尧弄了个剑的造型，火候不易掌握啊！"

"既然如此……我就更应该替老君分忧了，你再去弄个新的，天君那里有不少好东西，你尽管去要吧。"

太上老君一看，这是摆明了要自己的炉子，也不敢不给，只好流泪跟丹炉说再见了。

他们找人拆炉子，我在一旁看热闹，不知道这炼丹炉炼出来的丹药是个什么成色，神君能借我用用的话，那真是极好了！我这一高兴就有点儿忘形，身体开始变大，在我快要撑破神君思凡的衣服时，我才反应过来，变回了一根胡萝卜，

安安静静地躺在他怀中。

"神君，这胡萝卜是……您饿了？"太上老君问道。

天啊！可不能让他吃我！

于是我立即出声，表示自己是个活物，我说："不是不是，不能吃，是用的，给神君大人用的！"

太上老君和小骚同时露出了惊愕的神色，他们看了看我这根最近被养得很粗壮的胡萝卜，又看了看神君思凡的下半身，张着的大嘴足以塞进一个鸡蛋。

神君思凡处变不惊，将我从怀中拎出来，一抖手让我化成了人形，然后看了太上老君他们一眼，微微一笑。

太上老君立即会意，连连称奇："神君此次苏醒，竟然开始钻研双修之法了？"

神君思凡但笑不语，我站在一旁却很迷茫："双修是个什么修法？"

"这个双修之法……啊啊！神君放手！"

太上老君的话还没说完，就被神君思凡拎着衣领，扔进了后堂，他临走前说："你且看看有什么是你用得上的。"

言下之意是让我随便拿？

阿爹说随便拿人家东西不好，可太上老君的东西都是顶好的，不拿对得起我自己吗？

这边我开始在太上老君的炼丹房里找有没有能给茵沫治病的药材，那边小骚一直盯着我看。他看每个人的目光都不一样，他看太上老君的时候有狂傲和不屑；看神君思凡的时候，则全是毕恭毕敬；而看我的眼神……太奇怪了。

"你总盯着我看干吗？"

"主上喜欢你。"

喜欢？我迷茫了一会儿，医书上不曾讲过这是何意。不过看他那肯定的语气，或许喜欢是一种欣赏的意思吧。

于是我点头："他自然是喜欢我的。"

"那么你呢？可喜欢主上？"

神君现在是我的大靠山，我自然也是喜欢他的，于是我再次点头："当然！"

小骚笑了笑说："你如此坦荡，倒真是跟以前那些女子不一样。"

"什么女子？"我一边找名贵药材一边问。

小骚也没闲着，他熟知太上老君放东西的位置，所以将太上老君值钱的东西都拿出来给我，一边帮我打包，一边轻声说道："这一次神君沉睡了一百多年，醒来平和了许多。以往他为神女大人修补记忆轮回的时候不曾这样，那时他有神女大人陪伴，总是一副生人勿近的样子，那些喜欢他的女子从不敢表露心迹。没想到如今你却可以陪伴在主上身边。"

我将他打包好的药材都收进了神君思凡给我的乾坤袋里，一双眼睛还在四处寻找着什么。

小骚见我如此，突然叹息了一声："你们很像。"

"像谁？"

"我的主人醒醒。"

我赶忙摇头："不像不像，她那么厉害，我只是个大夫。"

小骚"扑哧"一笑，唇角勾出的弧度竟然让人移不开目光："但愿你一直如此陪伴在主上身边。只是如果有一日主上负你，千万不要怨他恨他。主上他这些年很苦。"

我再一次迷茫了，天下无敌、至高无上的神君大人也会苦吗？

我们俩成功地将太上老君值钱的东西搬空了，他和我在门前的石阶上坐着，手里端着一杯茶。我看见茶就觉得反胃，只因为最近渊浊总偷偷给我浇茶水。

小骚同我说了些他的以往，他从一出生就是神君思凡的神兽，直到千年前，神君和神女发生意外，他才离开了神君，而后机缘巧合成了战神醒醒的坐骑，又因为苍衣和神君的关系，神君并不曾召回小骚。

只是当我问神女是谁的时候，他总是扯开话题，同我说一些人界和冥界的事情。我万分神往，也就忘了问神女到底是谁。

"你有空多去雪海涧转转，那里好漂亮，就是没什么人，我整日闷得慌，只能跟渊浊聊聊天，你认识渊浊吗？"

他点头说道："雪海涧我很熟悉。"

我一拍大腿："哎呀，那你也肯定知道神君有点儿变态的爱好！他竟然用饕餮看门啊！这可是上古四大凶兽啊，生性残暴，杀人不眨眼的！你来雪海涧时可要小心。"

小骚的脸色变了变，手里的茶杯突然被捏碎。

我吓了一跳："小骚，你怎么了？"

身后忽然有人说道："没什么，他生性残暴。"

我扭头看见神君思凡，他似是乘风踏浪而来，每一步都走得那么帅气逼人。我不由得一阵感慨，可惜再有气势，再花哨，他也是个丑男啊！

"啊？什么意思？"

小骚站起身，红光一闪，一只形似白虎、背部生双翼的怪兽出现在了我面前。

"啊啊啊！"我连声尖叫。

小骚蹬了蹬蹄子："吾乃穷奇。"

　　我当即一个激灵，他是穷奇？上古四大凶兽之一的穷奇？

　　小骚转而又化身人形朝我笑了笑，恭恭敬敬地站在神君思凡身后。

　　"他生性残暴，你可得离他远一些。"神君思凡说着拍了拍我的肩膀。

　　我感觉一阵心慌，脑海里唯一的想法便是跑。

　　于是我抓着神君思凡的袖子，强行拉着他一路狂奔。

　　渊浊在门口等候，太上老君正在装那个炼丹炉，那老泪纵横的样子，别提多让人揪心了。

　　渊浊见我过来，并且还拉着神君思凡的袖子，一脸的不悦，冷冷地说："你好大的胆子！快到盆里来。"

　　我翻了个白眼，一阵腹诽，你才去盆里！我还是赶紧变回胡萝卜，跳进盆里，总好过被小骚咬一口。

　　那边正在装炼丹炉的太上老君突然朝我这里看了一眼，在我身边嗅了嗅："丫头，老君可就这么点儿家当了！"

　　我冲太上老君摇了摇缨子："多谢老君！"

　　"我……我没说送你啊！"

　　我"嗯"了一声。

　　太上老君忽然神色一变："咦？你身上这味道好熟悉。"

　　他还想再近距离观察的时候，神君思凡一巴掌将他的脸推开，笑了笑："她乾坤袋里都是你的东西，老君自然觉得熟悉。老君请回吧，不用送了。"

　　太上老君喃喃道："不是啊，这味道……莫非是我的错觉？"

　　我来不及问到底是什么味道，神君思凡就把我从渊浊手上拿过来，带着我疾行而去，寒风凛冽，我的缨子竟然被吹断了两根。

　　等回到竹隐，神君思凡将我放在石桌上，他看着我也是一愣："怎么秃了？"

闻言，我"哇"的一声哭了起来。

"你掐掉一根，又被风吹断两根，我本来就只有四根，能不秃吗？你赔我，赔我啊！"

神君思凡笑了起来，俯视着我："确定要我赔？"

"自然！"

"也好，你这样确实不如人形来得方便。"

神君思凡俯下身，他的脸越来越近，柔软的唇落在了我的身上。他微微张开嘴，一股清凉之气袭来，一瞬间我的四肢百骸都感觉到一阵阵凉爽。他虽为妖身，可这创世神君的元神不是假的，只怕这六界中再也不会有比他灵气还要纯净之人了。

可是下一刻我感觉到不妙，我的身体在慢慢发生变化，我破土而出，胡萝卜原形一刻也维持不下去，直接化成了人形。我的腿完好无缺，甚至比以往还要修长了。

他的唇正贴着我的嘴唇，在目睹我变身之后，眼睛骤然睁大，似是惊恐一般，一把将我推开。由于我这次变身突然，因此衣服也没来得及幻化，我此刻不着寸缕，他在惊恐之余又赶紧闭上眼睛，白皙的双颊上一片绯红。他愤怒地说："流氓！"

"啊？"神君此话是从何说起啊！我实在是冤枉。

渊浊似乎听到我们的声响，一闪身进来，看见我之后赶紧捂住了眼睛，恶狠狠地说了一句："臭流氓！"然后就跑了出去。

后来我听说，那日渊浊跑出去之后，找了天山雪水洗了好几日眼睛，好像看到了什么肮脏的东西一样。对此我很是郁闷，我好歹也是个姑娘，何必呢？此人

多半有病！

"我……"怪我吗？

神君思凡一挥手，为我幻化出一身白色的衣服，衬着我这一身似雪的肌肤，既合体又清凉。我站起身，在桂花树前比了比身高，惊喜地回头看向神君思凡："神君大人，我好像长高了！"

他紧闭的眼睛睁开了，神色如常地看着我，好似方才惊慌失措的人不是他。他"嗯"了一声，端起茶杯，喝了一口茶。

我又跑到桂花树后面的一汪潭水边，对着潭水照了照，好像有什么地方变了，并非原来的我，可是又好像什么都没变，我还是我。只是眉宇之间似乎长开了不少，皮肤更加白皙，近乎透明；我的头发也长了许多，竟然能垂到我的脚踝……这种种迹象，从医学的角度来说，是我一夕之间长大了。

我拍了拍脸，这张脸熟悉又陌生，我扭头看向神君思凡，方才饮茶的他此刻也正在看着我。我咬了咬唇问他："神君大人，你方才该不是吸了我的精气吧？不然我怎么一下子老了？"

神君思凡瞪大眼睛，胸膛不住地起伏，最终他强忍着想捏死我的冲动，对我平静地说："你多了五百年的修为，自然相貌有些许变化。"

"什么？你说我一下子老了五百岁？呜呜……我怎么变得这么丑？"我对着那汪潭水一下子就哭了起来，可我向来是只打雷不下雨的那种，眼泪这个东西于我来说珍贵得很啊！

"白白多了五百年的修为，换作旁人只怕要偷笑了，怎么你还不愿意？"

"多了修为有什么好的？我要修为本来就没用，我是个大夫！"

"法术可以治病救人。"

"我的岐黄之术也可以治病救人，天下种种因果循环，五行相生相克，没有什么是治不了的！"

神君思凡突然冷哼一声："鼠目寸光！"

我当即大怒："我是胡萝卜，不是老鼠！"

神君思凡瞪了我一眼，似乎是无法反驳，不愿意再理我，拂袖而去。临走还不忘把这一方天地封印结界，我虽然多了五百年的修为，可想破他的结界也是痴人说梦。

起初我很生气，神君又如何？怎么能不顾别人的想法，随意在别人身上任意而为？后来我实在烦闷，将乾坤袋拿出来，开始研究从太上老君那里拿来的东西。不得不说，太上老君的东西各个精妙。

这一研究就是整整三日，我竟然丝毫不觉得疲惫。这期间渊浊来看过我一次，仍旧是横眉冷对的样子，丢给我一个水囊和一些干粮，我这才发觉自己肚子很饿。他给我的水囊里装着茶，和他一直浇灌在我花盆里的茶水是一个味道。这味道起初甘甜，后来苦涩。不知不觉我多喝了一些，开始有点儿迷恋起这样的味道。

"渊浊，这是什么茶？"

"凝心。"

"凝心茶？可有安神的作用？"

渊浊却哼了一声："只管喝吧。"

我笑了笑，将这两日的研究成果拿出来，试图递给结界外的他，他却迟迟不伸手来接。我讪讪地收回手说："这是我最新研制的面膜，用老君的药材和这桂花做的，你回去定时贴，不出一年，你就能变成美男子了！你如今这个样子真是太丑了。"

渊浊立即恶狠狠地瞪我，怒吼一声："我哪里丑？我是妖界最美的九尾狐！

你那是什么奇葩的审美观，能不能正常点儿？"

我一怔，心想这便是人丑而不自知吗？真是可怜啊！我叹了口气，他却更加生气："你什么意思？你当真觉得我丑？"

我点了点头，没办法，我这个人就是诚实。

渊浊立即掏出一面镜子来，对着自己的脸左瞧右看，并且发出怒吼声："哪里丑了？哪里丑了？我是妖界最美的九尾狐！"

他一遍一遍地说，最后竟然吐出一口血来，吓了我一大跳。

"渊浊，渊浊，你怎么了？你把脸凑过来让我看看。哎呀，这气色，伤肝了。丑不是你的错啊，你放宽心。"

岂料我这么安慰了几句，渊浊却更激动了，头发都散开了，尖叫着化作一道光消失在了我的面前。

"这……心魔啊！"我摇头叹息，转过身来，发现院子里多了个人，竟然是几日不见的神君思凡。他似乎是喝了很多的酒，一身的酒气，微醺的脸，脸颊有些红润，有那么一瞬间，我觉得这个跟师兄的容貌有天壤之别的人不丑了。

神君思凡坐在桂花树上，穿着火红的衣衫，雪白的桂花在他身侧飞舞，慢慢地落下来。他仰头喝了一口酒，漆黑的眼眸忽然带了些雾气，他冲我笑道："这么大的雨你也敢出来，怎么不怕现了原形？"

这万里碧空的，神界鲜少下雨啊！可是一抬头，却有雨点落下来，打在我身上，我顿时心惊肉跳，好似被烫了一般。

神君思凡哈哈大笑起来，然后从树上下来，在我面前停下。他撑着一个结界球，雨水近不得我们的身，他身后竟然有一条雪白的尾巴，他抖了一抖，那尾巴还掉了几根毛。

我惊讶于他的尾巴，目瞪口呆的样子许是十分滑稽，引得他看着我一直笑。

笑着笑着，他突然抱住了我，紧接着我就觉得脖子上湿漉漉一片——他竟然哭了。

"我寻不到你，你竟然在这里。小艾，我怎么能把你丢了呢？"

这……如何是好？

就在我迷茫之时，神君思凡已经醉得不省人事，干脆倒在我身上。我勉强将他拖进房里，因为之前在树上淋雨，他浑身都湿透了。我只好帮他把衣服脱下来，可是再想给他穿上一件干净的，那就难了。我费了九牛二虎之力，才帮他把裤子穿上，上衣怎么也穿不进去了，索性用被子盖住他，也不至于着凉。

我又给自己弄了一套干衣服换上，自然是我以前的衣服，现在穿着都短了不少。我只能将那不伦不类的裙子撕到膝盖，模仿瑶池仙子们的打扮。

我在房间里弄了个火盆，又煮了一大锅姜汤，自己喝了两碗驱寒，然后就开始研究药理。

神君思凡彻底醉了，因为他一直在说梦话，始终紧紧地攥着拳头。他身后那条尾巴却没有缩回去，直挺挺的，十分粗壮。我万分好奇，神君的真身到底是什么呢？

"神君？"

"思凡？"

"老妖精？"

我怎么叫他，他都没动静。于是我大着胆子，走到他的跟前，摸了摸他那条尾巴。这手感，真是顺滑啊！啧啧，还挺软的，我又捏了捏。

突然，神君思凡睁开了眼睛，盯着我，冷不丁地说了句："你在干什么？"

我吓得魂飞魄散，从他的床上掉了下去，腰正好撞在踏板上。

他看了一眼自己的尾巴，然后看了看我："你……"

"我什么都不知道！"

话本子里说了，这种时候最好装傻，万一他把我灭口了，我去哪里说理？去了冥王那里，我能说自己是因为摸了神君的尾巴然后死翘翘的吗？显然是不行啊，我若是那么说了，神君还不得追到冥界来让我灰飞烟灭了！

他哼了一声，坐起身，被子滑落腰间，他皱眉问道："你脱我衣服？"

我从地上爬起来，冲他笑了笑："神君大人不必言谢。"

"把我的衣服撕成这样，你倒是头一个。"

"神君大人谬赞了。"

他脸一黑："我几时说是在夸你了？"

我顿了顿，拿捏不准他什么意思。我瞥了一眼火炉上的姜汤，于是去盛了一碗给他："神君大人驱驱寒吧，白日里您淋雨了。"

神君思凡接过去，喝了几口说："你也喝点儿吧。"

"不用了，我下午喝过了，晚上吃姜赛砒霜。"

他的脸色彻底难看了，但还是把那一碗姜汤喝光了。他一边将碗递给我一边说："我前几日的做法的确有些不妥当，不如你把那五百年的修为还给我吧。"

"这东西还能还？"我顿时来了兴趣，说不准日后还能用此方法变通救人，我掏出本子，打算用灵力将他接下来的话复刻在本子里。我这个本事是师兄教的，因为我不识字，平常记录个什么配方，全靠这玩意儿刻录。需要用的时候，就用灵力催动一下，记录下的声音就会出现在耳边。

我满怀期待地等了许久，神君思凡却对我笑了笑，说："怎么给你的，怎么弄回来，只是我怕控制不好，吸了个六百年的。你若是实在不想要，我这便拿回来。"

如此……也罢，我闭上眼睛，如同挺尸一般。他却迟迟没有靠上来，我睁开眼睛偷看他，他凝视着我问道："你为何不怕？"

"命里有时终须有，命里无时莫强求，我阿爹一直教育我，说不可不劳而获。所以这修为是你给的，即便你没控制好多取了些，我也不过是变回胡萝卜重新修行罢了。"

神君思凡微微一愣，旋即笑道："你倒是豁达。若这六界中人都如你一般豁达，也就太平了。"

"所以这修为你取是不取？"

"暂且先放在你身上，你是个胡萝卜总不方便。不是还要给茵沫治病吗，等日后我需要了，你再还给我也不迟。"

我笑了笑，与他击掌："那么便说定了！"

我又在雪海涧住了小半个月，神君思凡给我找来了不少医书，大多数是上古遗卷，我这种文化程度，别说古书了，现在的书也看不懂。可他忙得很，我没机会请教。想去请教渊浊吧，他自从上次跑了之后再也没出现过。

我日日在桂花树下抱着医书发愁，分明怀中有无价珍宝，却不能窥探一二，我内心憋屈啊！时间久了，竟然成疾，下巴上长了好大一颗痘痘。我不得不喝茶败火，而这里也只有凝心这一种茶。

不得不说，这是个好茶。我每次喝完，都觉得七经八脉畅通无比，浑身骨骼脉络都在发热。可我作为一名大夫，竟然不知晓这到底是不是个好现象。只是我发觉我已经离不开这茶了。

"发什么呆？"不知何时，神君思凡已经站在我的身后，他见我不曾翻看医书，不由得皱眉，"这医书对你无用吗？"

"不是。"我欲言又止，"渊浊大哥近些日子去哪里了？"

"疯了。"

"什么？"我惊得站起来。

他冷笑一声："能将妖界的九尾狐逼疯，你也真是厉害。"

"我什么都没做啊！"

"你说他丑了吗？"

我点头。

"你不止一次说他丑吧？"

我再次点头："他确实丑啊。"

"那便是了，九尾狐乃是妖界最美的物种。只怕是第一次有人说他丑，他承受不了自然会疯，心魔而已。"

我有些愧疚，我这个人说话就是不会委婉一些。

他见我难过，拍了拍我的肩膀说："他命中注定有此一难，你无须过多自责。倒是你的审美真让人诧异，你当真觉得渊浊丑得很？"

我用力点头："无法直视的丑！"

"那么我呢？"

"惊心动魄的丑！"

他皱眉，没一会儿竟然笑了："如此我便放心了，我在你心中还是好看的。"

我诧异了："这是个什么道理？"

"自己悟吧。"

我若是悟得出来，还用在这里烦恼吗？

我垂头丧气了好一会儿，他问我："你是不是不认识字，看不懂医书？"

"喀喀，神君大人果然英明！"

他摇头叹气："我来教你。"

他教得极为认真，反倒是叫我不好拒绝。这段日子，他每天都起得很早，他在桂花树下放了书案，每日教我看书习字。我渐渐地也能认识不少字，可就是不会写。他握着我的手，抓紧了毛笔，在宣纸上写字。他的手很有力，笔下的字苍劲有力。

可是他一松手，我就怎么也写不出一个像样的字来了。神君思凡为此没少敲我的脑袋，似乎是想敲开看看这里到底装了什么。

我也不知道为何会这样，我天生怕水，又天生对文字不敏感。我很努力地学，可总是会忘记，所谓的提笔忘字，就是我现如今的窘境。

他后来大抵是对我失望透顶了，说："我教你一个天正字法吧，你别学写字了。"

所谓的天正字法，就是催动灵力，让脑海里所想到的东西都转化为文字，并且能够自行用笔写在纸上，这是一种控制文字的法术。我学法术倒是极快，他教了半日，我就学会了。

"我竟不知道还有这么好玩的法术！神君大人，这法术是哪家的，属于五行之中的什么派系？"

他在桂花树下闭目养神，慢悠悠地说了句："那天实在教不会你写字，自创了一个，并无派系，你属草本植物，那就算木系法术吧。"

这是我第一次真正意义上觉得神君思凡很厉害，很了不起。之后许多年，我们分开后，我也常常想起他那日教我写字教得抓狂的神态，以及后来教我天字正法的神态。

我对他莞尔一笑，他忽然睁开眼睛，看着我有些失神。

"神君，你怎么了？"

"想起故人。"

"故人？可是神女大人？"我不知为何忽然想起这个名字，小骚那日没有告诉我此人到底是谁，于是我好奇地问道，"神女大人是个怎样的人？"

他笑了笑，似乎是陷入了美好回忆之中。

"她……矫情至极。诗词歌赋样样精通，不像你是个文盲。"

我噘了噘嘴，弱弱地反抗："我是个大夫。"

他也不反驳了，只是看着我笑。

我坐到他身边，仰着脸问他："那神女大人现在在何处？"

"我一觉醒来，她已经不见了。不过我一定会找到她，让她永远都在我身边，不再受任何苦楚。"他说着，表情竟然从温柔变成了发狠。

我察觉出这里有故事，本着看热闹不嫌事儿大的原则，我又问："她吃过很多苦吗？"

"在这个神界，很多神都想要害她。"

我惊讶地说道："那你可得快点儿找到她。"

他忽然看着我，目光里的凶狠全然不见，倒有一些温柔和不明所以的情愫在里面，他问道："你希望我早些找到她吗？"

我点了点头。

他又问："如果她回来了，你却要受伤呢？"

我哈哈大笑起来："我可是个大夫啊！放心，我会治好自己的。如果我受点儿伤，你的神女大人便能回来，那也值得呀！"

"桉笙，你真是个蠢货。"他拂袖而去。

我不明所以，有点儿地位的神都这么喜怒无常吗？

第五章 05
CHAPTER

••• ⟳ 三　观　尽　毁 ⟳ •••

♥

半个月后，我回到了清鸾山，是神君思凡亲自送我回去的。

阿爹跟师兄两人跪在大门口迎接，却没料到神君思凡带我直接穿墙进了里屋。导致我将家里里外外翻了个遍，也没找到他们二人，一时间还以为他们出了意外。

还是神君思凡淡定，在药炉里，坐着我的摇椅，喝着我研制的雪颜茶。

"这茶味道不错，有何功效？"

"美容养颜，回头我多给你弄点儿。神君大人，你放心，就咱俩这关系，我保管把你变成个美男子！像我师兄那样的万人迷！"

我心潮澎湃，憧憬着未来。

神君思凡呛了一口水，咳嗽了好一会儿说："你别找了，你阿爹跟师兄都在山门前。"

"那你不早说？"

"你不曾问我。"

他理直气壮，我竟无法反驳。

阿爹跟师兄一进屋便是每人都脱下一只鞋，打算揍我。当他们把鞋扔出来，发现我旁边还站着神君思凡之后，就恨不得把自己那只鞋吃掉。

神君大人抬了一下头，那两只进击的草鞋就停在了半空中，阿爹和师兄赶忙

过来把鞋拿回去穿上，紧接着"扑通"一声跪在了神君思凡面前。这还不算，他们还试图让我也跪下，一个劲儿地给我使眼色。

"不知神君驾到，小神有失远迎！还望神君恕罪啊！"阿爹和师兄一起说。

神君思凡点了点头："起来吧。"

阿爹将我拉到他身边，对神君思凡恭敬地说道："小女年幼不懂事，给神君添麻烦了！"

神君思凡竟然点头说："是有点儿麻烦。"

阿爹当即惊慌失措地后退了半步。

师兄赶紧说："多谢神君这些日子对师妹的照顾，神君的大恩大德我们无以为报啊！真想每日都在神君的身旁伺候，好多学一些道理。可是小神等人深知神君大人繁忙……"

神君思凡"哦"了一声打断了师兄："如此，我便在你们这里住些日子吧！桉笙，你的房间是那间吧？"

说完，人已经飞至我的房门口，然后一步迈了进去，袖子一甩，门关上了，留下我们三目瞪口呆。

阿爹懊恼万分，师兄亦是狠狠地抽了自己一个嘴巴。

"这下可怎么办？"阿爹叹气。

"我也不知道神君他这么……"

师兄咬了咬牙，后面半句没说出来。

我连忙接话："这么不要脸。"

我的话音刚落，师兄跟阿爹一起捂住了我的嘴，我险些没背过气去。

神君思凡在我家住的这些日子，师兄日日研究着怎么给他做点儿好吃的。阿

爹以病着为由，每日能躲就躲，坚决不见神君。而我就更加忙碌，一头调理我阿爹的身体，一头还得看医书，想着怎么给茵沫治病，另外还要想怎么才能让神君思凡改头换面。

我阿爹是积劳成疾，修养一段日子也就好了。而神君大人大概需要整容，要在脸上动那么几百刀，才勉强能达到我师兄的美貌程度。但是在听了我这个想法之后，神君思凡并没有什么表示，倒是我阿爹跟我师兄差点儿把我打死。

自然，作为一名大夫，这些都不算什么，我最大的发现还是关于茵沫的病。经我呕心沥血地钻研，终于在第二次给茵沫看病之后，找到了一些眉目。

我从医书上看到，有一种东西能够净化秽物，名为漱玉碧玺，磨碎入药可解百毒，茵沫的病自然需要这么一味药。

这天我给阿爹针灸完毕，说出了自己想外出寻药的想法，阿爹当即反对了。

"为何？我跟神君说好的。"

阿爹叹了口气，拍了拍我的手说："桉桉，不是阿爹不想让你去，只是你一个姑娘家的，成天抛头露面，这影响不好。万一你以后嫁不出去可怎么办？"

我笑了笑说："阿爹，我不嫁人，我一辈子都陪着您。"

阿爹抬手就给了我一巴掌，拍得我脑袋一阵眩晕。

"姑娘家怎么能不出嫁？说出去让人笑话！桉桉，你想要出去找药也可以，先把婚事定了。"

"天君四万岁娶了天后，战神苍衣十七万岁才成亲，神君思凡年龄都算不清了，还没着落呢。阿爹，我不过百岁，急什么？"

阿爹听了我这一番话，简直气急了，咳嗽个不停。我见他一张黑脸憋红了，赶紧给他扎了一针，这才好了些。

"你阿娘走之前找人给你算了一卦，你成亲之后才能一生太平。总之，你不嫁人，就休想出去，我说到做到！"

阿爹转过身去，很是坚决。

我一时之间不知如何是好，嫁人，这个事难不难？

从阿爹那里出来，我去师兄房里找师兄。师兄这几日也很勤奋，日日替阿爹算账，财神这一块的活儿，他比我熟悉得多。我进去的时候，师兄正在打算盘，"噼里啪啦"作响。

"师兄？"

"嗯。"

"师兄忙着呢？哎呀，辛苦了啊，师兄！"

"没工夫闲聊！"

我走过去，给师兄捏了捏肩膀："师兄，咱俩成亲行吗？"

师兄手里的算盘一下子打错了，他愣了一下，我笑吟吟地看着他。师兄突然站起来，暴怒道："又得重算一遍！我算了三天三夜，你说什么不好，你跟我说成亲？太过分了啊！"

我被师兄的反应吓着了，他开始在房间里来回踱步，将书桌上的账本扔了又扔。

"师兄，你……你先忙。"我赶紧逃出来，怕他一怒之下把我打伤了。

我一路狂奔，准备回我的盆里。是了，神君思凡霸占了我的房间，因此我只能像以前住在他那里一样变成胡萝卜睡在花盆里。他还没事就拿茶水浇我，虽然厌恶，但是对我的身体有益。

"桉笙。"

我停下脚步，回头看见神君思凡倚着窗户，正在瞧我，他对我勾了勾手指，我忙踱步过去。

"本君这一世十六万岁，轮回之前二十万岁，年龄你可算清了？"

我一愣："你都听见了？"

他笑了笑："一字不差。"

我心一横，拉住他的袖子说："既然如此，你娶我吧！"

神君思凡的笑容僵住了，并且以可以看见的速度碎掉了。

我看着他傻愣愣的模样，拍了拍他的肩膀说："没关系的，我不嫌你丑。神君大人，你娶了我，于你于我都有好处啊！你也知道，我阿爹说没成亲之前不让我出去，我为了出去寻药，只好找人成亲。而你呢，这么大年纪还没成亲，别人肯定要说闲话的。你娶了我，也可以继续等你的神女大人，等她回来了，咱们一拍两散，你们尽管去逍遥快活，我就继续行医治病，你看如何？"

我的话音刚落，阿爹和师兄像风一样瞬间出现在了我面前，跪在神君思凡面前大喊道："神君息怒！神君息怒啊！小女年幼无知，口无遮拦……"

"我娶。"

阿爹一屁股坐在了地上，号啕大哭道："天塌了！"

师兄若有所思，并不像阿爹反应那么激烈。

我则是笑了笑说："成交！"

神君思凡一挥手，幻化出一支玉笛，交到我手上："给你留作信物，三日后，我来下聘。"

我接过笛子，有些闷闷不乐："哎呀！还这么麻烦？不能马上成亲，马上出去找药吗？"

阿爹狠狠地拽了我一把，冲我使了个眼色："胡说什么呢！神君大人，小女无知，信口雌黄，切莫当真啊！"

神君思凡将我阿爹扶了起来："老财神快请起，日后还要尊称您一句岳父大人。我暂且回去，三日后再来。"

"这……万万不可啊！"阿爹还要哭喊，师兄吼了一句："师父，这是命中注定！"

阿爹如遭雷击，张了张口却再也说不出什么。

神君思凡将我拉到一边："可有什么想要的，我一起送来。"

"再给我找一些医书来，越古老越好。"

他点头："还有呢？"

"睡莲有吗？千年的那种。"

他又点头："还有呢？"

我想了想说："一时想不到，日后少什么再说吧。"

"要不要渡你点儿修为？"

我摇头："不必，大夫用不着那玩意儿。"

他笑了："好吧，等我三日。"

"神君慢走。"

"你以后可以唤我思凡。"

"嗯！"

我早就觉得四个字念起来麻烦了，但是碍于他级别比我高，我不好直呼姓名罢了。

思凡走后，阿爹将我拽进了书房，师兄也在一旁看着我。

"你这丫头，让我说你什么好？你当真以为成亲是儿戏吗？"阿爹骂我。

"成亲又如何？不成亲又如何？我只知道，我不找个人嫁了，阿爹就不让我出去找药。我是个大夫，我只想游走天地，治病救人，让我所行之处无病。若成亲可以让我达成心愿，有何不可？"

"你……你……"

阿爹捂住胸口，师兄忙给他顺气："师父莫生气。"

阿爹眯了眯眼睛，叹口气说："也罢！我就豁出去一张老脸，去月老那里给你求个郎君，如不如意都好过你嫁给神君！"阿爹说完，一跺脚走了。

师兄看着我，也是极为无可奈何。

"师兄，我错了吗？"

师兄点了点头："你怎么能想着要嫁给神君？"

我愣了一下："是因为他长得丑，所以你们不同意吗？"

师兄听了我这话，当即怒道："神君他长得丑？你竟然说他丑？那可是男神一样的存在，你说他丑，你瞎吗？"

我被师兄一连串的逼问吓着了，后退了好几步才稳住身形："可是，师兄，你是美男，那他跟你差别那么大，自然就是丑男，我哪有说错？"

"咯咯……我回去算账。"

两日后，阿爹的病又严重了。起因是他去找月老给我做媒，可谁知还未婚配的神仙里，没一个愿意娶我的。不管是老的少的，好看的还是长得丑的，有钱的或者没钱的，他们都一样的态度：不娶，不愿，不见！后来我师兄美南梓出去打探了一番才知晓，大家都知道我回清鸾山那日是神君思凡亲自护送的，谁敢跟神君抢人呢？

为此，阿爹在家埋怨了很久，直呼神君太阴险。

可这也不能阻挡我阿爹想在三日内将我嫁出去的想法。正好，火凤族的使者去找太上老君求医问药，被我阿爹撞上了，聊了聊，回来后竟让我去火凤族的领地。

起先我不愿意去，后来听那使者说，他们火凤族的小公主病重，诸多名医束手无策。对于这样的疑难杂症，我最是喜欢，于是便欣然前往火凤族了。

师兄亲自护送我过去，不过几个时辰便到了，我还不知道师兄可以飞得这样快。

火凤族在我们神界可真算是个了不起的种族了，他们掌管着四海八荒的火种，各个法力高强，容貌俊美，并且寿命要比一般的神仙都长。最重要的一点是，他们族里出了一位天后，天君是个妻管严，三千宠爱只敢在天后一人身。听闻，天君曾有过另一位夫人，那夫人也是火凤一族的，生下了二太子夜寥之后就被天后害死了，外界对这位夫人完全不知，史书里也没有丝毫记载，二太子夜寥只落下个母不详。

这些都是师兄告诉我的，至于师兄为何知道这么多机密的事情，我就不得而知了，毕竟师兄是一个爱打听的人，这天底下仿佛没有他不知道的秘闻。师兄曾跟我说，若是日后我们一家在神界混不下去了，我们就去游走四方，我行医，他卖消息，阿爹记账，也算是逍遥自在的好日子。

对此，我憧憬了许久。

对于我们的到来，火凤族并没有很欢迎，反倒有点儿轻视我们。我和师兄被晾了整整两个时辰，才有个婢女匆匆跑来说："二位请回吧。"

我一愣："为何？我还没给小公主诊脉。"

　　小婢女轻哼了一声："这位仙子，太上老君都束手无策，你法力低微，如何能治？"

　　我也冷哼一声："我尚且不知看病需要法力，而不是灵丹妙药。"

　　小婢女脸一红，噘了噘嘴，正要说什么，却忽然有人问："姑娘是大夫？"

　　只见一位锦衣公子伫立在大殿门口，他缓缓走来，足上穿着一双蜀锦的翠玉靴子，身着月白色绣凤凰的袍子，头上戴着玉冠，两条白色的飘带垂在脑后。他面色苍白，神色之中充满疲惫，想来是许久都没睡好了。

　　于是我出言提醒道："这位公子郁结在心，脾胃皆损，眉宇之间还有邪气盘横，需要注意调养才是。"

　　他听言，加快步伐走到我跟前，似乎有些激动："你果然是大夫！"

　　"奴婢参见大皇子。"

　　方才那趾高气扬的小婢女跪拜在这公子面前，我分明看见她脸上有着一抹红晕，尽显娇羞之态。

　　我扭头看了看师兄，师兄与我耳语："这是火凤一族的大皇子益卞，也是储君，不如你嫁他？"

　　我摇了摇头，对师兄小声说道："不行啊，这人太丑了！"

　　那跪着的小婢女顿时抬头瞪了我一眼，益卞亦是愣住了。

　　师兄说："这还丑？火凤族可都是美人！"

　　我略微思索了一下，说："比起思凡那不算丑了，思凡真是天下第一丑。"

　　师兄脸一黑："你再瞎说试试！"

　　我木然。

　　"喀喀，敢问仙子是否真是大夫，能治好我妹妹的病吗？"益卞开口道。

我这才想起来，人家还急着给小公主治病呢，那小婢女还跪着呢。

"需要先诊脉才好知道，不过这天底下所有的病症，都会对应有一味专治的奇药，只看能不能找到而已。"

他对我的言论似乎十分认同，立即安排我去给小公主诊脉。

一路上，我又询问了许多小公主的病状。益卜有些支支吾吾，只说让我先看看再说，无论能不能治好小公主，都一定要保守小公主生病的秘密。

火凤族到了益卜这一辈，只有益卜和小公主阿依两人，兄妹两个从小感情极好。阿依已经病了一年多，起初还只是面色较常人苍白，行动稍有不便，后来便时常呕血，每每发病就浑身抽搐不已。

虽然来之前就知道这是个棘手的病人，可是当我见到阿依的时候，还是吓了一跳。她脸上毫无血色，皮肤干皱，她不过几百岁，却像个老妇一般。

益卜挥退了闲杂宫人，让我上前诊脉。

我看着里三层外三层的被子皱了皱眉："掀开让我瞧瞧。"

"不可！"

益卜握住了我的手，别说他这双手还真是嫩滑。

"望闻问切，缺一不可。等她精神好了，我还想跟她聊聊。"

阿依好像听到了我说话，睁开眼朝我看了过来，她眼神涣散，好似只剩一口气吊着。我摸了摸她的脉搏，她轻轻一挣，气若游丝地说："你是何人？哥哥，我不要见人。"

益卜坐在床边，抓着阿依的手安抚她的情绪，温柔道："阿依别怕，这是哥哥给你请的大夫，让大夫瞧过了，你就好了。"

我对阿依笑了笑说："公主别担心，我会尽力治好你的。"我看向候在床边

的婢女，"公主病了以后都是你照顾吗？"

那婢女点点头。

"公主从什么时候开始皮肤发皱的？"

婢女咿咿呀呀地张开嘴给我瞧，居然没有舌头。

"你好无礼！"阿依急喘着，"哥哥，我不要她治！"

"阿依公主，我要知道病情才好给你治病呀，你的头发最近可有脱落的迹象？最后一次吐血是什么时候？你现如今已经吐不出血来了对吗？"我观察一二，胸有成竹。

阿依似乎十分生气，胸口剧烈地起伏着，身体不安地扭动，她似乎很不想我这样近距离看着她。

"公主可是害怕？不用担心，我是个大夫。"

"我不要见人！哥哥，我不要见人，呜呜……"她竟然哭了起来，可是干涸的眼睛已经流不出眼泪了。

师兄叹了口气，拽了拽我的袖子，问："你知道这是什么病吗？瞧着怪可怜的，这公主我以前见过，当真是个美人儿。"

我诧异地问道："如今就这么国色天香，原来病之前还要更加美丽吗？天啊！"

闻言，在场的几人都是一愣，师兄不好意思地咳嗽了几声。阿依难以置信地看着我，问道："此话当真？自从我病了，他们就不让我照镜子，我如今当真很美吗？"

益卜满脸苦楚，师兄别开脸去，只有我坚定地点头说："那是自然！跟我师兄一样美艳动人！"

阿依看了看我师兄，一张脸突然扭曲起来，尖叫道："我如今这么丑？"

我有些头疼，这些人到底怎么回事？莫非我的审美真有问题？

我抽出一根针，插在了阿依的脖子上，她顿时不敢折腾了。

益卜问："叮是要针灸？"

我瞥了他一眼，没想到益卜懂的还挺多，甚得我心！

我笑了笑将针拔出来，说："不是，我随便扎一下而已。"

阿依冲我张牙舞爪："滚出去！"

我冷哼了一声："你这病也就我能治。"

"当真有办法？"益卜问。

"等我的消息吧。"说罢，我从药箱里翻出来一颗安神丸给阿依服下，她立即沉沉睡去，这药丸虽然不能治好她的病，却能让她好好睡一觉。阿依已经很久没有好好睡过觉了，益卜见阿依睡了很是惊奇，因此更加相信我能够治好她。

我收拾好药箱，那边师兄跟阿爹千里传音后，对益卜说："我师父说，若是小公主的病被我师妹治好了，你得娶她。"

益卜愣住了，似乎有点儿为难。他缓了许久才开口说："小王是一族储君，婚姻大事自己做不得主，可否让小王请示过父王再做决定？"

我正要开口，师兄却拦着我抢先说："不如先立个字据，大皇子可以商量，我们回去也好交差。"

益卜思前想后，犹豫许久，终于给了我们一个字据。我看不懂是什么意思，催动天正字法后才知晓，益卜的意思是只要我治好阿依，他可以考虑娶我，解释权暂且归他所有。

师兄一看这也可以，还要说点儿什么，我却不耐烦了，早些回去想怎么治阿

依的病才好，再说我都有思凡的婚约了，干吗还要扯上益卞？

回到清鸾山，阿爹出门迎接我们，笑意盈盈，皱纹里都透着愉悦。

"瓜娃子，听你师兄说，那病你能治？"

我点了点头："要是一丁点儿的事都办不好，我日后怎么混？"

我用来插在阿依脖子上的那根针可不是一般的针，是早些年师兄从东海带来的，用凝结了千万年才形成的冰魄打造而成。此刻冰针发青，再加上种种症状都说明阿依的病是妖邪入骨。只是如何把这妖邪除了，我现在还不知道。但是关于如何修补她的身体，我倒是有了眉目。

阿爹一阵怔忪，末了摇头叹息说："能治就好，有了这个字据，也算是婚约，神君再厉害，也不能强行抢人妻女。"

师兄忧心忡忡："师父，您确定吗？"

阿爹突然顿住，一脸的担忧："神君不至于这么……不要脸吧？"

可事实证明，人不要脸，天下无敌，神君不要脸的时候，放眼整个洪荒，只怕也是无敌了！

当阿爹颤巍巍地将益卞写给我的字据呈到思凡面前的时候，他看也没看就将那字据撕了，再用一团冥火将其化为灰烬，任你何等仙术，都无法复原。

然后思凡笑道："岳父大人方才给我的是何物？"

阿爹张了张嘴。

思凡又拿出一张绢帛，递到我阿爹面前。我阿爹不敢接，他又说："这是天君的圣旨，我给桉笙讨了个封号。"

阿爹赶紧跪下接旨，思凡又说："还有一张是天君写的我与桉笙的婚书，天后做媒。岳父大人既然接了，那这亲事就定下了。岳父大人，你方才说火凤族的

大皇子，他与桉笙有何关系？"

阿爹吓得一屁股坐在地上，思凡笑吟吟地将他扶起来，一口一个岳父大人，听得我阿爹直哆嗦。

我望了望那从青鸾山顶一直排到清鸾山脚下的聘礼，再看了看谈笑风生的思凡，他果然有诚意，是个好搭档啊！

最后阿爹终于在思凡的笑容下妥协，拿起算盘跟师兄一起点算聘礼去了。他一边算一边郁闷，这得给多少嫁妆啊！

我与神君思凡的婚约在四海八荒传遍了，一时之间成了大家共同的话题。我的确很渺小，年岁不过百来岁，比起一般的仙子都不如，而我能嫁给神君思凡，这让整个洪荒都震惊了。原本冷清的清鸾山，也一下子门庭若市，无数认识的不认识的人都来拜访。最后神君思凡一道旨意，所有人都不敢来扰我清修了，我才有时间研究阿依的病情。这期间，火凤族派人来询问过，他们大抵是怕我因为要成亲忘了给小公主治病这回事。我又给了他们一些安神丸，他们才放心。

"过来沏茶。"思凡倚靠在榻上，对我招了招手。

他这些日子都赖在我们清鸾山，他的婢女和小厮将清鸾山下所有的房子都住满了。这位神君虽然是这天底下最大的神，可是日常生活中像个凡人一样，什么都要人服侍，而不是用法术解决。

一开始还好，后来因为他的仆人实在是太多，我们一家三口倒是不方便起来了，我一生气，干脆都赶走了。于是，伺候神君这活儿就落在了我的身上。

我闷哼一声："等会儿，我这里还有一点儿事，马上弄完了。"

"好吧，我也只是口渴难耐而已！"他突然大声喊道，我立即丢下医书跑过去给他沏茶。阿爹交代过，切不可怠慢了神君，不然就扒掉我的萝卜皮。

思凡笑了笑，似星辰入眸。

茶沏好了，茶叶还是他带来的凝心茶。

思凡喝了口茶，撇了撇嘴："总觉得少了些什么。"

我又拿出一碟萝卜糕，放在了他面前。思凡笑了起来，捻起一块放在嘴里，含糊道："桉桉倒是懂我。"

"你叫我什么？"

思凡笑而不语。

我有些尴尬，喝了一碗茶后说："神君大人，咱俩现在虽然是合作关系，但是你可别太投入。"

思凡挑了挑眉毛，手撑着下巴，笑着问："此话怎讲？"

"早晚都得分开，不投入就好抽身。"

"桉桉倒是看得透彻。"

我嘿嘿一笑："那是自然，我是大夫。"

"与大夫有何关系？"

"我们做大夫的都得看淡生死。"

思凡苦笑道："不过是无情罢了。明日我要离开一阵子，去一趟妖界，等我回来，你就随我去雪海涧住吧。"

"为何要去你那里？"

思凡白了我一眼，问道："你当真想知道？"

"那是自然。"我点头。

他十分嫌弃地说："承蒙你照顾这些时日，我这浑身都不痛快。礼尚往来，你也该去我那里小住一段时日。"

哼，还真是挑剔啊！

第二日天还未亮，思凡就离开了。我阿爹和师兄都松了一大口气，但是山脚下那些散仙就惆怅了，因为思凡一走，思凡的奴仆们也都走了。这导致散仙们的房子不能继续出租了，餐饮业和娱乐业也停滞了。一时之间，清鸾山的经济都萧条了许多，后来有散仙隔三岔五来打听，神君到底什么时候回来，最近实在是手头紧啊！

可是，他们问我，我又该问谁呢？

思凡不在，我的时间更加充裕，由原本一月一次给小公主和茵沫诊脉改为了七日一次，往返于涣璃山和火凤族，忙得不亦乐乎。

只是不知为何，近几日神界的交通不太好，让我出门问诊都有了压力。我这坐骑小毛驴本就不快，还经常赶上道路堵塞。实属无奈，谁让我是个只有百年道行的小神女呢。在神界，低法力的仙人是不可以飞行的，只能乘坐交通工具，找个合适的坐骑最为靠谱。所以对于低等仙人来说，神界也跟人界一样，有堵车和租房的压力啊！

这眼看着就要赶不及去给涣璃山的茵沫送药了，我只好连续给小毛驴吃了一瓶自己研发的加速药丸，让它的速度比平日里快了二十倍不止，奔跑起来也有一种风驰电掣的感觉。

就在我为自己这发明沾沾自喜的时候，突然跟人撞了个满怀。

"哎哟，好大的胆子！是谁敢惊了瑶沁公主的銮驾！"一个大仙女高声喝道。

我被撞飞了一段距离，躺在地上疼得几乎起不来，额头上也被撞破了一块。我揉了揉脑袋，仔细一听，她方才说瑶沁公主？我心里暗道不好，这位公主可不

好惹啊！

　　瑶沁公主灵力很高，所以她并没有被我撞伤，只是我突然窜出来，马车没反应过来，晃荡了几下。瑶沁公主此刻脸色不佳，难免要降罪于我，我脑子里只有一个想法，那就是跑。

　　当即我便吞了颗隐身药丸，然后调转驴头，加速狂奔。

　　只听那边瑶沁公主说："罢了，先回宫找父皇要紧。我倒要看看那桉笙是何人，能让父皇赐婚！"

　　我心中一惊，看来我逃跑是对的！

　　一路狂奔了大半个时辰，加速药丸都吃完了，这路却不认得了，一条羊肠小路，曲折蜿蜒，顺着走了一段，到了一座府邸前。这府邸已然荒废了，门上没有牌匾，尽管这座宅子修建得很是美观，却不知道主人是谁。我本不该打扰，可是回头一望，来时的小路竟然消失了。我除了往前行，也没有别的退路了。我叹了口气，牵着驴走进了宅子。

　　"有人吗？我是清鸾山财神之女，一时迷路多有打扰！"我一边走一边喊，却没人回应我。这让我更加着急了，阿爹说过，私闯民宅可是大罪。

　　穿过了前厅便到了一个院落，院落里有一棵参天大树，足够五人环抱那么粗，只可惜已经枯萎了。我走近了一瞧，竟然是一棵桂花树，树下放着一张石桌和三张摇椅。这摆设，倒是跟思凡那院子有几分相似。

　　我在院子里绕了一圈，找到了这棵树枯萎的原因，这宅邸里竟然没有一处水源，所有的水分都被人用法术封印了，可谓异常干燥。但让我奇怪的是，我一棵草本植物，在这里竟然不觉得难受。

　　院子后面还有几个小院，每个小院都是三进三出，正中最大的那一间想来是正厅，我推门进去，果然一个人都没有。家具都是上等的，只是有些年头了，到处都是灰尘，室内正中央放着的是……棺材？

这让我惊讶了，我赶紧把驴拴好，快步走过去查看，果然是一口棺材。棺材上布满了灰尘，我用帕子擦了擦，这才看到里面竟然还睡着一个人。

我之所以推测他是睡着的人，是因为他面色依旧红润，而神族死去只会魂散，断然不会有遗体留在神界。

他一身金色铠甲，身旁放着一把大剑。相貌看不出年岁，雕刻一般的五官，英气逼人，金色的发，剑眉飞扬入鬓。他的眉头是皱着的，充满悲伤之感。然而这张脸却与我认知的美差异太大，不知为何，我竟丝毫不觉得他丑陋。

鬼使神差一般，我推开了水晶棺，轻轻触碰着他的脸颊。我感觉到这个人异常熟悉，仿佛他曾经在我的生命里出现过，是我至关重要的人。然而我的记忆里从不曾有这个人，他是谁？他为什么会在这里？

那双紧闭的眼睛突然睁开，金色的瞳孔直勾勾地盯着我，他猛地从水晶棺里坐起身，我的手还放在他的脸上。在看到我的脸后，他的思绪似乎有些混乱。

"草草？"他开口，声音深沉有些沙哑，像是利刃直击我心，我竟然流下了眼泪。

是，我竟然流泪了，我从未有过的眼泪，此刻正止不住地流淌，几乎眼不能视物，我颤着声问："你是谁？我为什么觉得见过你？"

他似乎头更疼了，用力地敲了敲自己的头，对我展颜一笑："吾乃夜寥。"

妈呀！这是夜寥，神界二太子！我顿时明白我为什么哭了，阿爹，我好像又闯大祸了啊！夜寥，获罪于天地的罪神，被天君锁了琵琶仙骨，冰封关押，怎么被我唤醒了呢？我要早知道他是夜寥，我死也不会伸手去摸他的！

突然狂风大作，我被吹到了一边，原本被我推开的水晶棺材盖飞了起来，狠狠地砸在了夜寥身上，将他砸回了棺材里。然而夜寥又怎么甘心被困，他挣扎起来，顿时整个宅邸地动山摇，我不得不找了一根柱子抱住，不至于被甩出去。

夜寥金色的眼眸瞬间燃起了怒火："你既然来了，为何不现身？嘶！"

他怒吼着，水晶棺瞬间爆裂，地面开始塌陷，所有的一切都在以肉眼能见的速度崩塌。眼看房梁就要掉下来砸到我的身上，突然我被人打横抱起，闪身飞到了院子里。他许是慌忙赶来，神色有些疲倦，他用力摇晃着呆愣的我，嘴不停地动着，我却听不见他在说什么。

"思凡，我又闯祸了！那个是二太子！"我大喊着。

他的嘴又动了动，但是我仍旧听不见他说了什么。他叹了口气，在我的耳边凝聚了灵力，两团淡蓝色的光围绕着我的耳朵，他用传音入密对我说："在这里等我，别过来，别害怕。"

言罢，他飞入正在塌陷的房间里，片刻后，金光大作，地面不再塌陷，房屋不再倒塌，一切恢复了平静。思凡从里面出来，一身白衣纤尘不染。我大喜，狂奔而去，大声问他："怎么样了？"

他冲我笑了笑，嘴里涌出一口鲜血，瘫软在我怀里，在我耳边密语："带我回家。"

"你怎么受伤了？不要紧，我是大夫！二太子呢？他怎么样？"

思凡似乎极其虚弱，传音入密都变得有气无力："你干吗关心他？"

这……是什么问题？我无非是怕闯祸而已啊！

"走！"他拉上我，腾云而去。

第六章
CHAPTER 06

夜寥

日防夜防，到底还是闯了大祸。

我望着床上躺着的那两个人，不由得唉声叹气。

左边是神君思凡，他带我回到雪海涧之后就昏迷不醒。

右边……是水晶棺里的二太子夜寥，他竟然也昏迷不醒。让我诧异的是，原本那一头金色的长发如今变成了墨绿色，怎么看怎么妖异。

这该如何是好？

我想偷偷回去问问我阿爹，绑架神族二太子是什么罪过，奈何思凡一直紧紧地握着我的手，不让我离开半步。

少了渊浊的雪海涧，总觉得干什么都不方便。其余的下人，我一个都不认得，只盼望思凡快些醒过来。

半夜，我将自己缩小，从思凡的手里逃脱出来，一下子坐在了地上，这大半日的半蹲可累死我了。怕思凡不适，我又找了一根胡萝卜放在他手里，让他继续握着。我不禁感慨，我为何如此聪慧？

我整理了一下他的衣服，竟然掉出来一块黄色的石头。可又不像是石头，发着微弱的光芒，像残缺不全的碎片，这到底是什么东西？为何他贴身藏着？

作为一个大夫，两个特殊的患者在我面前，难免要跃跃欲试一番。分别给他们诊脉之后，先前那些担忧顾虑竟然一扫而空，取而代之的是对他们病情的探讨。

思凡这具身躯有种我说不上来的奇怪感。他昏迷不醒，大概是被什么反噬，面色苍白，嘴唇毫无血色，这明显是气虚之症。

夜寥的病倒是好治，他是因为被冰封太久了，还有身上那身铠甲，实际上是枷锁。我只需要用刀把他的铠甲弄掉，他自然能好转，再精心调养，假以时日，就是一个活蹦乱跳的二太子。

我打开医药箱，找出刀具，在夜寥旁边多点了一些蜡烛，房间内灯火通明。我在火上将刀具一一烤过，放在一边备用。我虽然是第一次给人开刀，但是模拟过很多次，想来不会有事。

我握紧匕首，高高举起，对着他铠甲的暗扣处用力刺下去。

突然一只手将我的手腕握住，我一惊，扭头看见了思凡惊愕的表情，他张了张嘴。

到底说了什么？

"你说什么？"我大声问道。

他皱了皱眉头，指了指我的耳朵，传音问道："聋了？"

怎么听起来像是在骂我？

我哼了一声："给他治病！"

思凡闭了闭眼睛，揉了揉自己的耳朵，密语说："小声点儿。"

他边说边将我的刀具都收走了。

我有些纳闷："你该不会以为我要捅死他吧？"

思凡笑了笑，说道："你是个大夫，不会对病人下手，我只是好奇。"

"好奇什么？"

"分明我也病着，你为什么要先救他？"

我说："神君的脉象探不出病症，想来是因为你是远古的神君，是没有生老

病死的。"

他像是故意配合我一般，在我说完这句话之后，喷出一口血，刚好喷在我的脸上。他轻声咳了几下，对我抱歉一笑："你看神君也会病痛，来擦擦。"

我抬手挡住他递过来的袖子："远古神君的血！让我研究研究，别动！"

思凡似是无奈，又不好管我。

最后我还是去洁面了，跟神君这么说话也不礼貌。待我回来的时候，思凡坐在夜寥的榻前，静静地看着熟睡中的夜寥。他那专注的神情，好像要将夜寥身体的所有细节都看个一清二楚一般。他好几次抬起手，想碰一碰夜寥，最终又收回去。

那欲言又止的样子，那捉摸不定的神情……

"莫非神君爱慕之人是二太子？"

思凡回头瞪了我一眼。

我大惊大窘，心想，哎呀，忘了神君能窥探人心中所想了！

思凡却翻了个白眼，说道："你说那么大声谁听不见？赶紧治治你的耳朵！"

我拍了拍耳朵，难道真的坏了？看来得好好治治，不过病人优先。

思凡回自己的床上休息了，我在一旁照料，时不时地偷看一眼二太子，我真是太想弄掉他那身铠甲了。

"你若想动手，最起码等三日后，夜寥现如今气息紊乱，随时可能发狂。"思凡如是说道，我再也不敢乱看了。想起二太子在那宅子里发狂的样子，我就心有余悸。

第二日我醒来，已经是日上三竿，床上已经没有思凡的身影。那边榻上的夜寥还沉睡着，周身萦绕着一层淡蓝色的光，想来是思凡给他设下的结界。我有些

不悦，我既然说了不碰，自然就不会碰，他这是防着我吗？

我出了门去洗漱，思凡竟然坐在院子里，桂花树下的石凳上还坐着一个中年男子，穿着淡黄色的衣衫，一看便知价格不菲。他对思凡毕恭毕敬，似乎在聆听什么训导。

我伸了个懒腰，思凡见我出来，笑了笑，对我招招手。我便过去，这才看见他旁边坐着的那名中年男子有些面熟，却不记得在哪里见过。

"这老头是谁啊？看着眼熟。"我问道。

那中年男子的胡子抖动了一下，似乎动怒了，但是碍于思凡在场，不能发作。

思凡闻言，极为淡然地说了句："给你介绍一下，这是天君。"

我一个踉跄，险些摔倒。思凡一瞬间将我拉入怀里，稳稳地抱住，我便坐在了他的大腿上。

我的头有点儿晕，天君？我刚才叫人家什么来着？

天君张了张嘴，我却没听见他说什么。

见我一脸的疑惑，思凡开口说道："天君，桉笙听觉受损，可否传音入密？"

天君恭敬道："神君，在下还是希望神君三思。这位姑娘与神君着实有些不合适。"

思凡说道："怎么不合适？我倒是觉得十分合适。"

天君说道："能配上神君之人，必然是这四海八荒独一无二的神女，受万民敬仰，而这位姑娘似乎年轻了一些。前些日子神君来请在下赐婚，在下酒醉，一时糊涂，还望神君降罪！"

思凡笑了笑，只是那笑容不再云淡风轻，而是透着无尽的寒意，他冷然道：

"我此番醒来，脾气的确是好了许多。上古时期已过，诸神黄昏，唯余煞一人在世。煞守着的这四海八荒，现如今已经是这个样子，当真让煞好不适应！"

天君闻言，立即跪在了思凡的面前，俯首道："神君息怒，是小神一时妄言。四海八荒唯尊神君！"

思凡的面色依旧，没有半点儿好转，也没有去扶天君，接着说道："既然如此，也请天君做个见证，煞想护之人，不许再有人伤害分毫！"

天君应下了，又叩首，他似乎害怕极了。确实，平日里大家见到的神君思凡都是一副和蔼可亲的样子，即使那是表面上的。

我一直觉得他骨子里是喜欢捉弄人的，喜欢看人笑话，却不承想他威严起来如此吓人。

待天君走了，思凡拍了拍我的肩膀，问道："可是吓着你了？"

我摇了摇头："你的面色不好，给你诊个脉可好？"

他含笑点头，将手伸出来。我的手指搭在他的手腕上，不由得一惊："你受了很重的伤，为何昨夜我没发觉？"

"那是我不愿让你发觉。"

我顿时恼怒，瞪了他一眼："这就是你的不对了，讳疾忌医可不好！"

思凡闻言微微一愣，说道："你……竟是如此想的？担心我吗？"

"这不是废话吗？大夫担心病人，天经地义啊！思凡，我给你去熬点儿药。哎呀，怎么才一会儿，脸色就这样差，你这神君是纸糊的吗？"

"也就只有你敢如此跟我说话，桉笙，你胆子很大。"

他这么一说，我有点儿不好意思了。他好歹是神君，是天君都要跪拜的人。我摸了摸鼻子，怯怯地说道："我去熬药了。"

思凡一把拉住我，摇了摇头："不用了，陪我说说话。"

"行，不过你能不能告诉我，煞是谁？天君为何那么怕他？"我问道。

"我本名煞，思凡是旁人给我取的名字。"

我下意识地问道："是那个神女大人取的？"

思凡点了点头，唇角勾起一丝笑意，他的眼里盛满了柔情，这样的神君，谁看了都会动心吧？他也只有在提起神女大人的时候才会如此。

"她说我的名字听着就骇人，非要给我取个有点儿人味的。可对我来说，名字也好，皮囊也罢，不过是虚无缥缈的东西，有也罢，没有也可以。后来她给我取名为思凡。她曾说过，若是有机会，要去人间走一走，看看那山川河流到底是什么样子。她从未见过水。"

我隐隐有些动容，却是莫名其妙的感觉。

我问道："那后来你们去了人界吗？"

思凡摇了摇头："算不得去过。她那时已经没有记忆，同我住在人间，眼里的失落却难掩。她不知为何，我却是知晓的。"

"为何？"

"因为她想和她一起去人界的人从不是我。"

思凡垂下头，发丝被风扬起，吹到了我的脸上。我扫开他的发丝，顺着他的发丝竟然鬼使神差地抚摸上他的面颊。思凡微微一愣，讶异地看了看我。

我窘迫地说了句："神君别哭。"

"哭？笑话，上古之神岂会流泪？"

我撇了撇嘴："那可说不定，只是未到伤心处而已。你若流泪会怎么样？"

思凡似乎被我问住了，过了一会儿才开口："你可曾见过天河下雨？"

我摇了摇头："我家门都没出过几次，还未去过天河。"

"你若是见到四海八荒无一处不下雨，那便是我哭了。只怕你见不到那一

日。走，夜寥该醒了。"

我们进了房间，夜寥果然苏醒了，正坐在光圈里打量四周。见到我们，他似乎有些惊讶，问道："你们是谁？我又是谁？"

我虽然听不见他说什么，但是从思凡的话语中我知道大概是这么问的。

思凡说道："你叫夜寥，是个病人，我们是你的朋友。"

我略微心虚，因为我知道，二太子是被思凡绑架来的，这也能算朋友？

思凡推了推我："你且看看他的伤势，需要熬药，我帮你。"

他这么一说，我才想起来，开刀这种大手术，还是需要止血药和止疼药的。于是我迅速去抓了药，让思凡去煎药。

我又开始磨刀，夜寥警惕地盯着我。

一刻钟后，思凡回来了，端来了三碗药汤。我的刀磨得正好，思凡将夜寥的结界打开，让我进去。

夜寥往后退了退，我笑了笑，说道："你别害怕，我是个大夫，你身上这盔甲锁住了你的仙骨，得给你打开。"

夜寥动了动，似乎感受到了铠甲的束缚，又看了看我和思凡，不知道思凡跟他说了什么，他终于放心了，让我动刀。我虽然十分好奇思凡为什么不传音入密告诉我，但是先治病要紧。

我将刀举起，猛地刺入铠甲的接缝中，快速地划了几刀，将铠甲外层打开，又割开了他的肩膀皮肉，能见白骨。刀子避开骨头，将铠甲内侧的铁钩取出。这期间，夜寥一声也没吭，只是不断地抽搐，满头大汗。

等我将他身上的铠甲彻底取下来，已经过了一个时辰，夜寥昏了过去。我又掰开他的嘴巴，将三碗药汤灌了进去。此刻我亦是满头大汗，竟然有些站不稳。

思凡见状，将我打横抱起，回到我自己的房间。

"你似乎很开心。"他对我说。

我点点头，有些自豪地说道："我第一次动手术，救了一个人，如此成功，自然开心。"

思凡笑而不语。

我又说："夜寥真的很勇敢坚强，方才那样的手术，换作别人早就疼死了，可是他一动不动。"

"哦，我用法术锁住了他的四肢。"

"呃……那他一声也没吭，还是很勇敢坚强的！"我说道。

思凡笑了起来："嗯，他一声没吭，只是如同杀猪一般。"

我愣住了。

思凡恍然大悟，说道："哎呀，我忘了提醒你，你的耳朵听不见。"

我……二太子，我好像对不起你呢！

"你们有仇？"

"不曾，昔日好友。"

那我费解了，然而再怎么追问，思凡也不肯说下去了。

"你存在我这里的法力要不要给你？"

"为何？"他问道。

"你不是受伤了吗？我想着还给你，你或许能好得快一点儿。"

思凡闻言笑了，摸了摸我的头："无妨，继续存在你这里，等哪天不得已再拿回来。可存好了！"

我用力点头，到底还是与我合作的未来夫君，我得听他的。

我的耳朵是被法力震聋的，想要恢复其实也简单，找个法力高深的人给我修复一下便好。思凡就是个现成的，然而我是个大夫，能求己就不会麻烦别人。思

凡也没有提这茬，于是我们三人一起养伤。

失聪的这些日子，我还是闹了一些笑话。

比如说，思凡分配了一些仙婢给我差遣，那日我给自己治疗完耳朵，只好了一成，能听到声响，却听不清是什么。几个婢女来我的房间说了些什么，我大声地问了好几遍。她们虽然也很努力地嘶吼，但奈何这娇滴滴的小仙子的声音还是太小。

我最后只听到"沐浴"两个字，于是点了点头。

她们带我去沐浴，我怕水，并不习惯雪海涧这巨大的温泉池子。她们见我面露惧色，又问了什么。我隐约听到是要陪我，于是笑逐颜开地说道："甚好，快来！"

可没想到，一炷香的工夫后，思凡竟然站在了我的身后，而我此刻正是准备沐浴更衣的打扮，只穿了一层近乎透明的纱。

他看见我之后，眸中闪过一丝局促。

我亦愣了一下。

"你在洗澡，为何叫我过来？"他大声问道。

我这次听清了，满脸羞红："我几时说过要喊你来了？"

思凡恼怒，叫来两个服侍我的仙婢，说道："说！"

两个小仙婢唯唯诺诺，不知道讲了什么。

思凡皱眉说道："别装！大声点儿！"

"神女怕水，奴婢问要不要叫神君来，神女说'甚好，快来'。"那两个仙婢声如洪钟，如雷贯耳，哪里还有同我说话时的娇弱。

我顿时惊呆了，为了缓和尴尬的气氛，我竟然问了句："神君洗吗？"

思凡瞪了我一眼，拂袖而去。

　　自那以后，思凡下令所有雪海涧的人说话都要提高音量。一时之间，外界以为雪海涧的人都疯了，整日大吼大叫。

　　半个月后，我的耳朵完全好了，听觉甚至还比以前灵敏了。夜寥也在这一天再次苏醒过来，我每日都去看他，焦急无比。思凡曾疑心我为何对夜寥如此上心，这完全是废话，我的病人我能不上心吗？

　　所以当夜寥醒过来的时候，我第一个冲过去，激动万分地看着他，问道："感觉如何？可还有不适？活动一下让我看看！还能走吗？能下床吗？"

　　自从来到这里以后，夜寥原本金色的眼眸随着头发一起变成了墨绿色。他盯着我看了一会儿，突然咧嘴笑道："娘亲！"

　　紧接着，他扑到了我的怀里，将我扑倒在地上，我的后脑勺重重地着地，剧痛传来，仍旧没让我惊醒。夜寥一把将我捞起来，大概是觉得再扑一次我还得摔倒，所以他改成了将我按在怀里。我的脸贴着他结实的胸膛，听着他有力的心跳声。

　　他再次咧嘴笑着，亲切地喊道："娘亲！"

　　我的个亲娘啊！这是什么情况？

　　而思凡正是在这第二声"娘亲"响起的时候进来的，看见夜寥将我抱了个满怀。我下意识地想要挣脱，心想不能让他这么抱着。然而夜寥太过用力，他的心跳声那样熟悉，我一下子不知该如何是好。

　　"你叫她娘亲？"思凡问道。

　　夜寥抬头看了一眼思凡，皱了皱眉头，问道："后爹？"

　　思凡皱眉说道："你我是挚友。夜寥，你为何叫她娘亲？"

　　我挥舞着胳膊，思凡看我脖子都红了，将我从夜寥怀里拉出来。夜寥一副不满的样子，说道："你知道我叫什么，那大概真的是我的好友。"

我喘了几口气，问思凡："这是怎么回事？"

"不知。你是大夫，为何问我？"

"我的药不会出错啊！他这是……"

思凡的神色有些凝重。

夜寥对思凡厉声喝道："怎么跟我娘亲说话呢，你得叫她婶儿！"

思凡瞪大了眼睛，有些难以置信。

夜寥似乎对思凡的态度十分不满，一下子跳起来，对着思凡的脑袋拍了一下。我目瞪口呆，神族二太子殴打上古神君了！

"你那是什么眼神，快叫婶儿！"夜寥发狠道。

思凡看了看我，又看了看不依不饶的夜寥，一句话几乎是从牙缝里挤出来的："婶儿。"

我身形一晃，差点儿昏过去。神族的二太子叫我娘，上古的天神叫我婶儿？天啊，打醒我吧，这一定是在做梦！

经过一番探讨，我们确定了——二太子傻了。思凡决定暂时让夜寥住在这里，不能让其他人知道，以免引起不必要的麻烦。而我则下定决心，尽快治好他。后来我才知道，关押了千年的二太子不见了，神界怎会不知，而思凡有心隐匿夜寥，又有谁敢来雪海涧搜查？

思凡曾与我说过，夜寥是他为数不多的好友之一。夜寥在出生之时，就被认定了天君的命格，因此即便他是私生子，也得到了至高无上的权力，而天后却一直如鲠在喉。夜寥是个叱咤风云的人物，他骁勇善战，在战神苍衣隐退沉睡之时，是他带着神兵神将四方征战，护天下太平。神界的人那时候提起二太子，无一不是赞叹的。

思凡与我聊完了这些往事，我们对视一眼，看了看那边爬树偷桃的夜寥，然

后同时叹了口气。

"娘亲，桃儿！"夜寥坐在墙头，扛着一根桃枝，对我笑得天真无邪。

我和思凡相视一笑，拔腿就跑，留下夜寥一个人声嘶力竭地呼喊。

思凡对我说："不能再这样下去了！"

我点点头："我抓紧时间治好他，这期间，不然咱们躲躲？思凡，你这里可有藏人的地方？"

思凡一挥手，竟然开辟了一个异元空间出来。我叹为观止，他淡定自若地说道："进去吧。"

我们躲进异元空间后的第三天，我出来找药材。看见雪海涧的树木少了一大半，地上蹦跶着不少生面孔。他们走路不稳，脸上永远挂着傻笑，有几个不小心掉进了莲花池里，瞬间像瘪了一般，竟然是纸片做的人！要不是那智商明显不高，我还真要赞叹夜寥的手艺了。

没一会儿，几个符人从厨房里跑出来，身上还燃着火。

一个符人说道："哎呀，不好了，不好了，阿木生火做饭把自己当柴火烧了！"

又一个符人问道："哎呀，你怎么也着火了？"

方才的符人愣了一下，然后说道："哎呀，我就是阿木！"

两人居然哈哈大笑起来，引来了好几个符人围观，结果是他们全部着火了，然后在院子里四处奔逃。我实在看不下去，赶紧躲进了异元空间去找思凡。

他正气定神闲地和啸离帝君隔空下棋。

"何事慌张？"

我顺了顺气，说道："院子里多了很多纸片做的符人。"

思凡落子沉着，不慌不忙地说道："总归是夜寥的喜好，即便傻了也还记

得。由他去吧。"

"哦，烧了好几间屋子。"

思凡微微皱眉，说道："罢了，雪海涧不差几间屋子。"

又过了几日，我再次出去，觉得雪海涧的仙婢们都有些不一样了，于是回去对思凡说："她们大概是去了什么奇怪的地方，而那里流行着什么奇怪的发型。"

思凡有些诧异，与我一起出了异元空间，只见那群原本花枝招展美得像画一样的仙婢都疯了一般在厮打，光头的在厮打有头发的。

思凡有些头疼。

那边夜寥拿着剪子跑了过来："下一个！剃头了！"

原本还在厮打的仙婢顿了一下，有头发的仙婢们发出一阵尖叫，没头发的仙婢扯着她们就往夜寥那里拖。

"他以前不这样。"思凡说道。

我耸了耸肩："怪我了？"

"不怪你。"思凡竟然没有反驳我，这让我很惊讶。

有个光头仙婢来报说渊浊回来了，这让整个雪海涧都欢喜起来。我也跟着欢喜了，去门口迎接渊浊。他看见我之后，拔腿就想往回跑，却被思凡一把抓住了。渊浊不得不苦着脸留下，向思凡行了礼。

"爷，渊浊回来了。"

思凡点头微笑："甚好！"

渊浊面色一变，似乎觉得哪里不好。

我也看着渊浊笑了笑："渊浊大哥……"

岂料我的话还没说完，他就喃喃自语起来："我是九尾狐，我不丑，我不

丑……"

"呃……"我有罪。

思凡拍了拍他的肩膀，说道："你自然不丑。渊浊，你既然回来了，就多住些日子，帮我照顾好雪海涧和客人，我与桉笙外出几日就回。"

渊浊的眼睛顿时一亮，但还是有些不确定地问道："桉笙真的不在？"

我欢喜地点头："这就走，这就走！"

渊浊大喜："谢谢爷！"

思凡拱手道："哪里哪里，是我该谢谢你。"

渊浊还不明所以，思凡就带着我离开了，留下了雪海涧成百上千的小光头和夜寥。

据说后来渊浊闭关修行，险些疯了，这自然是后话。

我与思凡也不知道该去哪里，恰好火凤族派人来请我，于是思凡决定陪我住在那边，方便治病。

火凤族虽然是百鸟之首，有神兽坐镇，然而面对思凡，仍旧是他的仆人一般。思凡的到来让他们都跟着谨慎起来，生怕一个不注意得罪了这位神君，而思凡却表现出难得的宽厚，表示自己只是陪未婚妻到访，无须多礼。

他们拿捏不准思凡的脾气，一下子我成了火凤族最想讨好的人。而益卜忧心忡忡，因为阿依公主的病情又加重了。

我去看她的时候，她的房间已经散发出恶臭，是无论多少熏香都掩盖不住的。阿依的身体开始溃烂，腹部生出了一个巨大的肿瘤。为了防止她的身体继续烂下去，我只好给她动了手术，将腐烂的肉切掉，用了最上等的止血散，以及各种名贵的药材吊着她的气。

饶是如此，阿依也没怎么好转。

一时之间，我愁眉不展，这世间的病症真是比我想象的要复杂得多。

"如何？"益卞虽然极力克制自己的情绪，然而那双握紧的拳头却泄露了他的焦急。

我摇了摇头："给我一些时间。"

"桉笙大夫，在下有个不情之请。"

我看了看益卞和他身后带来的那一大群人，有些不明所以。

益卞突然单膝跪下，而他身后的那些人也一起跪下，他说："神君既然来了，可否请神君救救阿依？"

他身后的那些人也附和道："请神君救我公主！"

他们声势浩大，磕头痛哭，我不由得后退了几步。

"我是大夫，他不是啊！"

益卞一把抓住我的手，说道："我再也见不得阿依这样痛苦了，姑娘当真不肯帮忙吗？不是说医者仁心吗？"

"我……"

"呵呵……"突然有人在我的耳边笑了起来，那声音似男非男、似女非女。

"何人？"我警惕地环顾四周，可是除了仍在哀求的火凤族族人，并没有可疑之人。

他说："桉笙，我为你不值。"

"到底是何人？"

"你这么废寝忘食地帮他们的公主治病，他们却全不惦念你的好、你的辛苦，只想让你去求神君思凡救命。他们根本没有当你是个大夫，桉笙，你真是可怜，咯咯咯……"

那笑声越发放肆，可我周围的人仿佛没有听到一般。

"桉笙，桉笙，你拖着无底洞一样的躯壳，还妄想做个大夫？短命之人，先顾着自己吧。桉笙，你做不了大夫，你救不了任何人，放弃吧，呵呵……"

"啊！"我尖叫一声，推开益卞，跑回了房间。

我几乎是撞进门去的，思凡正在窗前看书。

"正好，我找了些上古的医书，或许对你的病人有些用处，你且来看看。"他对我招手，我僵在门口，思凡便放下了书，朝我走来，摸了摸我的额头，"怎么了？脸色这样难看。"

他忽然一顿，皱了一下眉头，说道："妖气。"

我回过神来，问道："你说什么？"

"你去了哪里，染了这么一身妖气回来？"思凡握住我的手，一股清凉之气传递过来，他是在化解我带回来的不干净的东西。

我垂下了头："思凡，我是不是挺没用的？我想做个大夫，但是谁的病都治不好。"

思凡笑了："没有哪个神医一出生就是神医，如此就灰心了？"

我摇了摇头："我是不是读书读少了？"

他说："你先告诉我这妖气是怎么回事。"

我想了想，这些日子我都跟他在一起，而他这一世是妖界二太子，难道……

思凡似乎看穿了我的想法，直接在我的头上敲了一下："我是谁？"

我委屈地嘟了嘟嘴："神君思凡。"

"如此，妖气可是我的？"

我摇了摇头："大概是我的？"

思凡翻了翻白眼，好像在嫌弃我的智商。

"下次去给那什么公主看病，带我一起去。"

"不行！"

他问道："为何？"

我沉吟道："我是大夫，你不是，你去做什么？我有些乏了，先睡了！"

我将他赶出房间，关起门来。我其实丝毫不困，只是打心底不想他去。为何？难道是因为今日听到那个奇怪的声音？我竟然听了那人的话？

翌日，我瞒着思凡去看阿依，她的病没有起色，却也没有恶化。我算是找到了一点儿信心，继续研究她的病症。

阿依睁着眼睛，毫无声息。我检查她的身体，猛地抬头，看见她的脸瞬间变了样子，变成了我完全不认识的一张脸。她在我耳边叫了一声，我吓得一激灵，挥手打了她一下，正巧打在了她的脸上。没想到阿依张口就咬住了我的手腕，力量大得惊人，我竟然挣脱不开。

我的血顺着她的牙齿被她一点点吸走。我张口打算呼叫，却被什么卡住了喉咙。益卜看了我一眼，却好像没看见一般，遣走了门外的婢女，自己也打算出去。

我急了，阿依吸血的速度太快，我的头脑开始不清醒，而从她的牙齿间传递过来的森寒之气也让我动弹不得。我有些想哭，我堂堂一个大夫，还没治好一个病人，却让一个病人咬死了，这传出去，我可怎么混？

"让开！"

门外传来一声怒喝，整个寝殿也跟着颤抖了几下。门外似乎有什么人在阻拦，片刻后，我听到了益卜的声音："神君，在下知道不能对神君不敬，只是舍妹命悬一线，神君得罪了。"

"念在你先祖的分上，不与你计较，且让开！"

竟然是思凡来了，而益卜带着一群人守在外面，我越发觉得今日引我来是个

局。

我的手腕上传来一阵钝痛，阿依忽然松开了牙齿，舔了舔嘴唇上的鲜血。她的面色竟然好了许多，有了生气，不再像个活死人，甚至那张脸娇俏了几分，显得红润。她看着我，呵呵一笑，蜷缩在床上的身体也舒展开来，以一个极其舒服的姿势躺在了一边。

"你的血果然美味。"她的声音非男非女，竟然和我昨天听到的声音一样。

我看了一眼被她咬伤的手腕，皱了皱眉头，在药箱里拿出止血药，倒在自己的手腕上，一边包扎，一边问道："你究竟是什么人？"

"你无须知晓。倒是你，你究竟是什么人？为什么身上有如此高的灵力？若不是上次你执意来诊脉，露了那么一手，我也嗅不到你的灵力。"

我疑惑了："你这是病糊涂了吧，我不过是百年的草本植物。"

"百年？"她似乎极为惊讶，迅速起身，趴在我的旁边盯着我看了看，说道，"果真只有百岁，有意思。那么，小胡萝卜……身上的这万年灵力给我可好？"

她张开血盆大口，眼看就要咬在我的脖子上，我一个闪身，滚到了床下，与此同时，在她身上刺了几根银针，每一根银针上都有我研制的酥麻散。原本是给夜寥动手术之后研制的半成品，没想到今天派上了用场。

阿依的身形一顿，再一次瘫软在床上，几乎一瞬间药就起了作用，她怒视着我："该死！什么东西？"

"你半个时辰内动不了，别再打什么坏主意。你到底是何方神圣，竟敢附在阿依的身上？这里可是神族的地盘！神君思凡在此，由不得你撒野！"我厉声呵斥，其实我也不知道这药效能维持多久，只希望她能够害怕，并且知难而退。

没想到她却笑了："神君思凡固然厉害，只可惜这公主殿布下了回溯之阵。

益卞为了他这个宝贝妹妹，自然会冒天下之大不韪来替我阻挡神君。只要再过一炷香的时间，回溯之阵就能够启动成功，我又有何惧？”

什么？我猛地一惊。

她躺在床上咯咯地笑起来：“怕了？你无须担心，待会儿我就会吃掉你，回溯的只有我一个人。”

我摇了摇头：“那你也得先告诉我，什么叫回溯之阵啊！”

她脸色一白，好像很嫌弃地翻了翻白眼：“你无须知道！”

我略微沉吟，开始打量四周，我并不擅长此道，如何逃出去才好？门外的打斗越发激烈了，我的一颗心揪着，阿依似乎也在揪着心。但是她隐藏得很好，不想让我看见。想来以思凡的灵力，没人拦得住他。只是都过了这么久，他还没能进来，莫非外面也布了阵？

阿依的手指动了动，关节发出了“咔咔”的声响，她对我抛了个媚眼，紧接着是腿，然后全身都可以动弹了。她飞到我的身前，一把掐住我的脖子，同时用捆仙索锁住了我的双手双脚。

“对不起，我也很无奈，可谁让你是乾坤逆转的体质。”

这是个什么鬼体质？我没有听说过，阿爹和师兄也从未提起，我不过是一个普通人，这人一定是搞错了。身为一个大夫，我自己是什么，我会不知道吗？

阿依的手越发用力，渐渐让我窒息。她左手一挥，整个寝宫变了个模样，变得一片黑暗，我们仿佛置身于无穷的宇宙之中，脚下踩着星辰，正中央有一道亮光。阿依将我抛了过去，“啪嗒”几声，我的身体被无形的东西捆住了，动弹不得。阿依双手结印，一道红光从她的掌心飞出，注入我的身体。

四肢百骸顷刻间如破裂般疼痛，我咬紧了牙关，不让疼痛扰乱自己的思绪。我要逃出去，我不可以坐以待毙。

"天地不仁，苍天弃吾！我便要让这四海八荒看看，何谓人定胜天！"阿依的头发飞扬起来，她的身形也发生了变化。或许她根本不是阿依，她满身的怨气，应该是个受了极大苦难的人。

"将死之人，也敢用如此怜悯的眼神看我！"她一挥手，一巴掌打在我的脸上，"也要跟那月老一般同我说教吗？我被他困了整整五百年！"

月老？莫非她是先前月老丢失的那一只妖兽？

我被白色的光点笼罩着，在她不断注入灵力的时候，光点越来越大，已经将我包围。我身后出现了一个巨大的旋涡，而这个旋涡正在慢慢靠近我的身体，四周狂风大作，我的身体也越来越虚弱

我张了张嘴，竟然发不出声音了，只说出一句有气无力的"救命"。

"本君在，她不会死。"

霎时间，黑暗被劈开，白光迎面而来。

思凡踏星而来，一剑刺穿了阿依的身体，又迅速飞到了我的跟前，打量了我一番，挥剑想将束缚我的无形枷锁去掉。他的利刃划过，竟然没有将我从旋涡之中解救出来。

"神君，你亦爱而不能，求而不得，为何不能成全我？若是此法成功，我可以帮神君回溯千年，或许艾草不会死！"阿依已经彻底变成了一个男子的声音，似乎是知道自己无法阻止思凡，他跪在了地上，苦苦哀求。

艾草是神君思凡的神女大人，四海八荒之中谁人不知，那是对他最重要的人。

我……或许会死？

我垂下了眼帘。这个人果然厉害，昨日我听了他的话一人来此，今日他几句话就能够让远古的创世之神思凡迷茫。

思凡捧住了我的脸颊，迫使我与他对视。他盯着我，却对"阿依"说："我在，桉笙在，你尽管试试！"

"思凡……"

"走！"思凡将我身上的枷锁全部斩断，拖着我飞出旋涡，可我的身体仿佛和旋涡融合了一般，有无尽的力量将我拖回去。那就像是一个无底的黑洞，能够吞噬掉一切。

"放手吧，再想办法救我！"我冲思凡大喊，周围的狂风让我的声音变得渺茫。

他抓着我的手越发用力，一股强大的力量从一旁冲过来，用力一挥，将我推到了旋涡正中。我被卷了进去，凛冽的刀锋几乎要将我撕碎，我彻底昏了过去，只听一个人在我耳边甜腻腻地喊了一声："娘亲！"

后来我想想，多半那时候我是被夜寥气昏的。他不来，我只怕已经逃出去了，所以说交朋友很重要，然而我那时候是个什么也不懂的菜鸟。

第七章

CHAPTER 07

回　溯　之　法

　　"二公主醒了吗？"

　　"未曾。"

　　"那绳索得捆结实点儿，万一二公主醒了，又想去太素山找麻烦，我们可担待不起啊！"

　　"姐姐请放宽心，有我在，二公主醒了也闹不了事。"

　　"如此就麻烦你了。回头来找我，给你做好吃的！"

　　"呵……"

　　一阵脚步声渐远，那步伐透露着太多的不舍，仿佛那房间里的人将那小丫鬟的魂勾去了。

　　"醒醒。"有人推了推我，力道并不温柔。

　　我被摇晃了好几下才睁开眼，触目是一个陌生的环境。空气里有许多粉尘，抑或是瘴气，让人浑身都不舒服。

　　我咳嗽了几声，有人将一杯茶水送到我面前。

　　我就着那双手喝了一口，竟然是凝心茶的味道。我一惊，顿时睡意全无，抬头对上了思凡那双淡然的眼眸。

　　"我……你……这里……"我一开口，不过几个字，却觉得自己的声音变了许多。

我正诧异，就听思凡说："这里是魔界，我们回到了五百年前。"

我完全不顾自己的身体不适，从床上一下子跳了起来，大喊了一声："五百年？你说我们回到了五百年前？我才一百岁啊！五百年前，那我岂不是死了？"

思凡看着我，愣了一下，大抵是没有想到我能问出这么高深的问题来。他将我拉下床，推着我坐在镜子前。

水镜里那个女子是我，却又不像我。

我的长相没有太大的变化，只是额头上多了一个诡异的花纹。我的头发变得更长，脸倒是胖了一些。

"我怎么了？"

"我让你附在了魔族二公主的身上。"

"呃……这里是魔界？"

思凡点了点头。

当我知道一切之后，不得不感慨，思凡这神力真是无人能及。在我坠入旋涡后，他跟着我一起跳下来，他醒来发觉是五百年前，我们身处魔界。他寻到了我，我那时正奄奄一息，恰好魔族的二公主灵重雨路过，他便将我们二人合为一体，将有关灵重雨的一切都封印在我的身体里，又改变了所有人的记忆，让大家以为我便是灵重雨。

思凡带着昏迷的我回到魔宫，对大家说二公主受伤了，而他也改变了大家有关他的记忆，他不再是神君思凡，而是二公主的远房表哥。

让我更加诧异的是，夜寥竟然也在，成了我的一个侍卫。

"二公主！二公主，你可醒了！可吓死奴婢了！"

一道黑影冲了进来，竟然直接扑在了我的身上，抱着我不断哭叫，让我大惊

失色。思凡却好像习以为常了，伸手揪住那人的衣领，往后一扔，说道："碧莲，二公主刚醒过来，你是想让她的伤加重吗？"

"呜呜……碧莲从小服侍二公主，这次二公主受伤回来，大人却不让碧莲服侍，碧莲实在是担心二公主啊！"

那丫鬟又开始扯着嗓子号叫。

我皱了皱眉头，看她叫得实在心惊，也有那么一点儿心疼。魔族的人没有眼泪，只能以号叫来发泄自己的伤心。她的嗓子都快叫破了，由此可见，这个丫鬟也是衷心。

我过去将她扶起来："并无大碍，我有些饿了，你去给我准备些吃的吧。"

"是。"

碧莲欢呼雀跃地跑了出去，真是个孩子心性。

思凡沉思了片刻，说道："碧莲倒是提醒我了，她从小服侍灵重雨，自然比任何人都了解灵重雨，若是突然不让她靠近你，一定会引人怀疑。但是以你的智商，单独跟她在一起，我也怕她怀疑，不如再给你找个丫鬟如何？"

"呃，也好。"

不过一个时辰，思凡就将一个憨厚的小丫头带到了我的面前。魔族因为地理位置的关系，族人都偏黑，且身材粗壮。除了皇室这一脉，魔族鲜少有长得好看的。因此思凡带回来的这个小丫鬟足足比我高了一个头，身材十分壮硕，在魔宫里毫无背景，是刚被买回来没多久的平民。

"你看着如何？"思凡问我。

"还行吧。"

"那你取个名字好了。"

我瞧了她一会儿，那小丫鬟竟然也抬头看了看我，对我笑了笑，牙齿倒是整齐好看，于是我说："不如就叫碧池吧。"

"谢二公主赐名。"碧池给我行了个礼。

思凡笑了笑："倒也算个好名字。"

碧池帮我梳洗打扮后退了出去，只剩下我和思凡二人。

我问他："夜寥还好吗？"

"很好，你怕我欺负他不成？"

思凡笑了笑，出去将夜寥带了进来。

夜寥穿着魔族侍卫的衣服，我乍一看险些昏倒过去。这衣服也太魔性了，赤身穿盔甲，露出结实的腹肌，下身是长裤。

"娘亲！"

夜寥一蹦一跳，声音拐着三个弯，扑进了我的怀里。这一扑，将我狠狠地扑倒在床上，后脑勺砸到了床上。

"冷静！二太子，冷静点儿！"

夜寥抱得很紧，我怎么也推不开，后来还是思凡将他拉开的。夜寥原本梳好的头发也散了，我们二人只能将他按在椅子上，一起给他梳头。

"太素山是个什么情况？方才我听婢女的意思，似乎很怕我去那里。"我问道。

思凡说道："过去的五百年我在沉睡，并不知道发生了什么事，只知道太素山是仙界的一座仙山，灵气充沛。早年，神界第一个花神就是出自太素山。后来很多资质好的木灵会被带回神界，养在天后的御花园里，接受神界的洗礼，成为神。但是自从太素山出过一个红梅，和铸剑上神有了一段孽缘，触犯天规之后，

太素山就没有出过一个神了，这是天罚。"

"那这事跟魔族二公主有什么关系？"

"也不难猜测，我找人打探了一下。天君和魔君打算和亲，测算八字定下来的是魔族二公主和仙界太素山的知颜。成婚的日子可不远了，所以二公主灵重雨经常去找麻烦，打算毁掉这门亲事。"

我不解地问道："为何？知颜很丑吗？"

"不知，去见见吧。据说这二公主还没见到过知颜，每次都弄得伤痕累累回来。"

"又是为何？"

我一边说着，一边将思凡给夜寥绑好的头发拆了。

这也太难看了，夜寥好歹也是神界二太子，这么个二傻子发型是在开玩笑吗？

思凡笑道："你在神界这一百年，当真是什么八卦也不听吗？灵重雨的姐姐灵重雪和涣璃山的醒醒是死对头，而知颜又是司水星君的高徒，醒醒最喜欢知颜酿的酒，所以每次灵重雨去找麻烦，醒醒都把她打跑了。"

"啊！那我去安全吗？"

思凡翻了个白眼："你也太不相信本尊的实力了！"

这时，夜寥"呜"了一声："娘亲，头发断了好多……"

我和思凡低头一看，夜寥好好的一头秀发被我们揪下来好几撮。

"呃……咱们还是赶紧去仙界吧！"我说道。

一炷香之后，我们到达了仙界。只是这仙山重峦叠嶂，到底哪一座是太素山？

我们三人正迷茫，突然有人拦住了我们的去路。

"怎么又是你这丫头？我上次不是说过来一次打一次吗？若不是看在你姐姐的面子上，早就把你打残了丢回魔界！你怎么还敢来？"

我扭头一看，正是涣璃山的醒醒战神。几乎是下意识的，我就要问她闺女的情况，作为一个大夫，这可是人之常情。思凡却赶紧捏了捏我的手，我回过神来，想起如今自己的身份，于是说道："不行，我得去瞧瞧那知颜，得想个法子不联姻。不如你帮我想个办法不嫁给那知颜？"

来的路上我们仨商议，由于谁也不知道过去五百年发生的事情，而现如今神界和魔界都没有关于花仙知颜和魔族二公主的消息，所以我们猜测这段姻缘可能是毁了。那么这回溯五百年，我们就不能让联姻成功，以防改变历史，再将我改没了。

醒醒笑了笑，说道："谁说让你嫁给他了？"

我乐了起来，问道："婚约解除了？"

醒醒哼了一声："分明是神界派人入赘嘛！"

我和思凡相视一眼。

"苍衣的媳妇怎么这么难搞？"我问道。

"不然能搞定苍衣吗？"

就在我思考到底该怎么办的时候，思凡已经拉着夜寥和醒醒打成了一团。只是不知为何，思凡的身手明显不如回溯之前了。他似乎没怎么用灵力，只是在用招式，莫非出了什么问题？有空要给他把把脉才行。

我正在一旁看热闹，突然一阵清风拂过，周身似有雾气，湿漉漉的一片。紧接着我被人掳走了，飞过崇山峻岭，将我放在一块石碑前。我仔细一瞧，三个

字，但写的到底是什么呢？

"这里就是太素山了，你为何要找太素山？"

一个青衣男子对我笑了笑，他虽然穿得不张扬，却长得十分张扬，一双媚眼十分魅惑，一下子我竟然分不清这人是仙还是妖。但他说这里是太素山，这光秃秃的，哪里有一点儿仙山的样子？

"多谢，请问你知不知道知颜在什么地方？"

他一愣："你找他做什么？"

我嘿嘿一笑："有个婚约不太合适，我觉得还是趁早了断比较好。"

我从口袋里找出了一把刀，比量了一下。最好是在这里把事情解决了，然后回去找思凡，一起修炼个五百年，等待我出生，然后一切回归原位。

"对了，还不知你尊姓大名？"我问道。

"在下知颜。"

我冲他笑了笑："你这名字挺好听的，就是觉得耳熟。知颜，知颜，居然是你！啊啊啊！我们不成亲好不好？"

知颜勾唇一笑，问道："为何？这是天定姻缘。"

这是什么情况？

魔界全是瘴气，最不利于木灵的修炼，他身为一个花仙，怎么可能想去魔界和亲呢？这不合常理！

我灵机一动，对他说："哎呀，你不知道！我们魔族只有两位公主，我大姐嫁不出去，那肯定没孩子。我如果跟你成亲的话，种族不同，不能生子，那我们魔族岂不是断后了吗？神族可真是奸诈啊！"

仙可以修炼成神，却无论如何都不能修成魔，入魔则死。如此，他们果真是不合适的。这个和亲可真是坑人啊！

我眨了眨眼睛，继续说道："你堂堂一个仙人，想必也不想娶一个魔女吧。这婚事你肯定是反对的吧？其实尚且还有一线生机的，你可愿意赌一赌？"

知颜一改先前的魅惑，冷笑一声："我不过是一个小小仙人，神界如何安排，我又有什么法子？二公主，你且回去吧，这一番话，几日前你已经同我说过了。"

"我们见过？"

"这漫山遍野的仙灵被你的三昧真火烧了个干净，你倒是忘了吗？"他突然逼近，一双敏锐的眼睛看得我不寒而栗。

我赶紧推开他，说道："不好意思，我前几日摔伤了头。我还有事，先走了。"

我跺了跺脚，召唤出一朵小云彩来，好在灵重雨的法力比我高很多，不然我两条腿可跑不出这太素山。

那边思凡已经跟醒醒打累了，正在寻我，听了我简单的描述后，决定先回魔界再议。

我们仨坐在桌子前，我和夜寥大眼瞪小眼，等着思凡分析这件事。我们谁都没想到，知颜和魔族二公主竟然已经见过面了，并且还有点儿仇怨。

"我有些事离开几天，你们两个不许出去。"思凡似乎想到了什么，对我们吩咐道。

我一醒来就对这里很不习惯，思凡离开，我真不知道该怎么办，好在还有夜寥。只是以他目前的智商，我们俩也不知道是谁照顾谁了。

思凡夜里就走了，跟碧池和碧莲交代了几句，想了一个毫无破绽的理由。直

到他走，我也没想起来给他把脉一事。

闲来无事，我带着碧池和碧莲外出游玩，只让夜寥一个侍卫跟着。有婢女在的时候，夜寥还是比较正常的，也不抱着我的大腿叫娘亲了，只远远地跟着，乍一看好像正常人一般。只是我偶尔回头看他一眼，他会冲我眨眨眼，然后露出一个傻笑。

"二公主，我们到底在找什么？"碧池很不解地看着自己背后的背篓，以及几步一弯腰的我。

"这个叫鱼腥草，我没想到这里居然生产鱼腥草。"

碧莲颇为疑惑："二公主，几时喜欢上药理的？"

我一愣，干笑了几声："这不是闲着没事做吗？随便逛逛。"

碧莲笑了笑："前些日子是把二公主闷坏了，过几日神界举办友谊赛，邀请了咱们魔族前去，到时候可热闹了！"

"友谊赛？"

我在神界待了一百年，还从没听说过这个东西。

后来碧莲给我解释，就是天君闲着没事做举办的运动会，邀请了六界都去参加，魔界和神界握手言和没多久，就更要去参加了。

我本以为这不算什么大事，但是当魔君将皇室的人都召集起来开会研究这件事时，我意识到这可能是一件大事。

我赶到大殿的时候，大殿上已经黑压压的全是人了。我正诧异魔族皇室人口众多的时候，魔君出现了。

魔君的排场颇为气派，左右各一个绝色美人，从服饰打扮以及碧莲的科普，我知道这是魔君的两个小夫人。魔君站在高台上，对着大喇叭跟大家说："自从战神一家大闹名剑大会之后,这舞刀弄枪的比赛就改成了竞技比赛。我们魔族这次一定要拿个好成绩!该比赛不能使用灵力,全凭本事,你们有什么特长,踊跃报名!"

我满头黑线,魔君似乎太闲了吧?

大殿之上一下子热闹起来,魔族的皇室子弟都开始欢呼雀跃,商讨着参加什么项目。我瞥了一眼,全是赛跑、打球之类的,没一个是我擅长的,就不能弄一个针灸大赛吗?

我看着报名表愁眉苦脸,旁边突然出现一个人,哼了一声:"想不到玩心这么重的你也会有为魔族担忧的时候。若是其他兄弟姐妹能跟你一般,也想通了玩物丧志这一层,那么我们魔界也就不必屈服于神界了。"

她说着,攥紧了拳头,脖子上隐约露出了一些红色的血纹,她见我在看她,于是将领子拉了拉。

"重雨,姐姐知道你不愿意和亲,但是我们如今技不如人,必须折服。"她拍了拍我的肩膀,然后走了。

"呃……"

原来此人就是大名鼎鼎的魔族大公主灵重雪啊,不过,我只是看不懂这报名表上写的是什么而已。

后来我借口乏了,就将报名表给了碧莲,让她随便帮我填一下。

后来我才知晓,当时我的行为是多么愚蠢,因为碧莲把所有费体力的项目都帮我报了名。

十日后,思凡仍然未归。然而第六届运动会却如火如荼地展开了,天君给这次活动取了一个非常文雅的名字——群英会。

在比赛开始之前，各界还要派出自己的人进行一番演练，以展示自己的实力。而我和灵重雪作为魔族的公主，自然逃不掉。魔君想了几天几夜，最后实在想不出，就把这个活儿交给了我。我便让碧池和碧莲带着一群小宫女操练了一个彩带舞，打算糊弄过去。

魔君起初对我选择舞蹈这个展示方式还有点儿顾虑，但是我再三拍胸脯保证："绝对艳惊四座！"

魔君这才打消了一些疑虑，和两个小夫人逍遥快活去了。

群英会正式开始，我们一行人前去神界。夜寥这张脸是不能出现在神界的，于是我花了一天时间，配了个易容面膜给他贴上了。碧莲看到后大呼："丑八怪啊！"

我仔细瞧了瞧，浓眉大眼，疤痕环绕，煞气逼人，这不是挺好的吗？

群英会上，其余各界都使出了看家本领，将一场运动会的热身展示弄成了一个歌舞表演。等轮到我们魔族的彩带舞上场之后，我分明看到了在场所有人都惊呆了的样子。

魔君特意走过来对我说："败家孩子，丢人现眼！"

我愣住了，碧池粗壮的胳膊用力地挥舞着粉红色的丝带，这不是挺好的吗？

群英会第一天都是安排的文娱活动，天君宴请众人，酒过三巡都有些微醺。我不胜酒力，找了个借口出去转了转。

夜寥跟在我身后，像一个影子一般。

"夜寥，你说思凡什么时候回来？"

"娘……"夜寥张了张嘴，我赶紧捂住了他的嘴巴："你还是别说话了，免得被人认出来。"

夜寥点了点头，依靠在我的身上，搂着我的腰一个劲儿地摇晃。

突然有人将酒杯掉在了地上，我回过头，他讪讪地笑了笑，指着我和夜寥说道："这么重的口味？"

我本着少说少错的原则，打算不理他，直接离开。

他却绕到我跟前，举着一壶酒说："相遇即是缘分，我瞧你并非普通人，不如喝一杯？"

我嗅了嗅他杯中残酒的香味，甚是好闻，于是问道："这是什么？"

"玉露，也叫桃花酿。可要尝尝？"

我点点头。十步外有个凉亭，我们相邀坐下，对月小酌。

这个人银发白衣，容貌不老，自我介绍说是司命星君。我搜寻了一下记忆，自打我出生，就听闻司命星君犯了天规，自请下凡历劫去了。没想到这回溯五百年，我竟然见到了这样一位人物。听说他上知天文，下晓地理，知万年历史，晓万年未来，当真是个了不起的人啊！

"星君，你看起来不高兴？"

司命星君叹了口气，说道："怪我，都怪我啊！"

"啊？"

有故事！

我赶紧竖起了耳朵。

他喝了口酒，说道："我跟你说，我摊上事了，我摊上大事了啊！当初若不是我怂恿司水星君收个好养的徒弟，他也不至于收了知颜。知颜没来神界，我也就不知道桃花瓣酿酒这么好喝。我不喝醉，月老问我跟魔族和亲选谁去，我也就不会随口说出知颜的名字。你说现如今可如何是好？我听说灵重雨可不是个好

人。对了，还未请教姑娘芳名啊？"

我呵呵一笑："在下灵重雨。"

司命星君一激灵，似乎清醒了不少，看了我好一会儿才说："姑娘，你似乎不属于这里，因何困在此处？"

我一惊，难道他看出了什么？通古晓今的司命星君或许有破解之法。

犹豫再三，就在我打算跟他和盘托出的时候，思凡回来了。他将喝得烂醉的司命星君一脚踹走，我一阵惋惜，好歹也是个大人物啊！

我问道："这么多天，你做什么去了？"

思凡说道："查查这是个什么地方。"

"这里是神界啊！你看，这是天后的御花园，前面是六界的首脑们，明天还要比赛呢！"

思凡勾唇一笑："过些时日你就知道了，我们或许有办法出去。"

"什么？"思凡是不是脑子坏掉了？我看还是把和亲的事情摆平了，然后找个地方躲起来，安然度过五百年，等一切回归正轨比较好。

因为思凡是突然回来的，所以神界并没有给他准备房间休息。他也没提去自己的老宅雪海涧这事，只能跟夜寥挤一间房。

夜半三更，我突然发觉身后有个人盯着我。我一回头，就看见思凡充满幽怨的脸，我赶紧起身问他："大半夜的，你不睡觉，怎么了？"

"你没事给夜寥易什么容？吓死我了！"他大吼一声，然后脱了外衣在我旁边躺下，闭上眼睛直接睡了。

我一阵茫然，夜寥那易容不是挺好看的吗？

真头疼，这美丑到底怎么区分比较好？过了一会儿，我意识到一个严重的问题，思凡为什么要睡我旁边？

从小我就听师兄美南梓说我睡相不好，总喜欢动手动脚。因此思凡这尊大神睡在我旁边，我整个人都拘谨起来，几乎是彻夜未眠，生怕自己睡着了一个不小心打伤了他，从而惹恼了他。

可我又实在无聊，数甘草数到天亮，实在困得不行了，我这点儿修为还没达到可以不睡觉的地步。

过了一会儿，碧莲在门口敲门，轻声说道："二公主该起了，今天第一个可是您的比赛项目呢。"

"什么项目啊？"

"百步穿杨。"

"百……""哐当"一声，我从床上掉了下去，这是在跟我开玩笑吧？我连弓箭都不会拿，怎么百步穿杨？

碧莲又说道："这可是公主的绝活呢，大家都等着看二公主表演。二公主，魔君让我来提醒您，可莫要迟到呀！"

"知道了，知道了！"我心虚地从地上爬起来，轻轻地推了推思凡，"怎么办？百步穿杨啊！"

"慌什么，你尽管去。"

一炷香之后，我和思凡带着夜寥前去比赛场地。各界已派出自己擅长射箭的人，只等我的到来。我尴尬一笑，魔君催促我赶紧过去。

不一会儿，天君开始致辞，庄严的声音响起："第一个项目百步穿杨，考验大家的骑射功夫，所有人不可以使用法术，违者出局。"

我灵机一动，说道："魔君，我没带马！不然这一局让我大姐出战？"

"我的马借你一用！"

我的话音刚落，就有人牵了马过来。那人穿了一身粉色的衣服，不是别人，正是灵重雨的未来夫君花仙知颜。

我皱了皱眉头，思凡掐了我一把，说道："镇定，我有法子帮你。"

知颜将马牵了过来，脸上是公式化的微笑，假得不得了。想必他也不待见灵重雨这个未来老婆。

我瞧了一眼他的马，这么高，比我的驴大了许多。我咬了咬牙，翻身上马。马踏蹄嘶鸣，险些将我甩下去，还是思凡将我接住，扶稳我问道："你不信我？想故意摔伤吗？"

天地良心，冤死我了，我是真的不会骑马！

我满面愁色，心如死灰，却被灵重雪看在眼里，她和灵重雨到底是亲姐妹啊！

她问道："为何面色不好？可是有什么地方不舒服？"

我赶紧说道："昨日没睡好，眼睛花得很，不然今日的骑射换个人？"

灵重雪抿着唇笑了，魔君哈哈大笑道："我儿在魔界的时候，蒙着眼睛都能百步穿杨。你这丫头以前可从不谦虚，莫不是来了神界，在你未来夫婿面前不好意思了？"

灵重雨怎么这么厉害呢？让我万万没想到的是，知颜听了也笑道："早先听闻二公主射箭的功夫了得，不如展示一二？"

我扭头看向他，什么意思啊？

知颜扫视了一圈，从桌子上拿了个蟠桃，说道："我站在百米之外，头顶蟠桃，二公主以箭射之。"

"你……"开玩笑吧？

"甚好！不过依在下看，不如二公主将眼睛蒙上再射箭，更有看头。"思凡笑眯眯地说道。

我惊讶地看着他，他这笑容怎么有点儿诡异啊？

知颜微微一愣，然后点头，拿上蟠桃，跑到了百米之外。

其余各界都在准备，先前没人注意到我们，这会儿却吸引了全部的目光，就连天君也笑道："这小两口倒是有趣。"

思凡翻了个白眼，要是在往常，天君早就被他这个白眼吓着了，奈何这会儿没人认得思凡。

我翻身下马，差点儿崴了脚，走到思凡面前小声说道："靠你了啊！"

思凡点了点头："放心，保证毫无法术痕迹。"

我咳嗽一声，定了定神。思凡将我的眼睛蒙了起来，我瞬间就不知道东南西北了。有人将弓箭递到我的手上，我用力拉了拉，竟然拉不满一张弓，思凡在我耳边说道："随便放即可，其余的交给我。"

有了他这话，我倒是有点儿信心了，于是手一松，箭离弦而去。只听"砰"的一声，似乎是兵器入肉的声音。

紧接着是满场的惊呼声，我赶紧将蒙住眼睛的布扯下来，发觉对面知颜的右胸中了一箭，此刻正鲜血直流，而他脑袋上的蟠桃未损分毫。

"呃……"我扭头看了看思凡，小声问他，"搞什么啊？不是说好的吗？"

思凡笑了笑："我看他不爽，你有意见？"

我哪敢！那边灵重雪皱了皱眉头，走过来责问了几句："即便你不想嫁给他，也不要当众让他出丑啊。你太任性了！"

对此，我只想说，怪我咯？

这件事唯一的好处就是，作为知颜的未婚妻，他受伤了，我前去照顾，原本需要我去参加的百步穿杨，也换成了别人。

第八章
CHAPTER 08

 破 绽

　　知颜受伤这件事，天君还是很重视的，特意批了一间飞羽殿给知颜养伤，离知颜的师父司水星君的府邸也不远，一来是方便照顾，二来是方便看着我。

　　在知颜住进飞羽殿之后，我也被送了过去，美其名曰是照顾未婚夫君。天君似乎是听闻了魔族二公主曾经用三昧真火烧太素山的事情，于是叮嘱了司水星君多来照拂。魔君也严厉地训斥了我一番，让我切莫再惹出事端来。

　　对此，我很是冤枉。那一箭根本是思凡搞的鬼，我是无辜的啊！然而，我又能对谁说这件事呢？旁人不可信，不能让他们知道神君思凡在此。

　　我心里烦闷，深知再这样下去肯定要憋出病来，于是我只能对夜寥说。

　　夜寥安静的时候倒是看不出脑子有病，他很威严，有一股英气。

　　我拿着木梳给他梳头，夜寥的头发很长，到了脚踝，因此我不得不给他绾起来一部分。

　　"娘亲。"

　　"嗯？"

　　夜寥拉住我的手，进而又钻进我怀里，紧紧地搂着我的腰，我只感觉呼吸不畅通了。

　　"娘亲以后也给我梳头好不好？只给我一个人梳头可以吗？"

　　"好啊！"

"娘亲真好！"夜寥用力地往我怀里拱了拱，直接将我从石凳上拱了下去，后脑勺撞在了凉亭的台阶上，我顿时痛得龇牙咧嘴。偏偏夜寥还没觉得哪里不对，接着在我怀里蹭，丝毫没有起来的意思。

我欲哭无泪，这能怪谁？他变成傻子也是我一手造成的，我一定要赶紧治好他。说起来，我还有一大堆病号呢，现如今被困在这里，我的一世英名难保不毁于一旦啊！

"夜寥，起来可好？"

"娘亲，你等会儿带我出去玩吗？"

"你先起来！"

"你先答应！"

我怎么觉得这厮其实一点儿也不傻呢？碍于怕自己真的被他压死，最后我答应了带他出去玩。

夜寥脚程很快，能日行千里，若是以后回到了我们的时代，有他带我出门，我便不用总是给那可怜的毛驴吃加速药丸了。

夜寥飞了很久，我并不认得这路是去哪里的。过了约莫半个时辰，夜寥终于停下来了。前面一片灯火辉煌，人声鼎沸。神界可不曾如此热闹，我一时诧异。他拉着我飞奔进了人群，耳边是各种各样的叫卖声。我努力回忆了一下以前看过的话本子，这里应该是叫"集市"的地方，而又在夜间开放，那么便是夜市。

夜市上有很多卖花灯的，有人在猜灯谜，往来之人都戴着面具，看不清面具下的面孔。我们跑了一会儿就跑不动了，前面的人实在太多，这夜市里只有我们两个人没戴面具，不一会儿就引来了大伙儿的围观。他们对我们指指点点，纷纷赞叹美人如玉。

我扭头看了一眼我特意给夜寥化的刀疤脸，非常满意，看来这里的人审美和我一样，也觉得这个样子美得很。

不一会儿，有个老伯对我说："姑娘买个面具吧，生得太好看了，怕是一会儿要被人一路瞧了去。"

我想了想也是，拿过一个面具给夜寥戴上。

老伯哈哈一笑："姑娘的这位朋友也应该戴一个，姑娘更应该戴才是。"

我一愣："老伯，您的意思是我长得好看？"

老伯点了点头："比咱们的安乐公主还要好看。"

我咧了咧嘴："老伯，您的审美真特别！"

夜寥大概是对面具没什么兴趣了，拉着我往别的摊子走去，老伯一把拉住我："姑娘还没给钱呢！"

钱？

我看了看身上，扯下来一块玉佩丢给他："可以走了吗？"

老伯直接傻眼，瞬间变得如同雕像一般。

夜寥好像对这里很熟悉，他拉着我跑进了巷子里的一家酒肆。酒肆里的人并不多，环境清雅，只有一个老板，并无小二。这个老板也跟街上的人一样，戴着一张面具。

老板看见夜寥之后明显震惊，忙将我们请到楼上的雅间。推开窗户，月华一片，不远处有一片竹林，有风拂过，如玲佩环。

"听闻二太子受了责罚，本以为要过上千年才能再见，没想到不过五百年，我们又见面了。不过杏花酿今年没有了，不知道你要来。尝尝我新酿的醉春风，不过可得少喝，后劲足得很。"老板自顾自地说完，就转身出去准备酒了。

"夜寥，你来过这里？"

夜寥摇了摇头，走到窗前，指着月亮对我说："这里月色真好。"

他说这句话的神态和语气完全不像是一个精神不正常的人，我慢慢地走到他旁边，不动声色地抓住他的手。就在我要摸到他的脉搏时，夜寥盯着我问了句："娘亲，你摸我的手做什么？"

脉象一切正常，看不出端倪，看来回去得开颅研究研究了。

我咳嗽了一声，说道："手有点儿冷，我给你暖暖。"

"娘亲最好！"夜寥顺势劈着叉，将头靠在我的肩膀上。

我有些无语，这到底是个什么奇葩的姿势，那么高的个子，就不要把头靠在我身上了好吗！

不多久，老板敲门进来，瞧见我们这奇怪的姿势，不由得一笑，将酒放在桌子上，说道："不过五百年没见，你们两个人怎么好像变换了身份一样？这是唱的哪一出？"

五百年没见？老板认识灵重雨？

夜寥直起身，闻着酒香而去，自斟自饮了一杯，似乎很是满意，直接将酒坛子举了起来。老板赶紧拦住了他："跟你说过后劲大，慢一些喝。"

老板将酒坛子夺了过去，夜寥盯着他看了一会儿，然后眼睛一红，"哇"的一声哭了起来："娘亲，他抢我东西！"

老板惊呆了，我叹了口气，说道："老板，你让他喝吧。"

"他怎么了？"老板问道。

我指了指脑袋，老板更加震惊了："你的意思是说他傻了？这不可能！神界的二太子生来就被认定为天君继承人，他怎么可能傻了？荒唐！到底出了什么

事？"

我一听，吓了一跳。他不光是神界的二太子，还是未来的天君？看来日后还得研制一种能抹去人记忆的药才好，让夜寥忘记我们之间的一切，不然要倒大霉。

老板似乎还是不信我的话，将面具摘了下来，按住正在哭闹的夜寥："二太子，你看清楚一些，我是何人？"

对啊，他是谁？虽然我不曾见过他的容貌，却有一种十分熟悉的感觉。仿佛这个人是陪伴了我很久的人，可是我从来没见到过这样一张脸。他面容白皙，身材修长，和渊浊大哥站在一起倒是平分秋色，或许我该承认这也算得上是个美人儿。

一提到美人儿，我又想起了我师兄美南梓，也不知现在家里如何。

夜寥与酒肆老板对视良久之后，说出两个字来："妖精。"

"果真什么都不记得了。"

"东海的妖精。"

我明显看到了酒肆老板的脸黑了，末了，他叹了口气："说的也并无错，我叛出东海，早已被龙族除名，如今的的确确是个妖。"

东海的？我师兄的族人？

"你可认识美南梓？"

酒肆老板一愣："他是何人？"

"你们东海龙宫的小皇子，你不认得吗？"

酒肆老板迷茫了片刻，说道："姑娘，龙生九子，而在下恰巧是第九子，可在下并不是你所说之人。"

"这……"莫非回溯之法将过去弄乱套了？

无论如何都要快点儿拨乱反正，不然我师兄可就没了！

"二太子，等你神志恢复，我们再把酒言欢。"

夜寥一坛酒喝完了，此刻正伸舌头舔酒坛子。

酒肆老板扶额，默念了几句："这货绝对不是二太子，绝对不是二太子！"然后冲我抱了抱拳，出门去了。

没一会儿，楼下传来一阵打闹声："你好好一个神君，竟然偷酒喝，你还要不要脸？"

"哎呀，我数了数日子，恰好满了五百年，你这醉春风该是好了吧？不过我刚才没找到，小敖梓，你藏哪里了？"

这声音有点儿耳熟，我探出头去，果然瞧见了银发白衣的司命星君。他怎么也来了这里？这家酒肆貌似并不普通啊。

"没有，被喝光了！你不要再出现了！我说过很多次，我不想拜你为师，烦请神君不要再来找我！不送！"叫作敖梓的酒肆老板十分不客气地开始赶人。

但是司命星君完全不为所动，一弹指，将酒肆里所有的客人都静止了，而我和夜寥还能行动如常，大概是这法术只对凡人才有用。

"我们神族之人，生来便带有使命，而你注定是要接替我管理这天下命格之人，逃避终究不是解决之法。小敖梓，我想你自己也该算得出这命格吧，不然也不会自贬神格，堕落成妖。"司命星君无奈一笑。

敖梓若有所思，一个不经意，司命星君从敖梓身后的酒窖里偷了一坛酒出来，猛灌了一口，大呼痛快。

"你……身为神君，怎可如此……"敖梓一张白皙的脸憋得通红，半天也说

不出什么来。

司命星君拍了拍他的肩膀，义正词严地说道："等你像我一样，坐在这个位子上久了，也就这么不要脸了。"他说完，又抬头朝着我们的方向喊了一声，"别看热闹了！若是逛够了，就快些回飞羽殿，你那未婚夫君可不妙了！"

此话何意？

飞羽殿那么多人看着知颜，他还能有什么不妙？司水星君好歹也是四神君之一，谁没事欺负他的徒弟啊？除非比他的官还大，并且还闲着没事做。

我脑海里灵光一闪，比司水星君官大并且闲着没事做的，飞羽殿不就有一位吗？神君思凡！

"夜寥，咱们回去。"我一回头，夜寥已经醉倒在地上，这酒的后劲果然大。

我拍了拍夜寥的脸颊，他冲我傻笑了一会儿，丝毫没有清醒过来的迹象。难不成要我背他回去？

唉，倒霉到家了。

夜寥身上没什么值钱的，他这身衣服是侍卫装。我身上唯一值钱的一块玉佩已经给了卖面具的老伯，现如今这一顿酒钱没法付，不知如何是好。我打量了一圈，似乎我身上这件衣服还值点儿钱，于是打算把外袍脱下来抵酒钱，我穿夜寥的回去就好了。

我刚伸手，就有人突然出现，制止了我的行为。

"败家！你可知你身上这件衣服是凤羽做的？有市无价，区区一顿酒钱，你就想把它抵了？败家，真是太败家了！还有方才那块玉佩，能买下人界整个镇子了，败家！这么败家居然还放出来了，这谁家的孩子，太不省心了！"他看着

我，那叫一个痛心疾首，恨不得给我两巴掌，而我看着他，险些就要扑过去痛哭流涕了。

这人不是别人，正是我那财神老爹。

"阿爹，您怎么在这里？"

他愣住了，问道："你叫我什么？姑娘，小神恐怕还没有你大，叫爹不合适吧？况且我儿上个月才出生，你这年龄也不符啊！"

这一切太诡异了，面前这个人分明是我阿爹，而我不过才满百岁，我阿爹也就只有我一个女儿，他为何会在五百年之前有一个刚出生一个月的孩子？

这一定是回溯之法的漏洞，这一切都不是真的。

面前这个阿爹掏出了自己惯用的小算盘，当着我的面敲打了一遍，给我计算我方才的所作所为有多么败家。他说："今日正好是我们财神培训班外出实习的日子，从你们俩进入夜市的那一刻起，我就注意到你们了。姑娘，钱可不是这么花的……"

我满脑子糨糊，懵懵懂懂地听完他的话，用力地抱了抱他。阿爹虎躯一震，说道："快放手！被我夫人瞧见，少不得一顿毒打！"

"阿……您保重！我会弄清楚这一切的，等着我回来。"

阿爹，我想您了，我在心里默念，却不能说出口，背起烂醉如泥的夜寥，飞出了酒肆。

身后传来阿爹的怒吼声："我让你别乱花钱，可我没说给你付酒钱啊！咱俩没有一个铜板的关系啊！"

夜寥这厮真是不省心，尽管他不省人事，也足够将人折腾疯掉。他一会儿说太累了，一会儿说我飞行速度太快了头晕想吐，一会儿又撒娇说冷。我对天发

誓，我对自己培育的高级药材都没有这么上心过，还真像他娘亲一样在照顾他。

我的速度不如夜寥快，回到飞羽殿足足用了两个时辰。人到后庭，已经是筋疲力尽，但更让我想不到的是，我们双脚刚落地，我背起夜寥打算送他回房间的时候，夜寥吐了。

"啊啊啊！"我要疯了。

夜寥此刻也醒了，委屈地看着我，嘬着嘴说："娘亲，洗澡。"

夜深人静，我不能找我的婢女来给一个侍卫洗澡，更不能让人看见我给一个侍卫洗澡。他看见我犹豫，开始撒泼打滚："好臭，娘亲，洗澡啊，洗澡啊！"

我皱紧了眉头："没水！我给你念个洁净咒可好？"

"好！"夜寥乖乖地站在我旁边，张开双臂等着我念咒。

可是这个咒语到底怎么念？我一个大夫，似乎也没学过这么高端的法术。

大眼瞪小眼良久，我拉上夜寥，回房间找了两套干净的衣服，然后问他："可还记得哪里有温泉？带我去如何？"

夜寥神志不清，可是对于神界的地盘，他记得清楚。此刻他带我来的这个地方，在我过去一百年的人生中，却是没有听说过的地方。我知道神界景色秀丽，也曾看过雪海涧的美景，可这个地方别有一番滋味。

一汪清泉，热气腾腾，有八个龙头雕像缓缓地流出温热的水来，池子下方有个设计独特的排水管道，当池内的水达到一定计量，就会慢慢往外排水。池子中间还有一棵枯死的树木，应该是多年没人照顾了，温泉太热，又不利于树根常年浸泡，没了法术的照拂，自然要枯亡。温泉四周还漂浮了很多小儿，上面放着各种各样的杯子。好些个我没见过，只能认出其中一两个是夜光杯和犀角杯。

"娘亲，我们洗白白吧。"夜寥眨了眨眼睛，又低头看了看自己脏兮兮的衣

服。

"那你先把衣服脱了再下水。"

夜寥摇头说道："娘亲给我脱，孩儿不会解衣带。"

"好吧。"我招招手，夜寥欢快地跑过来，张开双臂，等着我给他脱衣服。

这只是个病人，是个病人，病人！

如此默念催眠了自己，再一抬头，我仿佛看到的都是他的心肝肺之类的器官，脱起衣服来也就完全不尴尬。我将夜寥脱得一丝不挂，然后让他下水去。

"娘亲不下水吗？"

我的面色变了变："不，不了，我回去洗就好了。"

"娘亲怕水？"

"嗯。"我无奈地点头，这是与生俱来的恐惧，就好像老鼠怕猫一样。

"呜呜……"夜寥十分不开心，但是也只能自己跳进温泉里。他潜入水底，许久也不曾见他上来。

"夜寥？"我急了，正常人该淹死了吧？难道弱智憋气时间更久一些吗？

"夜寥，你快上来！"我在温泉边急得大喊，就是不见夜寥的身影。

就在我犹豫要不要跳下去打捞他的时候，夜寥突然从水里窜出来，长发扬起无数水珠，尽数飞溅在我的身上，将我的一身衣袍打湿了，黏在身上好不舒服。

他冲我笑了起来："你看！"

我顺着他的手指，看见方才那棵枯死的树竟然活过来了。枝干在一点点复苏，慢慢地伸展，枝头上长出了绿色的新芽，花骨朵挤满了枝头，然后在顷刻间全部盛开。

"好看吗？"

我点了点头，这竟然是桂花树，却比我在雪海涧见到的桂花树还要神奇。

夜寥又要潜下去，我赶紧叫住他："不许从我眼前消失，我会担心的。"

夜寥"嗯"了一声，然后幻化出一条红色的绸带，一头拴在自己的手腕上，一头扔给我："抓紧我，我就不会不见了。"

桂花树长出一根树枝，直接伸到了我的跟前，夜寥示意我坐上去。当我坐上去，桂花树的树枝就固定住了我的身体，紧接着夜寥就像一条鱼一样，在水里来回游荡，然后开始转圈，巨大的水花和旋涡让桂花从树枝上飘落。顷刻间，花瓣夹杂着水珠围绕着我们，好似一双轻柔的手，正在抚摸我的脸颊。

"你真的不下水？还是那么怕水吗？"

"我怕水是怪谁？"

"如此……似乎是怪我。"

……

是谁在说话？那笑声贯穿在我的耳朵里，来来回回，一阵剧痛，我的头好似要裂开，这到底是什么地方？

"哗啦"一下，温泉的水和花瓣形成的旋涡被人一剑劈开，原本温热的水一下子变得透心凉，让我整个人冷静下来。湿漉漉的头发黏在我的脸颊上，我顿时觉得寒冷彻骨，抱着双臂开始哆嗦。

"你可还记得自己的身份？"

"思凡。"

思凡哼了一声，还翻了一个白眼，然后盯着我手里的红绳瞧了一会儿："你这是在做什么？"

"拴着夜寥啊！"我嘿嘿一笑，把绳子拉近了一些。

思凡也跟着笑了笑："你这个样子若是被天君看到了，恐怕就不妙了。"

我下意识地松开了绳子，我说方才为什么觉得这动作那么熟悉呢，简直跟遛狗一样。若是被天君他老人家知道我这么拴着他的儿子，还不把我们清鸾山灭了。

"泡舒服了就自己上来，我们该回去了。"思凡说道。

夜寥似乎不情愿，又在水里游了一会儿，思凡蹲在岸边说道："你不上来，我们走了！"

"哗啦"一声，夜寥从水里钻出来，连带着将思凡变成了落汤鸡。思凡咬了咬牙，扭头对正在看热闹的我喊道："你还不闭上眼睛！他没穿衣服！"

我回他一个轻蔑的笑容，一边闭上眼睛，一边说："我可是个大夫，任何人在我眼里都是一样的，只有有病和没病的区别。"

思凡念了个咒，将我们三人身上的水都弄干了。我缠着他让他教我，他却频频翻白眼，莫非是眼睛不好？

"可要给你吹吹眼睛？进东西了吗？"我问道。

思凡瞪了我一眼："偷偷跑去人界，为何不告诉我？"

我赶紧指向了夜寥："都怪他，我是无辜的！"

夜寥极为配合地点头说道："都怪我！"

思凡无奈，领着我们从温泉出来。周围一片寂静，前厅正中央有一口水晶棺材，庭前还有一棵桂花树，夜寥像一只兔子似的跑到棺材旁边，看了一眼之后惊呼道："娘亲，这个人好面熟哦！"

我凑过去一看，这不就是夜寥吗？这里竟然是关押夜寥的地方？而水晶棺里还有一个夜寥，我们身边也有一个夜寥。如此，原来的一切不会被替换，竟然变

成了两个吗？这回溯之法也太奇妙了。

　　我突然想到了什么，于是问思凡："你前些日子离开，是不是也去寻找五百年前的自己了？你可发现了什么？"

　　"不曾。"

　　"不曾？那你为什么去了那么久？"

　　思凡平静地说道："无非是记忆混沌了，找不到自己五百年前的藏身之处而已。"

　　竟是如此吗？为何他眼里闪烁着我不明的情绪呢？

　　"快些回去，绝对不能打扰这里的一切，我们被骗了。"

　　被骗了？被谁？

　　思凡让夜寥腾云带我们回去，我在登上云朵的时候，偷偷地摸了一下他的脉搏，竟是如此吗？

　　回去的路上，思凡被我看得有点儿不自然，索性大大方方地对上我的眼睛，笑道："你干吗一直盯着我瞧？莫不是喜欢上我了？"

　　我问道："思凡，你脸上有伤，怎么弄的？"

　　他摸了摸左脸，一条一寸左右的血痕，好像是被剑气所伤。

　　"无碍，跟人打了一架而已。"

　　已经是深夜，白日里比赛让众人都很疲惫，所以神界的夜晚格外安静。飞羽殿里唯独一个人醒着，端坐在院子里任何人回房间都会经过的地方。而这个人伤痕累累，我这个大夫看了都难免心惊，他身上除了前几日被我射的那一箭之外，还有大大小小一百二十多道血痕。

　　我往思凡身边凑了凑，问道："多大仇？竟有一百二十七道伤口。"

思凡哼了一声："看他不爽。"

知颜见我们回来，站起身来，他走过的地方都拖出一条血痕来，真是触目惊心。

"魔族二公主，我知你不愿意嫁我，而娶你也并非我愿。既然如此，不如达成一个协议如何？"他说。

"你且说来听听，不过，要不要先给你疗伤啊？"

知颜一甩手，甩了夜寥一脸的血，夜寥尖叫着挡在我面前，并且一脚将知颜踹飞了。知颜撞在假山上，猛地咳嗽了几声，笑道："二公主，成婚之后，我继续做我的花仙，去仙界修炼，而你留在魔界，人前恩爱，人后互不干涉。你也可以继续跟你的男人在一起，你意下如何？"

"谁啊？"我看了看四周，并且回忆过往，碧莲这个从小就服侍灵重雨的人，为什么没有告诉过我她家二公主有个男人呢？

知颜抬手一指，我顺着他的手指看去，竟然是思凡。

我和思凡错愕了一阵，我说道："你说他是我的男人？你搞错了，真的不是你想的那样！"

思凡握紧了拳头，我拉了拉他的袖子，小声说道："不能再砍了，体无完肤了，再砍就是致命伤了。"

知颜又说道："既然不是二公主的男人，那又是何身份？整日都在一起，难不成是……"

"男人！对对，是男人！呵呵呵，被你看穿了。"我赶紧抢白，生怕他说出什么来。

思凡狠狠地瞪着我，我冲他眨了眨眼睛："说男人也总比说太监好吧？"

知颜问道："一言为定？"

我说道："定了定了！"

知颜默默地爬回了房间，那场面真的有点儿心酸。

我松了口气，推了推发呆的思凡和夜寥："回去睡吧。"

思凡冷笑道："要侍寝吗？"

"……"

夜寥说道："要！"

思凡和我异口同声道："滚！"

第九章 CHAPTER 09

神　　秘　　人

　　知颜的伤还是惊动了旁人。

　　这件事的罪魁祸首还是我那两个不争气的丫鬟，早上碧池本着帮自家主子照顾一下驸马爷的想法，前去探望知颜，然后就瞧见一身是血的知颜，紧接着尖叫着跑出去了，正巧遇见了知颜的师父司水星君。

　　思凡与我说，司水星君是四神君之中非常护犊子的一位。听闻知颜被指婚的时候，司水星君一双手都要搓烂了，也没好意思跟自己的徒弟讲这件事。

　　我在窗前叹气，若是在往常，我早就将知颜治好了，奈何现如今这身份，魔族二公主可是一个不懂医术的人啊！

　　听碧池说，司水星君对治疗内伤还是比较擅长，但是这个皮外伤他无计可施。我心痒难耐，总不能眼瞅着一个病人而不动手吧？于是就吩咐夜寥看住外面的小丫鬟，而我潜入了知颜的房间。

　　他惊恐地看着我："你要做什么？"

　　我不愿多说，撒了一把药粉，他就昏沉睡去。

　　知颜的脉象并没有什么奇怪的地方，只是经络不通，好似身体里被人注入了什么。他瞳孔涣散，面色苍白，竟然有濒死之象。

　　按理说，思凡只是给他造成了皮外伤，绝不致命，可这身上的怪异症状，到底是何人所为？

一时之间，我竟毫无头绪，若是思凡给我的那几本上古医书在就好了，可惜现在是五百年前。不，既然是上古的医书，五百年后有，五百年前就更应该有，只差寻找而已。

从知颜的房间出来，碧莲和碧池急急忙忙来找我，神色慌张，好像出了大事一般。

"二公主，魔君到处找您呢，请您快些随我们过去吧！"碧莲说道。

"魔君可说了是什么事？"

碧莲唉声叹气地说道："这次比赛咱们魔界输了，让那神界拿了头筹，现在正要庆功呢。神族不少神女都写了诗词来讴歌，魔君一时心里不痛快，想让二公主前去赋诗一首，彰显我们魔族的文采。"

我哑然。

碧池哼了一声："这肯定是神族的阴谋，我族二公主武功高强，若不是因为那个什么花仙受伤，二公主定是要去参加比赛的，那这第一名哪还有神族的分儿？"

我汗颜。

碧莲瞪了碧池一眼，呵斥道："休要胡说！你不过一个小丫头，懂什么！"

碧池撇了撇嘴，退到了一边。

碧莲又说道："二公主快些去梳洗打扮，随我们前去吧！"

我大惊，作诗？饶了我吧！

"我能不去吗？友谊第一，比赛第二，魔君怎如此争强好胜？"

"二公主，这可不是您的行事风格啊！"碧莲说着就要将我拖走，我还能如何？只得答应。

"我自己换衣服，你们在门口等我。"我甩开她们二人，飞速跑到了思凡的房间，"大事不好了！"

"桉笙，你不知道敲门吗？"思凡软语，带着一丝被吵醒的怒气，抬手掀开了床幔，半倚在床头，白色的内袍松散，露出胸膛的一大片春光。我一下子红了脸，转过身去。

他一定是在笑，虽然我没看到他的表情，也没听到他的声音，却总感觉他在笑我。思凡下了床，穿上鞋子走到我面前，微微弯腰，直视我的眼睛。

"那个……那个……"

思凡按住了我的肩膀，和颜悦色地说道："你最好是真的有大事找我。"

"我……我……"

我吞了吞口水，他这样的笑容才真是倾国倾城吧，比起我师兄美南梓的笑容要养眼多了啊！

"桉桉的口才不是一向很好吗？今日怎么了？"

我红着脸，眼睛一闭，问道："你能先把衣服穿好吗？"

思凡哈哈大笑起来，然后松开我，披了件衣服，说道："你不是说在你眼里没有男女之分，只有有病没病的区别吗？怎么对我不能一视同仁？"

我被他说得哑口无言，用力咬了咬嘴唇，疼痛感让我瞬间清醒过来："魔君让我去作诗！怎么办？你为什么不把二公主是个才女这件事抹掉啊？"

"如此是我的失误，不然你装病吧。"

我翻了一个白眼，说道："碧池和碧莲在外面等着我，我此刻病了，是不是有点儿太假了？不然你跟我去，他们出什么题目，你做好了诗，然后告诉我？"

思凡咳嗽了一声，沉默不语。

我大惊道："你该不是也不会作诗吧？"

思凡抚了抚额头。

"罢了，我去作诗吧。"我一副死马当活马医的样子，保不齐他们品味独特，会喜欢我的文采呢。

思凡一把抓住我，说道："你连字都不认识，当心被拆穿身份。"

"那该如何？"

"等下你先回去盛装打扮，我假扮成别人偷袭你，你假装受伤，然后咱们请天君追查此事。按照天君的办事效率，他们必定抓不到行刺之人，这件事就不了了之了。"

我不禁有点儿敬佩地看着思凡，到底是神君，天君在他口中也显得那样无为。只是这假装受伤可不成，于是我说："你到时候就刺我几刀，我看了你打伤知颜的手法，刀刀都不在要害，又看起来非常吓人。你就那么给我来几下吧！"

思凡笑了笑："你不是个大夫吗？自己回去想办法弄个假伤口。对你，我还下不去手。"

半炷香之后，一切准备妥当，我穿着魔族公主服盛装出席。凤羽裙摆在后面摇曳着，碧池和碧莲两个人扶着我缓缓前行。我四处打量寻找思凡的踪影，不知是谁喊了一声："有刺客！"

我心中大喜，思凡这个人果然靠谱！我将袖子下的血袋捏紧了，只等思凡假扮的刺客过来假装给我一剑，然后我就捏破血袋，倒地不起。万事俱备，只等思凡。

碧莲和碧池如临大敌，将我挡在身后。我不断推她们，寻找思凡，可是左等右等，思凡呢？

突然，从琉璃瓦上飞下来一个白衣男子，紧随其后的还有一个陌生的黑衣男子。

不愧是神君思凡，做戏果然逼真啊！

我时刻准备着捏血袋，等着这两个刺客来刺杀我，然而……事情发展得并不那么尽人意，那两个刺客竟然相互打起来了。

这和剧本有点儿出入啊！

我用力地咳嗽了几声，以此来提醒刺客们魔族二公主在此，快来刺杀。可是他们谁也没有理会我，两个人打得很是激烈，剑法超群。

他们二人都以面纱遮面，看不清到底是谁，但是以白衣男子的气度与剑法，不难认出是思凡，那么黑衣人到底是谁？

碧莲和碧池打起十二万分精神护着我，碧莲更是紧张地问道："二公主，我们暂且避一避？"

我摆了摆手："你没瞧见他们对我完全没意思吗？去叫我的侍卫来。"

在剑术上，我对思凡十分信任，显然那个黑衣男子也对思凡有些惧怕，打了两百多招之后，逐渐处于下风。我的一颗心也揪了起来，夜寥怎么还不来？思凡会有危险！

我开始在身上翻找药物，想要趁机丢过去帮思凡制服那个黑衣男子，然而他们的动作太快，我完全捕捉不到下手的机会。思凡，你一定要坚持住！

若是在以往，这天下不会有人敢同思凡动手。他是创世之神留给六界唯一的信仰，他从上古而来，他是天地间唯一真正的神君。可是现如今，他法力尽失。是了，我那日摸他的脉搏就已经知道。思凡落入这回溯法阵之后，用了他仅存的法力，扭转了我的命运，以至于不让我成为法阵的祭品。

我早已发现他有些不同，然而却不敢问他这些。

我总觉得他能够扭转这些局面，只因为他是神君思凡。可是现如今出现的这个陌生人，他似乎知晓思凡的弱点，步步紧逼，从一开始的只比剑法，到后来以灵力入剑，杀伐决断。

思凡腾空而起，翻转身体，剑花飞转，如同无数把利刃组成的旋涡，将黑衣男子困住。

黑衣男子聚起灵力抵挡，说道："神君，我本无意与你为敌，为何你一定要阻止我？"

"阴阳逆转，乾坤颠倒，本就是有违天道，本君如何不诛杀你？"

黑衣男子狂笑起来："天道？何谓天道？我等不过蝼蚁，被所谓的天道玩弄于股掌，天道要我生，我便生；天道要我死，我就偏偏不想死！神君，正是所谓的天道诛杀了神女艾草，你当真还信奉天道吗？"

思凡冷笑，目光凛冽："我便是天道！"

"哈哈哈……神君，你或许真的是什么天道，可是在这回溯法阵之中，我才是王道，得罪了！"

他知晓回溯法阵，他就是附在阿依身上的那个人？

黑衣男子的身体突然膨胀，天地间顿时失色，一片混沌黑暗，这到底是个什么怪物？

我被狂风掀倒在地，紧接着一个人影朝我飞了过来。我定睛一看，不躲不逃，任由他砸过来，然而在砸上我的那一瞬，他以剑支撑，微微喘息。

"桉笙，可还好？"思凡问道。

我点点头："你呢？"

"尚能再战。"

我皱了皱眉头，他扶着我站起来。我从袖子里掏出点儿自己配的金疮药，给他撒在胸前的伤口上，血瞬间止住。

他笑了笑："桉笙好医术。"

我拍了拍思凡的肩膀，又给他吃了一颗调理内息的药丸，说道："自己当心，去吧。"

思凡点头，又迎上去再战。

"娘亲！"夜寥一边尖叫着，一边狂奔到我的面前，双眼含泪，一把将我搂在怀里，"碧池说这里有坏人，娘亲可曾受伤？"

我顺手捏碎了袖子里一直藏着的血袋，然后将鲜血淋淋的手举到夜寥面前，佯装疼痛地说道："你看这人把娘亲欺负成这样，快去给我报仇，狠狠地揍他。"

"好！"

夜寥转身过去帮思凡。

我对奇门遁甲之术并不了解，然而却也听师兄说过，在自己的法阵当中，自然是自身功力提高数倍，有绝对的优势。要是思凡现在还有灵力就好了。

果然不出所料，回溯之法对那黑衣人很有优势，由于夜寥的加入，让原本处于上风的他渐渐失势。他们再一次战成平手，夜寥双目怒红，仿若那日他第一次苏醒时的样子，有些骇人。

黑衣人见到夜寥之后，也满是震惊："你究竟是何人？本不该出现在此处，为何也要阻我？"

暗黑之火将夜寥团团围住，他并不像个天神，倒像是魔族的战士，那怒红的

双眼好似随时能够喷出熊熊火焰，将一切与他作对之人燃烧殆尽。他身上穿着的不过是普通侍卫的铠甲，却在一瞬间让所有人都觉得，这是战无不胜的战将战袍。

夜寥所散发出的那一种气势，在很久之后我才知晓，那便是所谓的王者之气。而在当前，夜寥成功地俘虏了这一大票人，我那两个不争气的婢女都眼冒桃心，呐喊道："好帅好帅啊！二公主，求赐婚啊！"

夜寥横眉，恶狠狠地说道："你打我娘亲，我要给娘亲报仇！"

末了还哼了一声，瞬间傲气十足。

我咳嗽了一声，有点儿汗颜，再一看原本花痴的碧池和碧莲瞬间变了脸色，仿若吃到了什么恶心的东西，那种神情极为伤痛。她们大概是想，这么帅气逼人的侍卫，怎么一开口就成了个撒娇的小孩？

对此，怪谁？

怪我，我有罪。

黑衣人突然飞出了我们的视线，夜寥拉上思凡去追，我不得不运用那不娴熟的腾云技巧跟上，远远地听见黑衣人说："我不过求一次重新来过的机会，你们杀不死我，又何必白费力气？"

"那也未必，尽管一战。"思凡扬剑，夜寥紧随其后。

我思索片刻，大喊道："思凡，可会借灵？"

思凡扭头看了我一眼，恍然大悟一般，对夜寥说道："借我五成灵力可否？"

夜寥大抵是听不懂，扭头看我，我点了点头，他也就点了点头。思凡握住夜寥的手，点了他身上几个穴道，两个人身上顿时都燃起红色的火焰。

夜寥法力高强，可是脑袋混沌，打架毫无章法，不如借给思凡灵力，让他独自应战。

这一场足可以轰动六界的战斗，在思凡挑开了黑衣人的面纱之后结束。让我们所有人都始料不及的是，这个黑衣人竟然是知颜。说他是知颜，却又不像是知颜。

因为我们所认识的那个知颜，现如今虽然伤痕累累，但仍旧是个白净的少年。而面前这个人身上非但没有那么多创伤，而且还神采奕奕，那种有些嚣张跋扈的样子，断然不是我们所认识的那个少年。他仿佛经历了许多，就连眼里闪烁的光芒都足以证明这个人经受过不少的历练。

而我也在片刻之后明白过来，这是五百年后的知颜，他附在阿依的身上，利用病患接近我，从而开启了这个回溯之法，将我们几个带入了这五百年前的法阵之中。

"知颜，为什么做这一切？"我问道。

知颜已经被思凡用捆仙索牢牢地锁住，即便我们还身在他的法阵里，他也没有逃脱的可能。

知颜看了看我，又看了看思凡，笑道："成王败寇，我无话可说。桉笙，你本是无辜，是我将你牵扯进来，你莫要恨我。"

我看了看他，并不知道自己该用怎样的心情面对他。若说恨他，也没有什么仇怨。若是说不恨他，的确是他将我卷入，而我又连累了思凡和夜寥。若是这一切不能平息，又会不会影响五百年后？

我看向思凡，沉吟道："现在怎么办？"

"带他回去，关押起来，我要好好问问他这里发生的一切。"

给知颜服下了缩小药丸，又将他关在我的药瓶里，我们三人才回到飞羽殿。一落地就有一大群人围了上来，一番嘘寒问暖。甚至连天君也亲自来过问，原因无他，他的地盘出现了刺客，传出去岂不是笑话。

我交代了刺客已经逃走，天君则派人继续追查刺客的下落，说是一定会给我们魔族一个交代。

这一日的奔波劳累让我无心应酬这些前来探望的人，好在大公主灵重雪是个明事理的人，三言两语将这些人打发了，叮嘱我好生休息，明日就要回魔界了。

思凡将我那个小药瓶要走了，关在房里对瓶子里的知颜严刑拷打了一番。

我和夜寥趴在窗外偷听，那叫一个惨不忍睹，甚至将偏殿养伤的五百年前的知颜也给引来了，想跟我们俩一起偷听，被夜寥一顿追赶打跑了。

临走前还腹诽了我们几句，他说："好生毒辣的男宠，二公主竟然好这一口，在下佩服。"

我撇了撇嘴，这么一个嘴上不饶人的少年，是怎么在五百年后长成阴狠的堕仙的？

夜寥戳了戳我，问道："娘亲，男宠是什么？"

"不该问的不要问。"

翌日天明，六界众人从神界告辞踏上归途。魔君打开魔界的结界，让我们飞行过去。那个细皮嫩肉的知颜被留在飞羽殿继续养伤，而五百年后的知颜被我们关在瓶子里带回。

思凡又问了两日，还是没有什么进展。我怕再这样下去，这个知颜就被折磨死了。于是趁着思凡不在，偷偷跑到他的房间瞧了瞧，药瓶子里的知颜十分虚弱。魔界的瘴气对化仙来说的确很有杀伤力，尤其他此刻还受了重伤。

我着实不忍："我打开瓶子，给你扔点儿药粉进去，你可别跑。"

他点了点头："难得你还能相信我，桉笙，我不会跑，我只想跟你说个故事。"

"思凡说你是桃花仙，擅长魅惑之术，我在火凤族的皇宫里就着过你的道，我可不想再听你说了。"我打开瓶口，给他撒了点儿药粉，虽然不能把他治好，但是能止血止疼。

他"嘶"了一声，冲我苦笑道："桉笙，你有没有喜欢过一个姑娘，至死不渝的喜欢？"

我想了想，说道："没有，我自己就是姑娘，如何喜欢姑娘？"

他"扑哧"一笑："是我唐突了，那你喜欢过谁吗？"

我点头说道："我阿爹、我师兄、思凡、夜寥，我身边的人我都喜欢，我的病人我也喜欢，我从不跟不喜欢的人打交道。"

知颜摇头叹息："并非那种喜欢，我说的是刻骨铭心的喜欢，每每想起，这里会痛的那种喜欢。"

他说着摸了摸自己的胸口，我便更加茫然了。

"书上说，喜欢是一种甜蜜、一种幸福，你的喜欢为何会疼痛？可是病了？"

"桉笙，你可愿意听我说个故事？"

我再一次摇头："你并非善类，我不听。"

说完，我将瓶子的口盖住，离开了思凡的房间。

碧池在门前打盹，碧莲给我准备膳食回来，瞧见碧池打盹，恨铁不成钢地踹了她一脚："二公主怎么就选了你这么个懒货来伺候！"

碧池一个鲤鱼打挺起来，揉了揉惺忪的睡眼，讨好地笑道："姐姐，我错了，姐姐莫生气，我这就去给姐姐洗衣服。"

碧莲无奈地摇头，见我正在看她，于是将午膳端了进来，免不了跟我念叨几句，她是真的不喜欢碧池这个人。

"好啦，都是丫鬟，你总歧视她做什么？碧池偶尔还是有用的，比如她……啊！"

我打开食盒，竟然看见知颜躺在其中一个盘子上，对我小声说道："桉笙，当真不想听我的故事吗？"

"二公主怎么了？"碧莲连忙询问。

我定了定神，说道："没事，刚才……脚抽筋，我先吃饭，你去御医那里给我弄几贴膏药来。"

"是。"

碧莲关上门，只剩下我和知颜了。

"我不想听，你是怎么逃出来的？快些回去，不然思凡回来有你受的。"我盖上了食盒，瞬间一点儿胃口都没了，打算给自己倒杯茶。没想到知颜就像水一样从茶壶嘴里流了出来，满满的一杯子，别提多恶心。

我给他吃的分明是缩小药丸，怎么是软体药丸的成效呢？

"桉笙……"

"不听！"

我端着杯子，将他交给了夜寥，然后一个人出去转转。

魔界皇城里的人大部分都认得二公主灵重雨，想必是之前灵重雨待人亲切，走在路上都有人送来吃的。我正好肚子饿，挑了几样可口的吃了。可没想到肚子

疼了起来，慌乱之下找了间客栈借用茅厕。

我正打算脱裤子，突然又听到一个声音："桉笙姑娘……"

这一次我是叫都叫不出来了，知颜一张俊脸出现了茅坑里。我头疼万分："你先出去洗干净，我回头听你讲故事还不行吗？"

而后知颜给我讲了一个故事，故事里的桃花仙人也叫知颜，而知颜喜欢的姑娘名叫灵重雨，是他本不该爱上的姑娘，也是如今想要杀他的姑娘。

知颜第一次见到灵重雨，是他得知自己要去魔族和亲，师父命自己给涣璃山送桃花酿，在路上遇见了灵重雨。

那真是个意气风发的姑娘，着实不该跟自己这样沉闷的人在一起。

她在得知自己要跟神族和亲之后，俨然就变成了一只刺猬，到处找茬，今天竟然找到涣璃山来了。而此刻，她被定在山下，定然是不敌战神醒醒。

灵重雨发现了知颜，大喊了一声："你干吗看着？快给我解了这定身咒，本公主要去杀了那个知颜！"

知颜顿了一下，然后走了。

"喂喂喂，你回来！"

知颜觉得神界待不下去了，因为他没给灵重雨解咒，导致灵重雨在神界追杀了他几天。这让他觉得灵重雨这个丫头真是闲得慌，并且很容易转移视线，她不是来解除婚约的吗？

知颜躲了几日之后决定回太素山，他变回本体在太素山静思，突然闻到一阵焦味。山顶滚下来一个火球，接连不断地叫着救命。

他变回人形，定住那个火球，竟然是灵重雨。她满脸的黑灰，衣服也被烧得破破烂烂。

"三昧真火？姑娘做什么？"

"快帮我灭火！"

还真找对了人，司水星君的徒弟怎么能不会灭火？

灵重雨躺在地上，长长地舒了口气："这太素山真难烧！"

"你说什么？"

"本公主本来打算烧死那和亲的花仙，这样就不用和亲啦！没想到跋山涉水来到这里，一根木头都点不着，后来用了三昧真火，居然烧在了自己身上。今天你既然帮了我，那咱们俩的恩怨就姑且算了吧。你叫什么名字？"

"在下知颜。"

灵重雨冲他笑了笑："你这名字挺好听的，就是觉得耳熟。知颜，知颜。啊！居然是你！啊啊啊！我们不成亲好不好？"

知颜原本也没打算娶她，但是觉这姑娘有点儿意思，于是问道："为何？这是天定姻缘。"

"哎呀，你不知道！我们魔族只有两位公主，我大姐嫁不出去，那肯定没孩子。我如果跟你成亲的话，种族不同不能生子，那我们魔族岂不是断后了吗？神族可真是奸诈啊！"

仙可以修炼成神，却无论如何都不能修成魔，入魔则死。如此，他们果真是不合适的。

"知颜，你看我，你觉得我这个人好吗？"

灵重雨在知颜面前转了个圈，被三昧真火烧过的少女灰头土脸，狼狈不堪，但那双眼睛灿若星辰。好还是不好，他又该怎么下结论呢？

　　灵重雨见他不说话，"扑哧"一声笑了起来："我知道我好得很，但是你这么弱不禁风的，肯定不好。所以咱们这亲是铁定不能成了，你这就跟我去找天君说理去吧。"

　　"放手。"

　　知颜的声音不大，但是灵重雨竟然放开了手，她似乎打心底有点儿畏惧他——这个唇红齿白、比魔界任何一个人都好看的小小花仙。

　　第二年八月，太素山的花仙们结了漫山遍野的桃子，却在几天之后被一扫而空，花仙们敢怒不敢言。一早还有人一状告到天君那里，可是天君对此睁一只眼闭一只眼。原因无他，来太素山偷桃子吃的不是别人，正是他们花仙的首领知颜的未来媳妇——魔族的二公主灵重雨。

　　早些时候灵重雨扬言，如果不取消婚约，她就烧光这座山，后来发现不可取，她就改为发誓要吃光这里所有的桃子。

　　但是她吃了两年的桃子以后，已经到了听到"桃子"就反胃的地步，他们的婚约也没有解除。

　　那一天从三十二重天一直到魔界，这一路上花香四溢，桃花绵延了万里，花仙知颜迎娶魔族公主。六界纷纷来道喜，却各自心怀鬼胎。

　　的确，这样的联姻有什么可道喜的。

　　婚后他们的府邸建在魔界，因为老魔君实在舍不得自己的小女儿离开自己。知颜大部分的时间都在司水星君那里修炼或者酿酒，灵重雨整日胡作非为，她期盼的只有一件事，那就是逼着知颜把自己休了。

　　对于她所有的胡闹，知颜都看在眼里，却一言不发。有时他从神界回来，婢女来告知二公主在酒楼同人打起来了，让他赶紧去看看。

知颜跑去一瞧，灵重雨喝得烂醉，抱着人家唱曲儿的少年不撒手。一阵哭一阵笑的，周围已经围了不少人，有些知情人开始指指点点。

"这个唱曲儿的长得也不好看啊，二公主怎么非要这小子？"

"你可不知道，现在这魔都还有哪家单身的男子敢出来啊，二公主见一个抢一个啊！"

"二公主果然这么彪悍。"

后来不知道怎么就演变成了二公主真可怜，嫁了个花仙不如不嫁。

时间久了，知颜在魔界的地位十分尴尬，而灵重雨平时待人不错，她酒后哭闹，就都成了知颜的错。知颜在魔界寸步难行，短短一年的婚姻遭受到的白眼竟然比他修行几千年受到的还要多。知颜叹了口气，过去拉了拉灵重雨。

"放开我！我就要这个小哥哥！"

她显然是醉了，有些撒娇地瞪着知颜。还挂着酒的红唇一直嘟着，那样子竟然有种说不出的可爱。

"我们回家好不好？"

"回家？回什么家！本公主哪里还有家？本公主的家让知颜那小子占了！呜呜……"

她竟然开始大哭，抱着那个唱曲儿的少年的大腿，怎么都不肯撒手。

她哭得那样伤心，她说她的家被占了，竟然是他占了她的家。知颜后退了几步，看着她一直哭，哭得肝肠寸断，最后无奈地叹了口气，温柔地替她擦掉眼泪。

"我替你把知颜赶走，你回家好不好？"

岂料灵重雨哭得更凶了。

"我大姐说知颜是神族派来的奸细,你怎么赶得走?赶不走了,赖上了!"

奸细……

知颜想笑,却更加无奈,却没想到在不久以后,她一语成谶。

第十章

CHAPTER 10

出来混的早晚都要还

♥

　　山中不知岁月，距离上一次知颜见灵重雨，竟然已经过去大半年。他这次回魔界，灵重雨竟然有很大的不同，她时常看着院子里的花发呆。见到知颜的时候竟然吓了一跳，这也是他们成婚之后，两个人见面，第一次灵重雨没有喝得大醉，没有闹出笑话。

　　"我都听说了，你帮我收拾了不少烂摊子，这花也是你种的。以前在魔界我从不曾见过鲜花，你这个花仙还是有些用处的。"灵重雨含笑，竟然有难得一见的娇羞。

　　对于灵重雨的忽然转变，知颜非常不适应。好几次他都觉得灵重雨病了，抑或者是被人下了蛊。

　　可是后来他才知道，灵重雨对自己温柔完全是因为她闲着无聊跟魔族大将军打了一个赌。赌注不过是一块灵石，赌的是对知颜好一些，他这颗神族的棋子会不会死心塌地留在魔界。

　　后来灵重雨赢了，知颜也不知道怎么就喜欢上了灵重雨，或者是她第一次叫嚣着要砍死自己的时候吧，又或者是她在街头哭闹的时候吧。先是心疼，然后是心动。

　　知颜对灵重雨越来越好，他强忍着魔族的瘴气，日夜陪在灵重雨的身边。他们一下子变成了一对人人羡慕的夫妻，这引得魔君召见了他好几次，非要确认一下这两人的脑子到底坏掉了没有。

二公主和驸马夫妻和睦，相敬如宾，这让天下人都惊恐起来。

知颜有时候觉得，如此过日子也很好。

但是成婚三年之后，他们之间发生了两件非常紧迫的事情。一是知颜劫数已满，要飞升成神；二是灵重雨怀孕了。

这件事无疑让知颜吓了一跳，按理说魔族和仙族结合是绝对不可能诞下孩子的，只可能是灾星。

可是被幸福冲昏头脑的灵重雨全然不顾这些，她日夜盼着自己的孩子出世，同自己的夫君一起畅谈未来的美好。可是在孩子刚成形的日子，她的孩子没了。她伤痛欲绝，又听闻魔族的圣物被盗，嫌疑最大的人是二驸马知颜——整个皇族里唯一不是魔族的人。知颜被关押起来，这让原本就看知颜和神界不爽的魔族人得以借题发挥。

知颜入狱不过半日，就被酷刑折磨得不成人形。灵重雨不知自己该不该救他，不知自己嫁的到底是什么人。

最后听说驸马爷跑了，为了寻回魔族的圣物，二公主灵重雨请命亲自诛杀知颜，无论天涯海角。知颜叛逃出魔界，同样被神界追捕。可是神族没有哪个是没喝过他的桃花酿的，没人能想象，这样一个温润如玉的人是如何变成今天这个样子。最终大家把这件事情的原因归结为命运，又怪罪到了司命星君的头上，后来还是月老出面，用情咒收服了知颜，压在红线之下。为情所困之人，最终也只能为情所束缚。

而二公主灵重雨却不知，苦苦追寻了知颜五百年。

我默默地听完了知颜的故事，唏嘘不已。

"灵重雨的孩子是你打掉的？"

知颜摇了摇头："灾星降世，天地不容。我只恨自己无法摆脱这命运而已。"

"所以你修炼回溯之法，想要改变这一切？"

知颜"嗯"了一声："若是没有你这样的乾坤逆转体质，回溯之法也无法成功。"

乾坤逆转，他再一次提到。我委实不知这到底是个什么体质，有什么样的好处，又有什么样的坏处。知颜似乎也不愿意与我多说这些，只是再一次道歉，并且问道："能不能帮我个忙？"

"不能！"我果断地拒绝。

他显然没想到我们在一番促膝长谈之后，我还是这么冷漠。

"不能给个面子吗？"知颜咆哮道。

"你又有何立场让我们给你面子？"说话的是思凡，他对于我将知颜放出来的事并没有过多责骂，只是瞪了我一眼。

我吐了吐舌头，躲在了思凡身后。

知颜躬身抱拳："神君果然好智谋，知道我不会对你说，会对桉笙姑娘说，所以故意放她见我。"

"你尽管挑拨离间，你想要办的事，我们管不管，那就看我的心情了。"

我不得不说，思凡这个神君有时候真的挺不要脸的。他能这么悠闲自得并且深明大义地威胁别人，也是一种特殊技能啊！

知颜咬了咬牙，跪在了思凡面前："实不相瞒，真正的灵重雨已经得知我的下落，那日回溯之法施展的时候，她也闯了进来，被我一起送回了五百年前。只是灵重雨的身体被桉笙占了，所以我也不知道她现在在何方，只是我感知到她马上就要来了。我想请神君和桉笙姑娘帮我完成一个心愿。"

"你要杀了灵重雨？"我脱口问道。

思凡摇了摇头："想牺牲自己救她？"

知颜说道："神君英明。"

思凡问道："回溯法阵怎么破？"

"我不知。"

思凡眯了眯眼睛："你怎会不知？这法阵是你创出来的。"

知颜苦笑道："我在创立之时，就没打算要活着出去。不过我有一法宝，或许能够开启生门，只要神君答应我，帮我困住灵重雨百年即可。"

思凡打量了他一会儿，然后将他捆起来："我考虑考虑，看心情决定吧。"

"神君，灵重雨就快要寻来了，她同你一样是法阵预算之外的人，神君灵力尽失，可对于魔族的她来说，却是灵力提升十倍不止。神君若不快点儿决定，只怕我们都会死在这里。神君，三思。"

"废话好多。"思凡将他卷了起来，命人抬回去好好看着。

魔界的夜其实很美，不同于神界繁星灿烂，魔界的夜空只有一轮明月，孤独而高傲。魔族的晚上很热闹，皇城街上到处都是人，不似神族那样冷漠，从来只跟熟络的人打招呼。

他们见到我，都客气地喊一声"二公主"。我不由得叹气，他们又怎么知道我这个二公主是假的呢？

"走啦，发什么呆！"思凡敲了敲我的头。

我冲着他的背影做了个鬼脸，然后快跑追了上去，一把拉住他的手，他回头

诧异地看着我："怎么了？"

"思凡，知颜说你入了法阵之后就灵力尽失，对吧？"

"你不是早就知道了吗？偷偷摸了我多少次脉。"

我瞪着他："以神君思凡的本事，怎么可能受困于一个法阵？你之所以灵力尽失，是为了保住我对吧？不然我早就死了，而现在站在你面前就是真正的灵重雨。"

思凡甩了甩我的手，说道："神经。"

"思凡！我会保护你的，即便是真正的灵重雨来了，她魔性大发，我也会站在你面前保护你。"

思凡笑了笑，用手指戳我的脑袋："你怎么保护？骂死她吗？你只是个大夫，喊打喊杀的事情交给我就好。"

我摇头说道："我只是个大夫，我就用大夫的方式来保护你！思凡，我是认真的。如果真的有回溯之法，而我真的是乾坤逆转的体质，千年之前你的遗憾，我或许可以帮你弥补。不过请在我治好我的病人以后。"

"这世间从来都没有什么回溯之法，桉笙，你别傻了。"

思凡将我一个人丢在街上，月光亮，月光凉。

后来思凡告诉我，五百年后的知颜其实一直都在我们身边，起初他想阻止灵重雨和过去的自己见面，然而因为思凡的存在没能成功。后来他就伪装起来，在以前的自己身边出谋划策，想让知颜和灵重雨互相憎恨。该发生的事情也还是发生了，最终他被思凡和夜寥制服，这一切计划破灭。

思凡有句话说得没有错，历史已成，无法改变。纵然有我们这些变数，稍走了一些弯路，也还是朝着原本的轨迹运行。

既然知颜说真正的灵重雨要来寻仇，那我们也不能坐以待毙。这儿日在魔界闲着无事，我带着碧池外出采药。我总觉得这魔族的气息有点儿不同寻常，该是有一味奇特的药材才对，可是这么多日子，我竟然没有找到，真是枉为大夫。

夜寒本来也想跟我一起出来采药，可是我们现如今的战斗力，也就属他最高了，自然要留他下来保护思凡和知颜这两个见不得外人的人了。

碧池对采药这事并不怎么热衷，无论我怎么教，她都无法辨别出药材和草的区别，最后只能跟在我后面打打下手。

没多久，碧莲寻了过来。

"二公主，大公主找您有事。"

我茫然了，这大公主找我有什么事啊？我在魔界的这些日子，都快成家庭伦理大戏了，不是魔君这个小老婆，就是那个妇人找我，没一会儿还有皇亲贵族找我谈心。现在最特立独行的大公主都找我了，还能不能让人好好采药了啊！

我用不怎么娴熟的腾云技巧慢腾腾地来到了大公主灵重雪的府上，她显然已经等我多时了。我余光一扫，偏殿里有四个茶壶，这是要跟我聊一整天的预兆啊！

我一落座，她直接开口道："你到底是何人？"

我一怔，问道："大姐，你怎么了？"

"我近来头脑有些混沌不清，这些日子恍惚记起来，自从你受伤醒来之后，一切都有些不对劲。我是天生天养，后来被封为魔族的大公主，跟灵重雨虽然不是同父同母的姐妹，可也是看着她长大的。你为人慈善，断然不是灵重雨，那么你到底是谁？"她狠狠一拍桌子，倒是吓了我一跳。我没想到她准备了这么多茶

水，竟然跟我直接摊牌，果然是干脆的人啊！

只是我该怎么说呢？我说我是五百年后的一棵胡萝卜？也不知她爱不爱吃胡萝卜，万一把我吃了呢？我到底该怎么跟她解释这回溯之法的事情呢？

或者，我该一口咬定我就是灵重雨？哎呀，这也太难选择了。

我们两个对视良久，我不知如何开口，她耐着性子等我解释。一下子整个偏殿的气氛尴尬极了，好在碧莲急匆匆地跑进来禀报了一件天大的事情，这才让我们俩结束这长久的对视。

碧莲说道："大事不好了！驸马爷遇刺了，危在旦夕！"

"哪个驸马爷？"我急忙问道。

灵重雪又狠狠地拍了一下桌子："难道你以为我需要驸马？当然是你那个花仙！"

"呃……"嫁不出去这件事，到底有什么好骄傲的呢？

"你还愣着做什么？"灵重雪瞪了我一眼，"六界都知道你不想嫁给那个花仙，若是他有事，你的嫌疑最大，还不赶紧去看看！"

她的话点醒了我，无论是五百年前的知颜，还是五百年后的任何一个人出事，都有极大的可能是真正的灵重雨所为，她竟然来得这么快。

"碧莲，送我回宫。"

一路风驰电掣地赶回自己的寝宫，思凡和夜寥正在下棋，夜寥傻了以后竟然还记得怎么下棋，并且还是个高手，思凡都下不过他。

见我回来，夜寥一把扔了棋子，奔到我的身边，拉着我的袖子委屈道："娘亲，思凡耍赖。"

"你再说我耍赖，信不信我不客气？"

夜寥哼了一声，满头的小辫子摇来摇去，思凡怎么给他梳了这么个头？

思凡招了招手："桉笙，过来陪我下棋，让夜寥一边玩去。"

夜寥不干了，立即丢下我，乖乖回去坐好，扯着思凡说道："我还是再跟你玩一会儿吧。"

思凡得意地笑了起来，好像欺负夜寥是很光彩的事情一样。

他们二人这么悠闲自在，我心里更加不安了，于是问道："知颜可还在这里？我听碧莲说知颜被行刺了，是不是灵重雨干的？我们要做些什么？"

他们还在下棋，并不理会我。

我跑到柜子前翻出这几日研制的各种药，一股脑地放到他们面前给他们看。

"这个是减速的，这个吃了能让人昏迷不醒，这个吃了会发狂，这个吃了会呕吐，这个闻一下会怀孕……"

思凡瞪大眼睛看着我："桉笙，你这些药都有效？"

"那是自然，我是这天底下最好的大夫！"

"你只做个大夫真是屈才了！这个如果闻一下真的能怀孕，我建议你拿去给天后用一用。"

我一惊，问道："你的意思是天后不孕不育？"

思凡瞥了我一眼，一副不想搭理我的样子。

夜寥拿起一个小瓶子问道："娘亲，这是什么？味道很好闻，好吃吗？"

他说着竟然舔了一口，我顿时大惊："放下！这个吃了会变傻！"

可是为时已晚，夜寥吃了一整瓶，然后看着我们，眨了眨眼睛说道："没有变傻啊！"

我和思凡看了看他，默默无言，那是因为你真傻啊！

夜寥对我的药很失望，我对他们俩也很失望，这到底是怎么回事？

"桉笙，我们很快能回去了。你现在就待在这里，哪里都不要去，我们已经找到了生门。"思凡落下一颗棋子，赢了夜寥这一残局，对我笑了笑，"你这药还是有点儿用的，方才我一次都没能赢他。"

"你能不能告诉我到底发生了什么事？知颜到底怎么样了？"

思凡看了一眼天色，站起身整理了一下衣衫："时间也差不多了，你若是那么在乎知颜，我或许还能带你见他最后一面。"

"何意？"

他不再多言，揽住我的腰，催动灵力，一转身，已经带我来到九霄云外。他的灵力几时恢复的？思凡有太多事情瞒着我，我整日摸着他的脉搏，却一点儿也摸不透这个人。

云端上，红衣似火的女子骑着一匹黑色的战马，战马扬起马蹄一脚踏在知颜的胸口上，知颜吐出一口鲜血，然后从云端上坠落下来。霎时间狂风大作，她冷漠地看着正在缓缓坠落的知颜，问道："可还有什么话说？"

知颜摇了摇头："成王败寇，已无话可说。"

红衣女子原本冰冷的眼眸一瞬间竟然有一丝敬佩，她说："很好！那么去死吧！"

她从云端飞下，如同一支箭，以难以匹敌的速度飞到了知颜的跟前，横刀立马，一刀毙命。

知颜的头颅飞了出去，被红衣女子稳稳接住。

"啊！"我失声尖叫。

"为什么要这样？我们分明可以早一点儿来救他一命的。"我抓着思凡的衣襟，不解也怨恨。

思凡不语。

那边的红衣女子发现了我们的踪迹，骑马过来，问道："你们是何人？似乎不属于这里。"

"路过而已。"

红衣女子将信将疑，并没有离去，反而仔细盯着我们。良久，她翻身下马，单膝跪在思凡的面前："属下一时眼拙，没能认出神君，还望恕罪。"

"无妨。灵重雨，血灵珠可曾找到？"

她竟真的是灵重雨，魔族真正的二公主，她身上的肃杀之气让人望而生畏。

灵重雨摇了摇头："属下该死，神君所赐圣物因我丢失，属下一定会竭尽所能找到圣物。"

"血灵珠就在这里，不过被困在玲珑塔里面，有几道谜题需要解开，才能取出血灵珠。取出灵珠之后回魔界去，不必来向本君复命。"

"是！"

"好自为之。"思凡意味深长地看了她一眼，无声地叹息，又揽着我的腰，回到寝宫里。

夜寥正在自己跟自己下棋，手里拿着一颗血红色的珠子，思索棋路的时候就扔着玩几下。见到我们回来，他过来拉思凡下棋，先前手里玩的珠子此刻已经被他嫌弃，丢给了我。

"这是什么？"我拿着珠子仔细瞧，虽然是血色，却非常通透，十分有灵性的东西，似乎还有解毒的奇妙功效。

思凡手一挥，摆了一个新的棋局，漫不经心地说道："血灵珠。"

"血灵珠？你不是跟灵重雨说在什么玲珑塔里面，让她去解谜题吗？既然你都拿回来了，那她岂不是找不到？不是说她脾气火爆，万一知道自己被耍了，会不会来找我们出气？"我讶然。

思凡说道："即便是来找我们出气，最少也要一百年以后，你不用担心。"

我迷茫了。

思凡笑道："按照她的智商，解不出我给的谜题。"

"什么谜题？"

思凡随手一挥，灵重雪站在玲珑塔前的画面就出现在我的眼前。玲珑塔一共七层，每一层都需要解开一道谜题，第一层的谜题是一幅弯弯曲曲的画，似乎是个迷宫，让她寻找出口，然而有无数死胡同。

我看了许久也看不出路在哪里，思凡趁着夜寮思索的空当过来看了一眼，然后"呀"了一声："忘了给她画出路，这里应该来一笔。"

他大手一挥，灵重雨那边的谜题上多了个缺口。

我有些无语，这是不是太随意了？

然而，灵重雨并没能解开谜题，仍旧在思考，几乎要抓狂了。我大概知道为什么思凡说最少一百年了。

思凡落定一子，棋盘发出淡蓝色的光芒，四周的景物一下子成了影像，从我们三个人身边飞逝。我诧异于这里发生的一切，思凡牢牢地抓紧了我的手，等到周围一切静止，赫然发现，我们竟然身处火凤族的皇宫之中。

我怔怔地看着思凡，问道："我们回到五百年后了？"

思凡笑了笑："我们一直都在五百年后。"

"那回溯之法到底是怎么回事？"

"早就跟你说过没有回溯之法了。桉笙，你现在可以去向益卜邀功了，阿侬的病该好了。"思凡气定神闲，似乎一点儿和我解释的意思都没有。

我满脑袋的问号。

后来我在天宫里翻遍了古书，才知晓回溯之法的缘由。回溯之法是创世之神所创造的秘术，最初用于六界的拨乱反正，可是在千年之前，回溯之法因为某种不知名的原因，被定为六界禁术，所有关于回溯之法如何修炼的书籍全部被毁了。似乎是要故意抹掉这一段过往，但终究被记录在了野史当中。而最让我吃惊的是，回溯之法原本叫逆光术，不属五行，创造人是神君思凡。

知颜在机缘巧合之下得到了关于逆光术的残卷，然后经过自己的研究，创造了回溯法阵，又借用我成功开启了这个法阵。

我终于明白为何思凡一直说没有回溯之法，而他也终于告诉我，我们所去的五百年前，不过是知颜根据自己的认知造出的小世界，他自以为是回到了过去，其实不过是虚幻。我们所见到的人也都是知颜见过的，所以会出现。正因为他没见过思凡，所以思凡外出寻找自己并没有找到，他就得知这一切只是虚幻。只是思凡从不肯告诉我这些，他总有自己的部署、自己的秘密、自己的世界，不肯让人融入。我终于能够理解，他作为创世之神，是不应该轻易相信别人，只是思凡，你能不能信我？

火凤族皇宫的房顶上，思凡一个人坐着，手里把玩着一块散发着淡黄色光芒的石头碎片。他小心翼翼地抚摸着碎片，唇边带着一丝不易察觉的微笑，温柔得如同水一般。这块石头的碎片如此眼熟，上一次我们惊醒夜寒之后便出现了这石头碎片，后来不见了，现如今又出现了。不对，这并非那一块，形状完全不一样，莫非是同一个物体破碎之后的残片？

我好不容易才爬上房顶，看着他若有所思的样子，问道："思凡，这些年来，你一个人会不会孤独？"

他微微一愣，转而对我笑了笑："习惯就好。"

我一个没忍住就抱住了他。

他身子一僵，问我："做什么？"

我笑了笑："看你太孤独，抱抱你安慰你一下啊！"

思凡翻了个白眼："你以为我没看见？你脚滑怕摔下去才抱我的。松手，不然我喊非礼了。"

"哎呀，不要那么小气嘛！夜寥大方多了！"我撇了撇嘴。

思凡揪着我让我站好，一副训女儿的语气训我："男女有别，你知不知道？他抱你，你不会拒绝吗？我让啸离帝君夫人给你上的课都白上了吗？"

我咧嘴干笑了几声。

他还不依不饶地教育我说："回到现实里，你就是本君的未婚妻，得时刻注意自己的言行举止，这六界都在盯着你看呢！"

"知道啦，知道啦！"

我敷衍地答应，恰好太上老君来了，思凡勾住他的肩膀说道："你总算来了。"

太上老君搓了搓手，问道："有八卦吗？"

思凡点头，两个人十分愉快地将我丢下了。而我满脑子都是思凡说的，需要时刻注意自己的言行，六界都在看着呢。神君，你以为六界只看你的未婚妻，不看你吗？

下一秒我想到了一个非常严峻的问题，我这会儿怎么从房顶下去呢？

"桉笙！"益卜带着阿依和一大群火凤族的官员浩浩荡荡地来到我跟前，他们"扑通"一声跪在了房檐下，阿依此刻已经恢复成正常人的样子，面色红润，倒是个好看的姑娘。

益卜说道："多谢桉笙姑娘对舍妹的救命之恩，我火凤族上下都感念姑娘的大恩大德。我益卜向凤凰图腾起誓，日后若姑娘有任何差遣，我火凤一族万死不辞！"

我笑了笑，问道："能不能把我弄下去？"

阿依脚尖一点，跳到我跟前，将我带了下去，又对我说："我之前被堕仙附体，听哥哥说做了不少伤害你的事情，还请原谅。"

我大手一挥，大方得很，之前他们做过的事情也都一笔勾销了。毕竟人家火凤族现如今就这么一个公主，为了救她，被知颜威胁着做出什么事情来，也是情有可原，我又何必不依不饶呢？

在火凤族大吃大喝了几天，我告辞离开。思凡自从跟太上老君走了，就再也没回来管过我。

临走时，火凤族送上了他们的涎雪草，也是个能解百毒的宝贝，火凤族只有一棵。这便是我为战神小女儿茵沫治病药方之中的一味药，我欣然收下。益卜驾着火凤族的灵鸟一路将我送回了清鸾山，他似乎欲言又止。

在我的再三追问下，他说："先前答应过，你若是能治好我妹妹，我娶你为妻。可是现如今你跟神君他老人家已经有了婚约，我也不好再娶你为妻了。"

我连忙摆手："治病救人是大夫的责任，你们已经给了我仙草，其他的就算了，有些不妥。"

益卜点了点头："我也觉得不妥，毕竟神君他老人家是上古创世之神，我怎

么能跟他老人家平起平坐？"

　　这一口一个老人家，不知思凡听了会是什么反应，我自顾偷笑，却又听他说："不如我入赘给你做小，一来履行承诺，二来也算没辱没了神君他老人家。"

　　我扭头扯着嗓子大喊了一声："孩儿，有人想当你小爹！"

　　夜寥当即瞪大了眼睛，娘亲是什么他知道，爹是什么也知道，小爹是什么他却不知道，但总归是不好的东西，于是夜寥飞起一脚，将火凤族的太子益卜踹飞了。

第十一章

CHAPTER 11

你 才 克 夫

清鸾山还是老样子，阿爹说我和思凡走了以后，又来了很多巴结送礼的人。但是他们又碍于神君的威严，于是送的东西从钱财变成了物件，总之是我家缺什么就送什么。而阿爹作为一个公正廉洁的穷财神，冥思苦想了几日之后，将师兄放在山脚下，见人就吓，后来送礼的就渐渐少了。

所以这次我回来，清鸾山宁静安详，还是我记忆中的样子。

我这次回来，阿爹高兴得很。晚上亲自下厨给我炒了几个小菜，一家人围着饭桌吃饭。我目不转睛地吃菜，师兄和阿爹目不转睛地盯着夜寰，夜寰目不转睛地盯着吃饭的我。吃着吃着，我就吃不下去了。

"你们吃饭啊！"

阿爹说道："阿爹不饿。"

师兄说道："师兄在辟谷。"

夜寰说道："娘亲，鱼刺卡喉咙了。"

阿爹和师兄顿时跳脚："娘亲？你和神君都有孩子了？这么大个儿？比你都显老？"

我满头黑线，我哪里显老了？夜寰又哪里显老了？

"这个说来话长，总之他是我的病人。"

阿爹瞪大眼睛，说道："你别想蒙混过关，你老爹我眼睛里可容不得沙子，你一五一十给我交代清楚了！"

看样子我不说完是没办法继续吃饭了，于是我只能放下碗筷，老老实实地将怎么遇见夜寥，怎么把他弄醒了，又怎么弄傻了都说了，唯独将我们在回溯之阵的那一段舍去。我阿爹和师兄的表情起初是嫌弃，后来是惊讶，到了最后变成了惊恐。

待我说完最后一个字，阿爹和师兄"扑通"一声跪在了夜寥面前："二太子殿下，小神有眼不识泰山！二太子殿下大人不记小人过啊！"

夜寥看了看我，我拍了拍他的头说："鱼刺都能卡住？你一定没好好吃饭，自己去弄点儿醋喝。"

阿爹眼疾手快，一抬手狠狠地将我的手打飞了，并且挤眉弄眼地说道："好大的胆子，怎么跟二太子殿下说话呢？败家孩子，还不赶紧跪下！"

"扑通"一声，却是夜寥跪下了。

阿爹直接吓呆了，顿时五体投地："二太子殿下快快请起啊！使不得，使不得啊！"

夜寥哈哈大笑："娘亲，他们真好玩！"

我扶额说道："阿爹，夜寥疯了，你们就不要在意这些细节了。当务之急，我得把他治好。"

阿爹和师兄合计了一会儿，大概是觉得我说得对，于是战战兢兢地起身坐在我和夜寥旁边，一家人继续吃饭。我苦恼，若是那日思凡没走，让他把夜寥带回去，也就不会节外生枝了。

"桉桉啊，二太子现在是几岁的智力？"阿爹问道。

"六岁左右。我设定了一套治疗方案，如果顺利的话，大概一个月能恢复一岁的智力。"

我对自己的医术颇为自豪，没想到阿爹和师兄听完，再一次跪在了夜寥面

前，哭诉道："咱们还是去向天君自首吧！二太子今年十一万岁，智商才六岁，一个月长一岁智力，等他恢复过来，咱们全家都作古了！猴年马月啊！"

呃……我倒是没考虑过这个问题。我将阿爹和师兄扶起来，好言相劝："我会尽力的，总会有办法的。思凡说了，这件事情他兜着，我们不会有危险的。"

阿爹和师兄泪眼婆娑的样子瞬间不见了，抹了一把脸，然后端起碗筷。师兄哼了一声："你早说啊！我的脸都哭肿了，可惜了人家的花容月貌！"

阿爹拍了拍师兄的肩膀："小子最近戏不错，你那话本子没白写。"

我一头雾水，他们师徒两个越发不正常了。师兄近日无聊，竟然干起了写话本子的活计，听说还很受欢迎，神界和仙界的仙女们几乎要人手一本了。阿爹给他当参谋，销量太好了，难怪我觉得家里的伙食变好了。

饭吃到一半，我忽然想起回溯法阵里见过的阿爹，于是试探性问道："阿爹，你是不是有事情瞒着我？比如我还有个姐姐或者哥哥什么的，今年刚好五百岁？"

阿爹瞬间变了脸色，然后又恢复如常，说道："既然你都知道了，阿爹也不瞒你了。你这个小冤家，你娘亲怀你的时候难产，足足怀了你四百年才生下来你。"

我翻了个白眼，这话鬼信。他不愿意说便算了，回溯法阵里的事情也不见得都能当真。

师兄默默地扒饭，很是可疑的样子。我随口又问："师兄可认识一个叫敖梓的人？我这次外出游历认识了这个人，也是你们东海的呢，据说是龙王的小儿子。可龙王的小儿子不是你吗？"

师兄顿时将碗筷放下，怒气冲冲地说道："有这等事？我又多了个弟弟不成？哪日空闲，得回龙宫问问我父王。简直不像话，娶小老婆了不成？"

我拍了拍师兄的肩膀："师兄淡定。"

"吃饱了吗？"阿爹问道。

我点了点头。

"那你还不去洗碗？"

我看了看夜寥。

夜寥起身卷起袖子，收拾餐桌。

阿爹和师兄飞速站起来，抢走了夜寥手上的碗筷，又飞速去厨房洗碗。我拍了拍手，夜寥也不是一点儿用都没有嘛！

饭后，我拉着夜寥去我的药炉，取出银针，给夜寥做了个头部针灸，看来得定期给他活血才是。要再看看古书，研究一个更快速的办法。

说到古书，思凡竟然毫无音讯，我不由得叹了口气，下针有些偏，没扎准穴位，夜寥流血了。

"对不起。"

我赶紧给他擦血，夜寥笑了笑："不疼，娘亲，我不疼。"

"夜寥乖。"

"娘亲是不是想我兄弟了？"

我愣了一下，反应过来他说的是思凡，于是点了点头："不知道他去做什么了。"

"该是去找太上老君研究碎片合成吧。"

"碎片？发黄光的碎片？"

夜寥耸了耸肩："就是那个，我也不知道是什么碎片，他不告诉我。是那个妖男给他的。"

"你是说知颜？"

夜寥点点头："我兄弟答应帮妖男困住那个什么雨，妖男就给了他一块碎片，兄弟一见到那碎片，就呆了，宝贝得不得了。我想看看他都不肯，小气死了。"

我为什么没有想到，思凡整日带着夜寥，夜寥会清楚这一切呢？我再三询问，夜寥磕磕巴巴地将那几日的事情复述了一遍，我整理思路，大致了解了。

知颜在得知回溯之法无效之后，将法阵稍微改动，形成了一个牢笼。而他央求思凡，求他在灵重雨杀死自己之后，将灵重雨困在这个牢笼之中，只需要一百年。并且，知颜拿出了那黄色的碎片，以此作为筹码，这碎片就是那日知颜所说的法阵唯一的生门。思凡看见那碎片之后的震惊无法言表，当即就答应了知颜的要求。

也在同时，他将自己封存的灵力释放出来，得以帮助知颜建立玲珑塔困住灵重雨。可是到底为什么要困住灵重雨？

我又想起那日灵重雨杀死知颜时的情景，那神色着实让人怀疑。我对情爱一事不怎么了解，当即去找师兄解惑。他最近走上了写话本子的不归路，因此情感很丰富，他听说我要找他探讨感情的问题，欣然跟我聊了起来。

我问师兄："恨一个自己曾经挚爱的人是什么感觉？手刃这个仇人又是什么感觉？"

师兄思索了一会儿，说道："按照我们写话本子的思路，应该是很纠结，杀这个人的时候应该很痛苦，多半要疯掉的。但是你不能这么写，仙女姐姐们不爱看的。"

我又问："那如果杀人的那个人一直很冷漠呢？"

"要么是忘了自己为什么杀人，要么是真的放下了。哎呀，肯定是忘记了那个人，这么写才好看啊！师妹，你竟然也是个写话本子的天才，这一段我要加进去。"

竟然是如此吗？追杀知颜多年的灵重雨，早就已经忘了自己跟知颜到底有什么恩怨，只是一味地追杀，所以在杀了知颜的时候，才会毫无感情，仿若一个不相干的人。知颜逃了这么久，为何一定要让灵重雨在自己的法阵之中杀了自己？

这个答案或许只有思凡能告诉我。

"今夜很凉，站在这里做什么？"

我一转身就看见了思凡，他正站在我们家的院子里，含笑看着我。

"你似乎很开心。"

他"嗯"了一声："所求之事有了一些眉目，我今日的确很开心。桉笙，进去吧，我有些累了。"

思凡身形晃了一下，我扶住他，摸了摸他的脉象，气息有些紊乱："受了伤？"

他点头说道："从回溯法阵出来需要耗费极大的灵力，因此在入阵的时候我才会封存自己的灵力。桉笙，你怪我吗？其实我那个时候可以护你周全。"

我问道："你现在愿意告诉我知颜为什么会死了吗？"

"他在火凤族作恶的时候，益卜找来了许多名医，都有高深的灵力修为，全被知颜吸走了。而在他死之时，将这些都给了灵重雨。他都计算好了，算是死得其所，你不必为他难过。"

这倒是让我大惊。

"五百年前，知颜飞升为神，没能挨过天雷，而他的天劫是情劫，便是灵重雨。他也无法逃脱情劫，最终不得不变成堕仙。现如今这样也算最好的结果，得了知颜的灵力，灵重雨就能够挨过天雷。"

"那她的天劫呢？"

"天劫？已经死了。"

我哑然。

"灵重雨什么都不会记得了，知颜给她种过情蛊，知颜一死，忘却一切。百年后她从玲珑塔出来，就是新一任魔君了。"

我心里有一种莫名的难过，这种爱而不得的感受，我分明没有经历过，却如此身临其境。

思凡握住了我的手，一片温热："桉笙，我好像有点儿头晕。"

我扶着思凡进房间，让他在我的摇椅上躺下，问道："伤得这么重吗？我给你抓药？"

思凡摇了摇头。

我突然想起，他还在我这里存了五百年的修为呢，于是问道："你还记得上次你多给我五百年的修为吗？你拿回去会不会好一些？"

思凡抬头看我，颇为为难地说道："吸回来吗？"

上次他便是嘴对嘴渡给我的修为，拿回去的话，这种方式应该也可以，于是我闭上眼睛，往他跟前一凑："来吧！"

"好吧，我就恭敬不如从命。"

思凡的唇温热柔软，有一股清爽的味道。

许久他放开我的唇，我气喘吁吁，摸了摸他的脉象，仍旧没有平静啊！我问道："修为都拿回去了吗？感觉如何？"

思凡舒展了一下身体，忽然皱了皱眉头："怎么办？桉笙，我好像吸了五百零一年的修为。"

"什么？那我现在是九十九年的修为了？"

他颇为愧疚地点头："是我没控制好。"

我一摆手："算了，我是一个大夫，也不在乎修为。"

"我岂可占你的便宜？"思凡大义凛然地将我搂在了怀里，"本君还给你！"

"那你可精准一点儿，一年的修为不好把握吧？"

"我尽量。"

思凡再一次吻住我的唇，一股清凉之气缓缓流入我的身体。他搂着我的腰的手臂越来越用力，最后我竟然双脚腾空，整个人趴在了他的身上，摇椅不停地摇晃，我头晕目眩。

突然听到门口传来一声大喊："我什么都没看见！神君、师妹，请继续！"

紧接着是师兄笨重的脚步声，我赶紧推开了思凡，脸颊一片绯红。

"修为现在正好了吗？"

"嗯，大概是好了吧。"

他眸子里有无尽的笑意，我怎么觉得上当了？我摸了摸自己的脉象，灵力充沛得很，完全不像是刚失去五百年修为的人。

"思凡，你刚才是不是在耍我？"

"嗯。"

哎呀，他竟然还这么大方地承认了！

我从他身上跳起来，狠狠地踹了他一脚，然后丢下狠话："你自己待着吧！"

出门之后我就后悔了，那是我的房间，他睡了，我睡哪里？真是糟心啊！

对于思凡半夜的到来，第二天吃早饭的时候，阿爹并没有表现出多么惊讶，但是他和师兄都有明显的黑眼圈，想来是昨天晚上在一起八卦没睡好的缘故。我们家一下子多了两位二太子——神界二太子、妖界二太子，我阿爹又在财神里排

行老二。我看着他们，突然哈哈大笑起来："你们都是二啊！"

夜寥冲我甜甜地笑着，思凡一副无所谓的样子，阿爹险些再一次跪在两位二太子的面前。看来我得找个机会将这两尊二太子送走，不然我阿爹的膝盖也受不了。

吃过早饭，我和思凡提起这件事，他欣然答应了。

"正想同你商量此事。雪海涧正在装修，准备大婚的时候用。在神界还有两个住处可以选择，涣璃山苍衣那里和天君府上。或者，这神界你喜欢什么地方，我去同原主人商量一下，借他的宅子住几个月。"思凡慢慢地说着，仿若说的只是今天吃什么这样的小事。

我不禁倒吸了一口凉气，神君不仅无耻，还是强盗。为了日后长远的打算，我不能树敌太多，我们早晚是要分开的，没了他的庇护，只怕我们财神一家要倒霉了。

"还有别的选择吗？或者我们可以出去游历？我可以一路行医赚点儿盘缠。"

思凡略微思索了一会儿，说道："那不如去人界？听闻出了疫病，人界的皇帝日夜求神拜佛，天君正琢磨着派个人下去治理。我们去如何？"

我瞪大了眼睛，满是兴奋："真的可以吗？那我要多准备一些药材！人界远不远？要带多少盘缠？"

"咱们找天君说说去。"

又要面见天君了，经过阿爹的教导，我知道这是一件天大的事情。毕竟对我们神族来说，天君是最高领导人。阿爹总是责怪我之前的莽撞，见了那么多大人物也不知道行礼。人情世故我固然懂得不多，也是知道尊敬前辈的，但是我跟在思凡的身边，这放眼望去，六界之中又有哪个人能大得过思凡呢？因此，许多等级很高的神反倒是要给我行礼。

这一回见天君也是如此，没有盛装打扮，思凡直接让人禀告了一声，就带着我去了天君的寝宫。天君和天后正在猜拳，输了的那个人去参加佛祖今年的讲经大会，为期七七四十九天。讲经大会可是六界谁都不愿意去的地方，所以天君和天后此刻正因为此事吵得面红耳赤，只差动手了。

他们见到思凡来，才稍有一些收敛。

"天君，上次你们议的去人界救灾的人选可定好了？"思凡问道。

天君恭敬道："有些眉目了，神君可有建议？"

思凡将我推出来："我家桉笙去如何？医术高明，能医百病，解百毒。顺便我给她打打下手。"

天君和天后瞬间就慌了，连忙说道："此等小事岂劳神君大驾！"

"不过是陪夫人罢了，天君应允了可好？"

他们见思凡铁了心要去，只好说道："神君出马自然是人界的无上荣耀，有劳神君和夫人了。"

"需要准备一些药材，一路上的衣食住行也需要有人管理，不如带上贰财神和他的弟子，也方便运送物资，天君觉得意下如何？"

贰财神，那不就是我阿爹吗？还要带上我师兄？

天君点头称好。

思凡又说道："人界既然求到天上来，想来应该是非常棘手的疫病，如此治好了，当是大功一件。"

天君附和道："理应封赏！"

思凡笑了笑，拱了拱手："如此先替他们谢过天君了。夫人，天君答应封你做百草药王，从此以后掌管天下药材，还不谢过天君？"

我一怔，思凡带我来竟然是这个目的。我赶紧拜谢天君，天君虽然不情愿，但是只能借着思凡的台阶下。

不得不说，思凡这个神君精明得很，这么一来，我们全家都有了封赏。只是我却开心不起来，我并不想要什么赏赐，药王也罢，医仙也罢，我只想做个普通的大夫。阿爹曾经说过，权力越大，需要负责的事情就越多。现如今不知日后我做了这药王，还有没有时间全身心投入治病救人。

罢了，左右是思凡的一番心意，我先答应了，日后请辞好了。

思凡似乎将我的心思都看穿了，从天君府上回来，便对我说："桉笙，你不要想着拒绝，你有了药王这个神位，日后就没有什么人能够欺负你了。"

我嘿嘿一笑："哪有人敢欺负我，你那么大的来头，他们总要给你面子的。"

"我总有离开你的时候，你要不要学点儿法术傍身？"

"不……不用了，我只喜欢医术。"

"那好，什么时候你想学了，我教你。"

"嗯。"

不知为何，我有些落寞。我们分明早就约定好了，他找到了要找的人，我们就和平分开，为什么我会觉得不舍？我一定是病了。

翌日，人界。

阿爹是个万事通，他对人世间的事情都了解得很。我越发怀疑我在回溯之阵里在人界见到的阿爹是过去真实的影像，他一定是经常出入人界的。然而阿爹对自己处理人间琐事得心应手的解释为，他以前受人间香火，看得多就懂得多了。

对此，我和师兄狠狠地翻了个白眼，鬼才信！阿爹若是受的香火多，我们家也不至于那么穷。

六界有个不成文的规定，其他各种族绝对不可以在人的面前随意使用灵力法术，不到万不得已，最好不要使用。因此那些心智不全、控制能力差的妖魔才会在人界犯错，从而被正道追杀。

我们这一行五人，思凡武功高强，能保护我们；阿爹包打听，是万事通；师兄懂一点儿药理；我更不用说了，唯一一个闲着的人就是夜寥了。我们四个人将他围住，一直在思考他能做些什么的时候，夜寥冲我们笑了笑，俊美非凡，一点儿傻气都没有。要不然不带，听思凡的建议送去给渊浊？

"娘亲！"

"走走走！"我终归是不忍心。

思凡哼了一声，大抵有点儿不开心。后来我听说这件事传到渊浊大哥的耳中之后，他头一次夸奖了我，开心得简直要飞起来了，干活都更加卖力了，带着一众能工巧匠，将雪海涧装修得金碧辉煌，还特意给我建了个非常大的药炉。

由此可见，夜寥对渊浊大哥的毒害有多么严重。

在人界行走了几日，阿爹打听到，这一次的疫病主要发生在北方一带，而现如今已经蔓延下来，笼罩了整个京城。先前朝廷也派了不少官员和大夫来控制疫情，可非但没有根治，反倒因某种不知名的因素迅速蔓延了，越发人心惶惶。

因此，我们要根治人界的病，还得找人界的帝王要个特权，方便行事才好。

思凡揭了皇榜，立刻有人带我们去面见皇上。

在此之前，思凡强烈要求我给阿爹和师兄易容。我十分不解，对于不明就里的事情向来不做。

后来思凡咆哮道："我是怕把那老皇帝吓死，人家七十多岁的高龄了！"

才七十多岁，那比我还小二十多岁呢，怎么能叫高龄呢？罢了罢了，思凡都这么强烈要求了，我又怎么能不给他这点儿面子？

去给师兄易容的时候，我还小心翼翼地和他说了，生怕触了他的逆鳞，毕竟师兄听我夸奖他的容貌也有些年头了。没想到师兄和阿爹对此事并没有什么反对意见，欣然地接受了，看着我参考路人的样子做的人皮面具，倒还很满意。

去皇宫的路上，阿爹给我们讲了一些关于面圣需要注意的地方，我们尽量礼貌，必要的时候还得下跪行礼。思凡和夜寥由于容貌太过出众，阿爹怕有个什么意外，因此建议这两位大神最好不要进宫。

师兄也在路上跟我说："幸好没让他们俩来，你看看这皇宫里的人一个个长得歪瓜裂枣的，万一二太子们被哪个公主、妃子、宫女看上了，疯抢起来，那还得了！"

我点点头说道："师兄，你也小心些，当心她们窥探你的花容月貌。"

师兄的脸红了红，小声说道："不碍事。"

然而要见皇上远远没有这么简单，我们先去了太医署，由太医把关，考验我的医术。给我丢了几个他们认为非常难的难题，我轻而易举地解了。我好歹也是看过上古医书的人，人界的这些大夫自然是不能比的。他们对我的医术有了十足的信心，这才引荐我去见皇上。

金銮殿上，皇上满头华发，脸上皱纹横生，却精神得很，有着帝王的霸气。

"听李太医讲，先生乃神医，我大盛国的百姓可就仰仗老先生了！"

老先生？他七十，我一百，叫老先生似乎也不过分。

我说："陛下请放心，我一定竭尽所能治好疫病。"

皇上听了我的话，倒是一愣："神医难道不是那位老者，而是个年轻姑娘吗？"

他以为我阿爹是大夫？我笑了笑，摆摆手说道："陛下，我可不年轻了，一百多岁了。"

皇上大惊，险些从龙椅上摔下来："多少？"

阿爹狠狠地掐了我一把，替我说道："小女一时口误，是我们爷仨加起来一百多岁了。我们爷仨都是为治病救人而来，小女年芳十八。"

皇上"哦"了一声："看令爱的打扮，还是待字闺中，想必是醉心于医术，耽误了婚配。不然由朕做主，待你们治好疫病回来，将令爱许配给朝中的年轻才俊？"

阿爹和师兄一起摆手，我一阵茫然，这是什么意思？

回去的路上，师兄一个劲儿地埋怨阿爹："师父，不是我说您，好端端的跟那皇上扯这些做什么？要是真把桉桉许配给谁，神君还不把人界拆了！"

阿爹连连悔恨："我哪里知道十八岁在他们眼中就是老姑娘了。"

师兄又道："回去怎么向神君解释？"

我笑了笑说："兴许不用解释。"

"为何？"他们问道。

我却没再说下去了。

皇上是个办事很急的人，我们面圣的第二天，就派来了钦差大臣，和我们一起去控制疫情。根据阿爹打听，这个钦差大臣是大学士的公子，是今年的榜眼，因为他爹的关系够硬，状元郎还在家待业，就优先给他安排了一个官职，在户部任职。

我们来了人界之后，对作息时间一直调整不过来，须知天上一日地上一年。常常是大半夜我们几个还大眼瞪小眼，全无睡意。

因此对于钦差大臣踏着晨曦而来这件事，并没有扰人清梦的恼火。可是，我们几个见了这个人之后，全部震惊了。

"桉神医，下官杜若，字司命，是陛下派下官来协助神医治病救人的。"他并没有穿官服，一身宝蓝色的袍子，相当珠光宝气，整个人也是精神焕发。除了那头乌黑的头发，他跟在神界的时候没有任何区别，瞧见我们几个呆愣的样子，他又瞥了一眼桌子，笑道，"哎呀，在下正巧也没吃早饭，一起啊！"

言罢，他就找了双筷子，和我师兄挤了挤，坐下来一起吃饭。

百多年前，司命星君从云端掉下轮回道，轮回两世，现如今成了杜若。我虽然没在神界真正见过司命星君，可在回溯法阵里我们还有一些交集。而其他几个人，各个都和司命星君熟得很，即便是夜寥如今神志不清，两人现在也和谐得很。我不得不说，司命星君这个人在神界的时候处事圆滑，左右逢源，在人界亦是如此。

因为前几日我已经在京城里巡查过了，京城的疫病主要是从北方逃难而来的人带来的，当时没有引起注意，才扩散了。好在发现疫病扩散后，皇上下旨疏导人群，商铺关门，街上虽然萧条，但是疫病没有继续恶化下去。

疫病起初会有一些类似风寒的状况，但是突发起来会呼吸急促、迅速窒息。这是一种以前并没有见过的毒素，我查询了几日上古医术，后来想出了一个办法，用解毒的至宝血灵珠泡水，病人在喝过浸泡过血灵珠的水之后，解掉身上的毒素，又吃我配的药进行调理，病情有所好转。不过七日，整个京城的阴霾散了去，街道上再一次繁华起来。

此方法有效，皇上立刻派人推广至全国，即便是没有感染上疫病的百姓，也分了一杯泡过血灵珠的水。

皇上因为此事特意召见我进宫，进行嘉奖，只让司命陪着我去。阿爹他们一干人等都留在了驿馆，隔壁就是司命他家。

皇上特许我们两人乘坐步辇在宫中行走，司命因此还感慨地说："我爹虽为

一等大员，却还是要走着去上朝，如今我这个儿子比他还威风了。还得多谢你啊，桉笙！"

我笑了笑，没说话，他又说："反正无聊，我给你看看手相？"

他怎么转世了都还没忘了这个看家本领？我阿爹说小时候司命给我看过手相，没说出个所以然，倒不如现在给他看看。

司命抓着我的手，从宫门足足看到了金銮殿前，满头大汗，终于得出一个结论："桉笙，你克夫啊！"

我翻了个白眼："你才克夫！"

"啧啧，你别不信，我算命准得很，外号杜半仙。"

"哼！"

司命还打算说点儿什么，皇上正巧召见我们，就止住了这个话题。

我们二人进去，司命拉着我就要给皇上行跪拜大礼，皇上他老人家赶紧摆手让我免跪。

"神医是我国的头号恩人，不必拘礼。神医，朕言出必行，已经命皇后带来了画册，你且看看有没有合适的人选。"

皇上说完，我就蒙了，这是要做什么？

司命小声地对我说："相亲啊！听说你是个大龄单身女青年，皇上他老人家真是善良！"

我委屈极了，我才一百岁而已，在神界还只是刚发芽的种子，怎么就成大龄单身女青年了？

没一会儿，皇后来了，带着几幅画像，命宫女打开让我一个个挑。

皇上和皇后的口才那叫一个好，一唱一和，让我连一丁点儿拒绝的机会都没有。他们把这几个青年才俊夸得天上有地下无，错过这村就没这店，遗憾半生。

最后我实在顶不住这样的压力，也考虑到我和思凡有过婚约，日后在神界恐怕没人敢娶我，嫁个凡人似乎也不错。于是我决定选一选，奈何这几个人虽然长得还端正，但是没我师兄震撼，没思凡耐看，没夜寥顺眼。我只能随手一指，选了个个子最高的出来。

皇后拍手笑道："神医真是好眼光，睿亲王的小世子，日后咱们可还是一家人呢，郎才女貌啊！"

司命看了一眼，直摇头。

我们领了赏赐回去，他在路上再三劝阻，这个小世子和我不合适。我被他烦得不行，直接丢了颗哑药给他吃，保证一个时辰之内他不能再说话。

走到一个路口，下起了雨，风骤雨急，我们躲避不及，被淋成了落汤鸡。早知如此，就不骑马了！随行的人去找雨伞，还未回来，司命的头上就撑起了一把油纸伞，上面画着青花瓷的图案。

司命转过身，我看见了他身后的那个女子，超凡脱俗，清新可人。她冷若冰霜，但是看着司命的时候总透着一股说不出的温柔，并且她身上还有一股正气，竟然是个神女。

司命张了张嘴，还是说不出话来，于是对那女子笑了笑，握住了她的手。

那女子看了看司命，又看了看我，手指在司命的喉咙处一点，司命长松一口气，然后说道："憋死老子了！桉笙，你怎么这么缺德啊，朋友一场，你竟然这么对我？哎呀，浑身难受，不行了，不行了！"

我撇了撇嘴，谁让你跟三百只鸭子一样。

"你身体不好，淋雨当心生病，我送你回府吧。跟你同乘一匹马可以吗？"神女清冷的声音响起，在噼里啪啦的雨声中如此清脆好听。

司命摇了摇头："不必了，下人一会儿就来接了。你先走吧，我过几日去看你。"

"不必，你照顾好自己。"

"苏音，委屈你了。"

神女勾了勾唇角，留下一抹微笑，然后足尖点地，腾空而去，留下了一把伞给司命。他仰头望着神女飞檐走壁离去的方向，早就看不见身影了，却还一直望着。直觉告诉我，这里面有八卦，我竖起耳朵，凑到他跟前，问道："你们俩有故事？"

司命一巴掌拍在我的脸上，将我往后推了一下，说道："好友，知道得越少越安全！"

"哼，小气！"

随行属下找到了伞，将我们二人送了回去。

一路上我都在想，苏音这个名字可真是熟悉啊。我一直念叨，直到我师兄尖叫一声，抱头乱窜，我才想起，苏音不就是涣璃山的那个神女？跟随司命星君历劫去了，也是令师兄他们的东海和涣璃山结怨的人。

"苏音在这里啊！咱们快走吧，桉桉，快点儿收拾东西啊！太危险了，要出人命的！"我去师兄房间里打听八卦的时候，他正像一只老鼠一样窜来窜去，看得我头疼。

"要走你走吧，我还有大事没做呢。"

师兄收拾东西的手一顿，问道："还有什么事啊？咱们不是把病治好了吗？可以回神界了啊！"

"陛下给我指婚了！师兄，我快有相公了，你说相公这个东西到底该怎么用？"我实在不明白，师兄近来写话本子的功力更上一层楼了，想来问他是再合适不过的了。

师兄起先是惊恐，然后是挤眉弄眼，最后是两眼一翻，垂头丧气。

"师兄，你怎么了？"我问道。

"指婚给谁了？说给我听听，我顺便也好帮你研究一下相公到底怎么用。"

"呃……神君，好巧啊！我刚才是跟师兄念话本子，对台词玩呢，呵呵呵……"我一阵干笑，试图从门边溜走，却被思凡一下子按住。

"呃？是吗？什么话本子，拿来让我瞧瞧，一起对对词如何？"

"不……不劳神君大驾了……"

思凡笑了笑："指给谁了？老实交代！"

"睿亲王小世子……皇后娘娘说郎才女貌来着……"我的声音越来越小，思凡的笑容越来越恐怖。

末了，他说："既然如此，我先去帮你打听打听小世子为人如何，给你把把关，你看如何？"

"不……不用了。"

"那就这么定了。"

说完，他就走了，我懊恼万分。师兄瞥了我一眼，给了我一个"你活该"的眼神。

下午暴雨，晚上竟然月朗星稀，并且整个大地回春，一派万物复苏的景象，我也忍不住在院子里找了个花盆，钻进去变成了胡萝卜。

我抖了抖缨子，还真是舒爽啊！

就在我快要睡着的时候，突然感觉浑身湿漉漉的，睁开眼睛一看，竟然是思凡在给我浇水，还是开水！

"嗷嗷嗷！疼死了，烫死萝卜了！"我尖叫着。

他颇为痛心地说道："这可是我从神界带来的，自己都舍不得喝，全给了

你，你还不领情。"

我又抖了抖缨子，将滚烫的水珠抖下去。我敢打赌，我肯定全身都红了，思凡这家伙公报私仇！小心眼，身为神君竟然如此小心眼！

我也赌气道："我那个相公怎么样？"

"挺好，头脑简单，四肢发达，跟你倒是般配。"

"头脑简单怎么了？四肢发达怎么了？总归是有长处的！我又有一技之长，他力气大还能帮我采药，没什么不好的。"

思凡哼了声："是挺好的，你嫁过去刚好做九姨太，你也别在这里晒月亮了，让你师兄别闲着，给你找几本家长里短的话本子看看，再来点儿宅斗的，好好学学怎么在大家族里生存。哦，皇帝现在还没儿子，保不齐就要从宗亲里面过继一个，你这睿亲王的小世子没准还有皇帝命。你再抽空看看宫斗的，在后宫也不至于像个白痴，有备无患总是好的。"

"我谢谢你了！"我大吼一声，然后从土里钻出来，也不变回人形，直接滚回了房间。

第二日，夜寥神神秘秘地来找我："娘亲，我兄弟可能脑子有问题。"

思凡？我一怔，问道："怎么了？"

"他大半夜不睡觉，在花园里跟一棵草聊天。"

"是胡萝卜。"

夜寥顿时哭了，说道："娘亲快救救他，我兄弟真傻了，竟然跟胡萝卜聊天……"

思凡恰好经过，倚在窗前说道："夜寥，谁告诉你胡萝卜不能聊天的？这院子里所有的东西都可以说话的。"

"当真？"夜寥瞪大了眼睛，显然是觉得十分有趣。

思凡点点头："这宅子有灵气，所有的东西都活了。"

"嗷嗷！"夜寥尖叫着跑了出去。

我瞪了思凡一眼，想问他干吗要乱说话，可是想了想昨日才吵架，我才不理他。没想到当日下午，我阿爹和师兄就要崩溃了。因为夜寥跟这个宅子里的每一件家具、每一块石头、每一棵草木都聊过天。

师兄呐喊道："还让不让人家搞文学创作了啊！"

阿爹呐喊道："还让不让人算账了啊！"

思凡封了自己的听力，我吃了几粒封闭五感的药丸。

三日后，皇上再一次召见我。

我刚进去，皇后就哭着对我说："真是世事无常，睿亲王的小世子昨天骑马摔断了腿，御医说只怕是好不了了。神医，你是我国的恩人，断然不能委屈了你，我们再选一个夫君吧！来来来。"

又是十几幅画摆在了我的面前，我还云里雾里的，听皇后介绍了好半天才明白过来，我要换相公了。这些人的长相我都无所谓，最后又选了一个颇懂药理的人。皇后又道："哎呀，这个好！神医果然好眼光啊！这是秦尚书的二公子，今年二十有一，你们真是郎才女貌啊！"

谢过了皇后，皇上的圣旨下了。

我拿着赐婚的圣旨回了驿站，思凡正在和夜寥下棋，许是运气不错，思凡还剩了大半的棋子。见我回来，还拿着圣旨，他问道："给你封了个太医？"

我摇头说道："赐婚了。"

"又赐婚？"思凡一惊，"不是有那个小世子吗？"

"腿断了，皇后又给我找了个，秦尚书家的二公子，还学过医，在太医院当值，我们同行。"

"可喜欢？"

我点头说道："凑合吧。"

思凡哼了一声，夜寥尖叫道："娘亲，他耍赖！"

思凡一甩手："不下了！"

夜寥哭了起来："呜呜……"

我拍了拍夜寥的肩膀，说道："不然娘亲陪你下棋？我前几天跟司命学了点儿。"

夜寥顿时收住了呜咽声，一溜烟地跑了。夜寥真是不识货啊！

晚上吃了饭，我和阿爹还有师兄在房间里研究圣旨。

阿爹最近在京城找到了以前没抽过的烟丝，一口一口正嗑得起劲。师兄脸上贴着我最新研制的面膜，一老一小很是和谐。

阿爹看了一眼圣旨，又看了我一眼，说道："你在人界成亲，神君能高兴吗？"

师兄冒着贴面膜说话会留下皱纹的巨大风险，反驳了阿爹："难不成您还真想让桉桉嫁给神君吗？"

"也是……"阿爹又抽了几口烟，皱着眉头唉声叹气。

我倒是觉得没有什么不好的，只是我们来人界有些日子了，一直在京城也实在无聊。若是日后那个秦尚书的二公子能跟我一起游历四方，悬壶济世，倒也不错。

"马上要月底了，我该回神界了，瓜娃子，你在人界可别玩过火，注意分寸，我们神界还是不要轻易嫁给凡人比较好。你想清楚了这一层利害关系，要是利用这个凡人跟神君解除婚约，我是没意见的。"阿爹又对师兄说道，"你看着点儿她，别让她出什么乱子。"

师兄点点头："师父，您还不相信我的实力吗？哎呀，小仙子为了一个志同道合的凡人，毅然拒绝了高高在上的神君，从此亡命天涯，一对苦命鸳鸯被神君追杀，他们不离不弃，成为一段佳话，这可真是个好故事！桉桉，师兄跟着你总是能有特别好的灵感啊！"

我想说这是一个多么烂俗的故事啊，都已经被凡人写烂了好吗？但是也不好驳师兄的面子，毕竟他现在在神界已经是小有名气的话本子写手了，据说还有一众小粉丝。

"好友啊，求放过啊！"这一声哀号大有惊天动地的气势。

我们一家三口扭过头看着门口的司命，满脸的"此言何意"。

他狂奔过来，看见我们桌子上有几盘糕点，顺手捻起来吃上了，吧嗒了一会儿，说："那秦尚书的二公子是我表弟，好友啊，求你放过他吧。"

"怎么讲啊？"

"你克夫啊！"

我们一家三口顿时狠狠地一拍桌子，将他面前的和手上的糕点都夺了回来，说道："你才克夫呢！"

可没想到，第二日皇后又召见了我。

皇后一脸歉意地说道："真是天妒英才啊！那秦尚书的二公子，昨天夜里竟然遇上劫匪，生生摔断了腿。本宫思前想后，总不能让神医嫁个残疾。好在本宫这里还有别的青年才俊，我们再选选如何？"

我茫然地点了点头，七八张画像打开了，我随手指了一个男子。

皇后一拍手，笑道："哎呀，神医真是好眼光，这个是刘贤妃的弟弟，当朝小国舅，为人光明磊落，一表人才，武功高强！你们两个真是郎才女貌，天造地设的一对啊，般配得很！本宫这就下一道懿旨，给你们赐婚。"

皇后欢天喜地地拟旨去了，这皇后每次给人相亲，台词都不变化啊！

后来我得出一个结论，我跟谁都能郎才女貌，我简直百搭！

我拿着懿旨，还没等走出皇后的寝宫，就看见一个珠光宝气的女人带着一大票人狂奔而来，一见到皇后，立马扑倒在皇后脚边，抱着皇后的腿就开始哭号："皇后娘娘！我们刘家就这么一点儿血脉了，求求姐姐了，放过臣妾的弟弟吧，他一心向佛，已经在家准备剃度出家了，就不要给他赐婚了，求娘娘收回成命啊！臣妾以后做牛做马，报答娘娘大恩啊！"

这一哭我倒是猜到了，这应该是刘贤妃，可是她为什么要哭呢？

皇后笑了笑，丝毫没有生气，她说："妹妹这是哪里话，神医救了咱们全国人的命，难不成你弟弟不是咱们国家的人？神医既然救了他的命，他娶神医为妻，这不是理所当然的事情吗？再说，神医倾国倾城，哪里配不上你弟弟了？即便是他已把头发剃了，早晚也有长出来的一天。妹妹，你快起来吧，本宫懿旨都写好了。"

刘贤妃一听，哭得更凶了，毫无形象，如同一个泼妇一样，抱着皇后娘娘的大腿死不撒手，头上的金钗步摇掉了一地。她说："我父亲老来得子，可就这么一个儿子，娘娘，看在我父亲为陛下立过汗马功劳的分上……"

皇后打断道："你看看，就这么一个儿子，还要出家，真是不孝！"

刘贤妃哭得险些岔气了，听皇后这语气，愣了一会儿，抽泣着说道："臣妾去找皇上评理！"

没一会儿，皇上来了。

先前我自己找了个板凳坐下，看了好一会儿戏了。皇后和刘贤妃你一言我一语的，你流泪我冷笑，刀光剑影，当真是一场好戏。我见皇上来了，这两人还在那里争得面红耳赤，皇上很是无奈，往我跟前一凑，说道："让神医看笑话

了。"

我摆了摆手，说道："挺精彩，来点儿吗？"我指了指怀里抱着的一盘瓜子。

皇上摇摇头说："不来了。"

小太监喊了三次"皇上驾到"，皇后和刘贤妃才停下来，两个人都开始对着皇上哭诉。皇后哭诉自己如何贤惠，刘贤妃如何不领情、如何诋毁。刘贤妃哭诉自己就一个弟弟，家里唯一血脉，怎可就此断送。

皇上一头雾水："怎么娶了神医就是断送血脉了？"

皇后也说道："对啊！"

刘贤妃突然想起，自己来了这么久还没说原委。她对我充满歉意地点了点头，又说："神医一连许配了两家公子都出了意外，实则是神医八字太硬，克……克夫……"

"荒唐！"皇上拍了拍桌子。

刘贤妃又开始哭了，说自己家如何忠心耿耿。

最后将皇上哭得烦了，招手让人去找钦天监的人来算算八字。

却被告知，钦天监的张天官闭关七七四十九日，测算国家运势，这才二十八日，断然不能出来。于是有人举荐："大学士家的公子杜若精通卜算，从小就被称为半仙，就连张天官也对他赞赏有加呢！"

皇上赶紧说道："快宣！"

一炷香之后，司命来了，见到我哼笑了一声，那意思大概是在说，你看我就说你克夫吧，你这都克了俩儿。

可我是神界的人，又如何得知在人界我是什么八字呢？

"不碍事，微臣给神医看过手相，陛下只需要将适龄可以婚配的男子的八字给微臣，微臣就能大概推算出是否合适。"

皇后赶紧派人收集了不少人的八字，大多数都是朝廷正二品以上官员的直系亲属，也有一部分皇亲国戚，看来皇后对我婚配这件事很在意。

司命算了许久，在经过层层筛选之后，他惊喜地拿出一张八字对皇上和皇后说道："陛下，皇后娘娘，这个生辰八字跟神医非常合适。两个人皆是命硬，不存在克不克一说。"

"太好了！"刘贤妃喜笑颜开。

皇上微微点头："这是谁家的公子啊？"

皇后含笑道："这是杜大学士的大公子。"

我愣住了，司命惊呆了，因为这个杜大学士的大公子正是他自己。

"为什么？为什么啊？"

司命一路上都在哀号，我瞪了他好几眼："娶我你就这么委屈？你怕死，觉得我克夫？"

"我怕个屁啊，我是怕她啊！在下心有所属啊！"他叹了好几口气，又道，"好友啊，这件事一定要先瞒着，我会想办法解决的。"

"看心情吧。"

"你这样连朋友都没得做啊！"

我哈哈一笑："咱们可得做夫妻啊，做什么朋友啊！"

司命作势就要来掐死我："我让你胡说！"

可是还没等我胡说，皇后的懿旨就传到了司命的家中，以及我所下榻的驿馆。没出一刻的时间，整个京城的人都知晓了这件事。大家都断定说，我们两个是一起治疗疫病的时候好上的。

司命听了街口小贩的恭喜之后，整个人欲哭无泪。

更悲催的是，我们身后站着神女苏音。她十分平静地走到司命面前，说道："听闻你要成亲了，特来恭贺。"

"苏音，不是你想的那样。"司命一把拉住了苏音的手。

苏音笑了笑，这个女子笑起来如此美艳，尽管她清冷的气质跟美艳一点儿搭不上边。她说："事已至此，我怎么想已经不重要了。"

苏音扯了扯自己的袖子，将自己的手从司命的手里挣脱出来。

"苏音，不要离开我！"

苏音又笑了笑，说道："你放心，我不会离开你，从你十四岁那年遇到我开始，我便说过，会一直守着你，直到你……"

"直到什么？"

"没什么，总之会一直陪着你。司命，我回去了，你也早些回去吧，你父母想必有话对你说。"苏音说完又看了看我，"你并非凡人，最好不要与他结合，这是一件很麻烦的事情。当然，你不要误会，我不是吃醋。"

我迷茫了一会儿，问道："为什么要吃醋？又为什么不吃醋？"

苏音被我问得愣了一下，说道："好自为之。"

唉，我真是纳闷了。

司命追着苏音走了好远，苏音一眨眼就不见了。她在凡人面前用了法术，司命却一点儿也没有惊讶的神色，难道他知晓苏音不是凡人？

司命回头看了看我，说道："我知道你看到她消失了，你不会说出去对吧？"

我点头说道："但是你得告诉我，你们俩怎么回事？"

司命叹了口气："一言难尽啊！"然后他勾住我的肩膀，"走，喝酒去！"

小酒馆里，司命喝了足足二斤白酒，什么都招了。

他说："我十四岁那年遇见苏音，在茫茫人海之中，我觉得我们有缘。苏音救了我，跟我回府，就此住了下来，她偶尔会教我一些武功防身。我们朝夕相处，整整九年，我从一个少年长成青年，而她始终没有一丝变化。我的父母有些怀疑，一个普通人如何能数年不变样子。我本来有个弟弟，一年前，他突发怪病，遍寻良医都治不好。后来府上来了个修道之人，断言府上有妖孽作祟。他见到了苏音，同我父母说那便是我弟弟怪病的根源。可是我又怎么相信，怎么相信……"

司命又猛灌了一口酒，呛得眼泪直流，说道："我被父母逼着，同他们一起设下法阵，将苏音引诱到阵法中，熊熊大火将她吞噬。我心急如焚，她在火里居然问了一句'司命，你可安全'。她确定了我安然无恙，在烈火中被焚烧，一声不吭。那修道之人将苏音是妖孽的说法坐实了。的确，普通人如何能挨得过大火？片刻之后，苏音化身为龙，盘旋在我们家上空，我知道她在看我，她让我退后，然后将那个修道之人一口吞噬。我的父母吓坏了，但是毅然决然地将我和弟弟挡在身后，请求苏音不要吃掉我们兄弟二人。苏音离开了，许久不曾出现。我知道她不是妖孽，可是我又怎么能忤逆我的父母？在危难关头，他们肯为我舍命，是生我养我之人……"

这故事真够狗血的，我师兄在的话，肯定十分开心。

他又说："三个月后，苏音回来了，却不回我家，只是偶尔会在我有危险的时候出现，抑或是在我有任何麻烦之时。她并没有告诉我，这三个月她去了哪里，可是我发现她一身的伤。她一直陪在我身边，只是疏离又陌生。我想带她回去，替她正名，可是她始终不愿意。"

司命不知道，我却是知道的。阿爹说过，神族不可以在凡人面前随便使用法

术，苏音那日的举动一定是触犯了天规，回去受了责罚，三个月也不过是神界几个时辰罢了。

"现在咱们俩有婚约了，你是不是更惨了？苏音会误会你吧？"

"只怕日后她要当我是透明的了，你听她今日的语气。"

我拍了拍他的肩膀，想了一会儿，安慰道："你放心，你们俩纠缠这么多年了，上辈子虐恋情深，这辈子也跑不掉。即便是你们这辈子没能在一起，你死了以后，不是还有下辈子吗？早晚能在一起的。"

司命听我这么一说，红了眼眶："你这是安慰我，还是故意拿刀子戳我啊？"

"自然是安慰你啊！哎呀，你不要怕，人固有一死。你是不是怕死啊？咱俩也算好朋友了，你快死的时候跟我说一下，我给你安乐死的药，保准你没有痛苦地迈入下辈子。"

司命"扑哧"一声笑了："我怎么交了你这么一个损友？"

我哈哈一笑，跟司命喝了个痛快。迷迷糊糊之时，有人来寻我们，我睁开眼睛看见了师兄愁容满面的样子。我笑了笑，说道："师兄，你来晚了！司命给我讲了个故事，太适合写话本子了！"

师兄"嗯"了一声："我送你回去。"

"也好，那你记得把司命也送回去。"

之后我就昏睡过去，第二日醒来，头疼欲裂，给自己煮了醒酒汤喝。一整个上午家里都很安静，我想找个人说话都没机会。阿爹回神界复命去了，走得匆忙，只给我留了口信。师兄竟然不在，我去他房间一看，他竟然整个晚上都没回来。

思凡居然也不知去向，只剩下夜寥趴在我身边，给我讲故事："娘亲，我兄

弟可真厉害，他在街上溜达，看见有人骑马，甩了颗棋子，就人仰马翻了，叫得可惨了。娘亲，'人仰马翻'这个词我用得好吗？"

我心下狐疑："什么叫看见有人骑马？谁骑马？"

夜寥想了想，说道："我听我兄弟问那人是不是睿亲王的小世子，是不是秦尚书的小公子。"

我一听，顿时怒火中烧，敢情是思凡搞的鬼？我就说我不可能是克夫的命，他为何要这么做？

后来司命来找我闲聊，打听昨天晚上他有没有说什么见不得人的事，我一口否决，又同他说起我可能不克夫的事情。他听完，问道："你还问为什么？多么显而易见啊，思凡喜欢你啊，自然不愿意让你嫁作他妇。我可跟你说清楚啊，我是不会娶你的，你也跟他说清楚了，我可不想断胳膊断腿的。"

思凡喜欢我？当真如此吗？

"喜欢一个人到底是什么感觉？"

司命含笑，似乎想起了什么人："一日不见，如隔三秋。"

我皱眉问道："什么意思？"

他白了我一眼："你说你一个大夫，怎么是个文盲？"哼了一声之后又说，"就是你会时时刻刻想她，一刻没在一起就担心她的安危，会经常想她在做什么。她对你来说跟其他人是不一样的，你无法用对待其他人的态度去对待她，你会心跳加速，会紧张，会手心出汗，会有各种症状。"

我恍然大悟地点了点头："那不就是病了吗？我是大夫，开个药方就好了。"

司命用"孺子不可教也"的眼神看着我，说道："那是相思病，没得治的！"

这病如此厉害？

司命走后，我在院子里幻化出了本体，躺在花盆里，从太阳看到了月亮，一直在思考这个问题。后来我终于想明白了，我果真是病了！相思病到底是什么病？当真没救吗？

第十二章 CHAPTER 12

神 君 ， 她 是 赝 品 啊

雨声淅沥，乌云密布，也不知几时停歇。

我蜷缩在房间里，期盼着这雨能够早一些停。师兄自打那日从酒馆回来之后，整个人变了不少，要是放在往日，这样的天气，他准会倚楼听风雨，默写话本子。然而他今日只是在卜算，我尚且不知师兄也会卜算。

雨下了两日，夜寥整日陪着我看医书，偶尔会躺在我的腿上，任由我给他针灸。只是思凡一直不曾回来。

倒是司命这几日来得很殷勤，拐着弯地对我说："这几日千万不要出来，我爹娘想见你，我和他们说神医病了。"

一定是因为赐婚的事情，莫非他们也担心我会克死司命不成？我打量了他一会儿，问道："你是不是怕死？"

他笑道："人固有一死，或重于泰山，或轻于鸿毛。"

我皱眉："什么意思，你能不能直接一点儿？拐弯抹角的以为自己很有文化啊！"

司命翻了一个无比销魂的小白眼说："你说你这个文化程度，打死我也不愿意娶你，我可是才高八斗啊！我的意思是，谁都有死的一天，就看你死得有没有价值了。"

我摇头，仿佛又深奥了一层，怎么死才算有价值呢？

夜寥也加入了这个探讨，他觉得人为什么要死，活着多好。

司命说："有时候你不想死也得死，这是必然的事情。"

我说："我医术高明，死不了。"

我们仁就这个死不死的问题，争论得面红耳赤，直到驿站的大门打开，出现一个风华绝代的男子撑着油纸伞，小心翼翼地护着一个倾国倾城的女子。

我手里的药臼不知怎的就掉了，砸在了司命的脚上，他疼得嗷嗷直叫。

那男子正是多日不见的思凡，可他护着的那个女子又是谁？

"慢些，当心被雨淋湿了。"他温柔地说道，举手投足间都是对那女子的怜惜。

那女子笑了笑，有些娇羞地低下了头，小声说道："难为你还记得我怕水。"

"你的事情，我总是会记得的。"

他们二人旁若无人地亲昵，仿佛是相识多年的至交好友，他们发乎情止于礼，但是眉目之间又有无尽的情意。这也多亏了师兄的话本子，我才能了解到这么多复杂的人物情感，今日也是第一次亲眼所见，只是怎么都没想到，所见对象是思凡罢了。

我捡起药臼，继续捣药。

"好友啊，你好大的醋味。"

我抬头瞪了司命一眼："你什么鼻子，坏了吧，要给你开药吗？"

"啧啧，别捣了，都成药渣了，不能用了。"

我将药臼重重一扔，推门出去，和思凡他们碰了面。那女子瞧见我之后，愣了一下，旋即对我笑了笑。

"桉笙，给你介绍一下，这位是艾草，我的……"

"你的夫人嘛，我知道的。"我哈哈笑了起来，围着艾草看，虽然这样十分

不礼貌，可是我好奇，名震神界的神女艾草竟然是这个样子。

她恬静，她温柔，她好似一幅画，自然是美得不可方物，可是眼里除了温柔，就是一片空荡。

艾草听了我的话，脸颊迅速绯红，嗔怪地看了思凡一眼："怎可乱说。"

"你若不高兴，我便不这么叫你，和大家解释我们的关系。"思凡说道。

我冷笑一声，思凡竟然这么尊重人了？他可是神君啊！

艾草摇了摇头："算了，你我之间也不在乎这些虚名。思凡，我有些累了。"

"我带你去休息。"思凡扶着她，路过我身边的时候对我说，"等下我有事找你。"

"我没空！"我跳脚大吼。

司命恰巧从我的房间出来，思凡看了一眼司命，又看了看我，意味深长地哼了一声，然后扶着他那娇妻回了自己的房间。

"咱们这驿站房间多的是，我给艾草再安排一间房吧！"

我追着他们走了几步，思凡却摆了摆手："不用了。"

他们俩睡一间房合适吗？

司命一副看好戏的样子，在我后面问道："怎么回事？情敌吗？"

我回头狠狠地瞪了他一眼："你再乱说，我毒哑你，哪只眼睛看到那是我情敌了？"

司命撇了撇嘴，十分不屑地说道："你这山西老陈醋都打翻一车了，我又不傻，我能看不出？不过，你们俩长得可真像啊！"

"像？我同艾草长得像吗？"我茫然，真的像吗？为何我不觉得？

我奔回房间，对着镜子仔细照自己的样子，我的确变化不少，然而我一直以为是修为增进了的缘故，这一张脸还是我的，为什么司命觉得我跟艾草长得像呢？我看着镜子的时间久了，久到我都看不出自己跟过去有什么不同了，阿爹曾经跟我说，女大十八变，我总不会和小时候一模一样。

傍晚，我带着师兄和夜寥出去找司命蹭饭，让他在京城最好的酒楼请客，打死我也不愿意在家给那两人做饭。虽然我们并无过节，可是我心里不爽到了极点，大抵我真的是病了吧。

"小二，把你们这里最贵的、最好吃的都给我拿上来！"我大喊了一声。

司命赶紧对小二说："对对，把最好吃的家常菜都拿上来！"

师兄啧啧了两声："你可真抠！"

司命搓了搓手，说道："我乃一介清官。"

"你爹可是大学士，你这一顿饭请不起吗？"

"哎呀，小细节，不要在意，还要存钱娶媳妇呢！"

师兄给了他一记白眼："短命之相，别存钱了，娶不上媳妇的。"

司命哈哈一笑，对我说："你瞧瞧，你师兄都看出来你会克死我，桉笙，咱们找个机会把婚约解除了吧！"

我沉默良久，听到他这句话，突然一拍桌子，说道："没错，得找机会把婚约解除了！"

说完我就火急火燎地站起来打算走，司命一把拉住我说："等我一起，咱们面见陛下。"

我一愣："找陛下做什么？"

他也愣了："不是跟我解除婚约吗？"

"我是要去跟思凡解除婚约！"

"啊？"司命张大了嘴，"你怎么一个人许配两人啊？"

　　我笑了笑，说道："你放心，我这就解除婚约，咱俩立马成亲。"

　　司命一听脸都绿了，直接跟我求饶，只差跪在地上了："求放过，我有苏音啊！"

　　师兄冷冷地说道："你俩这辈子没戏。"

　　司命瞪了他一眼："你这是怎么说话呢？虽然前路艰难，但是兄弟我信心十足啊！"

　　师兄看着他，叹了口气："几时才能想起来？几时才能回归神位啊！"

　　我赶紧捂住了师兄的嘴，这可是天机，司命怎么会知道自己是司命星君的转世呢？

　　司命果真听得一头雾水，我干笑了几声，说道："我师兄喝醉了，胡言乱语呢。"

　　司命看了看茶水都没上来的桌子，点了点头："西北风真是醉人啊！"

　　酒楼的酒一般，但是我这人的酒量不好，几杯下肚，脑袋就昏昏沉沉的了。我们四人谈天说地，司命见闻很广，他几乎要将这个国家走遍了。他看过无数大好河山，他和我们是不一样的，我在认识思凡之前，大概一辈子都只会待在清鸾山的小药炉里。可如今，这一切都要结束了，我们会回到神界，然后他带着苦苦寻找的艾草回到雪海涧，我还是回到我的药炉，从此不再有任何交集。

　　只能这样吗？

　　我不甘心。

　　"你说什么？"司命口齿不清地问我。

　　"我说，我不甘心！我不能让思凡就这么跟别人跑了！"

　　司命嘿嘿一笑："那你去抢啊！不是有婚约吗？"

　　我打了个酒嗝，说道："可那姑娘是他夫人呢！全天下都知道了。"

司命"哦"了一声，拍着我的肩膀说道："你怎么知道是他的夫人呢？万一是个假的呢？怎么出去几天就带回来一个夫人呢，我怎么出去一年连个小妾都没能带回来呢？"

他这一言惊醒梦中人，这个艾草会不会是假的？思凡会不会被骗了？

我的酒醒了几分，让师兄照看好夜寥和司命，急急忙忙地回了驿站。

雨是在傍晚时分才停的，院子里还有些潮湿，我脚下一滑，差点儿摔在思凡的房门口。此时他房间里的灯已经熄灭了，莫非他们睡了？

什么？他们俩睡了？我的火气顿时就冒出来了，他们俩怎么能睡在一起呢？我抬起手准备敲门，可是又犹豫了。神君生气怎么办？我这会儿也打不过他啊！更何况，我以什么理由敲门呢？

问他们吃不吃消夜？

门忽然开了，却是我身后的那扇房门。

思凡问道："你站在那里嘀咕什么呢？"

我一怔，哈哈笑了几声，说道："那个……我煮了点儿药，你们吃药吗？"

思凡也是一怔，问我："你没病吧？"

我赶紧点头："我有病。"

"你……"

"思凡，思凡……思凡，你在哪里？"房间里，艾草一声高过一声的叫喊好似从噩梦中惊醒一般，没一会儿还呜呜地哭了起来。

思凡立即越过我破门而入，将艾草抱在怀里，轻声安慰道："我在，别怕，我一直都在。"

"思凡，我做了个噩梦，梦见你不要我了，你要娶别人为妻。思凡，这是真的吗？你会离开我吗？"

我冷哼一声，这噩梦做得可真巧。娶别人？娶我啊，是啊，他要娶我呢！

可我没想到，思凡却说："我此生只爱艾草一人，这颗心给了艾草，再也给不起别人任何情感。"

我默默地站在门口，只觉得今夜风很凉。

我失眠了，第二日饭也没吃，师兄也没叫我起来吃。只有夜寥一直守在我的床前，见我醒来，给我倒了杯水。

我颇感欣慰，有一种孩子长大了能照顾人了的感觉。我就着夜寥的手喝了一口茶水，然后"噗"的一下都喷出来了。

"娘亲……"

我委屈至极，问道："你干吗给我喝开水？"

这一闹腾，师兄正好来了，他端着食盘，给我煮了点儿清粥小菜。可我这舌头被烫得一口也吃不下了。

师兄坐在我床边叹了口气："桉桉，你也别太难过，这喜新厌旧可是常有的事情。咱们也别管神君跟谁在一起了，明天你就跟师兄回清鸾山，咱们好好过日子去。你要是实在想嫁人，没人肯娶你的话，师兄就吃点儿亏，把你娶了。你也千万别太感动，谁让我是你师兄呢？哎呀，你看，你还哭了，你小时候可不会哭的。"

我张了张嘴，这一口的血泡，我这是烫的疼的啊！

后来我给自己配了药，一连喝了三日，被开水烫过的喉咙才有些好转，勉强能正常说话了。夜寥大抵是知道给我喝开水是不对的，所以这几日都陪着我，寸步不离。

我们俩在花园的凉亭里挑药材，有一搭没一搭地聊天。

他问道："娘亲，咱们什么时候离开这里啊？"

"你想去哪里？"

"哪里都行，就是不想跟那个女人在一起。"夜寥噘着嘴，好似不开心。

我问："出什么事了吗？"

"我兄弟说，让我不要出现在那个女人的面前，我这几日都没地方可去，只能待在娘亲这里，闷死了！"

我汗颜，我身边只有夜寥整日陪伴，还是不情愿的啊！

我摆了摆手："自己玩去吧，我没心情！"

夜寥见自己说错话了，吐了吐舌头，然后真的自己玩去了。等我反应过来，喊他已经没了人影。

没一会儿，我的药材挑完了，一股脂粉香混入了药香。我抬头看见艾草，她对我笑了笑，说道："前几日听说你病了，可好些了？"

我点了点头。

她又说："桉笙姑娘，你是个聪明人，我也就不必跟你拐弯抹角了。我听说思凡和你有婚约。"

我抬头瞥了她一眼，莫非是要跟我说，你离开他吧，我跟他才是真心相爱，历经磨难总算可以在一起了，你就不要横插一脚了。

"既然如此，那么你就嫁给他做小吧，日后我们姐妹相称，一起好好服侍神君，你意下如何？"

我震惊了，这完全不是话本子的套路啊！

她娇羞一笑："我身体不好，恐怕一个人伺候不好他，不如一起……"

"停！"我赶紧打断她，生怕她说出什么惊世骇俗的话来，这也太直接了吧。我冲她笑了笑，收拾好自己的药材，然后撒腿就跑。

司命听了这事以后，思索了一番，语重心长地对我说："好友啊，该出手时

就出手，是你发威抢思凡的时候了！你们俩赶紧成亲，咱俩的婚约也就不算数了，甚好甚好！"

我翻了个白眼，说到底他还是为了自己，不过抢回思凡倒是比较重要的事情。

接下来的几日，我和师兄借了不少风花雪月的话本子，都是教人怎么谈恋爱的。无非都是月黑风高花前醉，郎情妾意好办事。这话本子写得可真叫一个露骨啊！我看得面红耳赤，最终想了一个好办法。

当天夜里，我将思凡约在司命包的客栈里。那是京城最豪华的客栈，司命为此差点儿跟我拼命。

房间内已经备好了酒菜，只是这酒壶有些学问，我让夜寥施法将这个酒壶变成了鸳鸯酒壶，按一下按钮，倒出来的是酒，再按一下，倒出来的是水。等会儿我就把思凡灌醉了，然后生米煮成熟饭！

我在房间里等得火急火燎，一连喝了好几口酒壶里的水败火。几杯水下肚之后，思凡姗姗来迟，看见我，皱了一下眉头，问道："喝酒了？怎么醉成这个样子？"

我摇头，怎么可能呢？夜寥给我兑水了啊！咦，思凡怎么一直在晃？我摇了摇头，不管了，箭在弦上，不得不发。

我给思凡倒了一杯酒，说道："我们喝一杯吧。"

"桉笙，你有话要对我说？"

我用力地点头，然后又摇头："你先喝了，我才能说。"

他仰头一饮而尽，我又给他倒了一杯，他再喝，如此五杯酒下肚，我伸手在他眼前晃了晃："这是几？"

思凡含笑说："看不清楚，许是醉了。"

我哈哈大笑起来："果然！你醉了，来吧，我们生米煮成熟饭吧！"

"噗……桉笙，你可知自己在说什么？"

我努力回忆了一下话本子里的情节，脑袋疼得要命，当下也不管那么多了，直接扑在思凡的怀里，紧紧地搂住他的腰。思凡整个人一僵："桉笙，你可知自己到底在做什么？"

我在他怀里蹭了蹭，点了点头，说道："思凡，我好像病了，我查了很多医书，好像是不治之症。我得了相思病，怎么办？我一天看不见你，我就觉得难过。你带艾草回来那天，我都不想理你了。可是你们本来应该在一起的，她说我们俩可以一起服侍你，但是我不愿意啊，我只想自己跟你在一起。我太自私了，思凡，思凡，怎么办？我喜欢上你了……"

"桉笙……"他迟疑着，摸了摸我的头。我仰起头看他，他此刻看我的眼神竟然也那么温柔，似乎还带着心疼。

我大着胆子凑过去，在他的唇上亲了一下。思凡就像被雷劈了一样，愣愣地看着我。我笑了笑，将衣服扯了扯，露出半边肩膀来，说道："快，别耽误时间，生米煮成熟饭吧，先生火吧！"

思凡"扑哧"一声又笑了，按住我的手说："桉笙别闹。"

我瞪着他，说道："我没闹，我是认真的！"

仿佛怕他不信一般，我又凑过去狠狠地亲了他一下："你看，我敢亲你，我没有闹。我是……唔唔……"

他的吻霸道而炙热，吞噬着我所有的理智，将一切变成熊熊的火焰，燃烧了我们两个人。思凡如此狂热，我几乎窒息，他温热的手掌在我的身上游走，我的耳边回响着他的喘息声，他的声音低沉性感，他说："那个艾草是假的，我早就知道，我只是不知道你如此喜欢我。桉笙，你若是后悔了怎么办？"

　　我想说，我怎么会后悔呢？我喜欢你喜欢得都快成神经病了！然而，我终究没能说出这一番话，我在他的吻中昏睡过去。

　　我做了一个匪夷所思的梦，梦里有一棵巨大的桂花树，雨声渐沥，我站在琉璃瓦下，望着远方出神。桂花树上坐着一个红衣似火的男子，他身后有一条白色的毛绒尾巴，他撑着结界飞到我的跟前，笑着说："这么大的雨你也敢出来，不怕现原形吗？"

　　我惊愕地发现，这个人居然是思凡。

　　我张了张嘴，竟然问他："夜寥可曾说过几时回来？"

　　思凡明显落寞，却还笑得魅惑："你怎么不问我，为何现在才回来？"

　　我嗔怪道："爱说不说。"

　　他笑了起来："你这人，好生无趣。"

　　我猛地惊醒，我怎么会梦见思凡和夜寥呢？梦里的情景那样熟悉，所有的景物我都好像见过，像是梦，却又那么真实。我头疼得很，想起夜寥，又不得不骂他一句，夜寥这个不靠谱的，酒和水都分不清！

　　"醒了？"

　　我抬头看见思凡正躺在我的旁边，我又迅速掀开被子，看见我俩皆是穿戴整齐。

　　他翻身下床，整理了一下自己的衣服，慢条斯理地问道："还记得发生了什么吗？"

　　我摇了摇头。

　　他回眸一笑，说道："生米煮成熟饭啊！某人昨天喊了一夜呢，当真是热情！"

　　我的脸"唰"地一下红了，讪讪地说道："酒后胡言乱语，你切莫当真啊。"

"我倒觉得是酒后吐真言。"

"那个……那咱俩到底……"

"我倒是想，可某人喊完了煮成熟饭之后，就睡死过去了，我叫都叫不醒，你让我怎么煮饭？"

我松了口气，还好还好。

思凡狡黠一笑："正好你现在醒了，咱们也别浪费，赶紧生米煮成熟饭吧。"

我赶紧摆手："神君，我错了！"

思凡一把抓住我的手，牢牢地握在掌心，敛去了笑容，他说："桉笙，我们成亲吧。"

"嗯？我们不是已经有婚约了吗？"

"我跟你，思凡和桉笙，我们成亲。有我在一日，定护你周全，桉笙，你可愿意将自己交付于我？"他无比郑重，像是在向我宣誓。

我呆呆地看着他，好一会儿才反应过来。师兄的话本子诚不欺我啊！我扑进他的怀里，说道："哈哈，神君是大家的，思凡是我自己的！"

我笑了好一会儿，才恍然想起，他还有一个艾草在驿站啊！

他总是能读懂我的心思，说道："昨夜我就跟你说过，那个艾草不是真正的艾草。她是艾草以前的一幅画像，机缘巧合得了一些灵力，所以能从画中走出来。"

"那……怎么办？"

"只要我把那些灵力收回来，她就只是一幅画了。"

"你有办法？"

"自然，那画是我作的。"

我又有些怅然，我真的能从艾草手里夺走思凡吗？

想到这里，我又笑了，我何必要与一个故去的人争？哪怕短暂，是我的，也已经是我的了。

近来司命心情不大好，苏音躲起来了，任凭他怎么折腾，苏音都不出现。他今日又来找我包扎伤口，这胳膊上、腿上大大小小的伤口和瘀青我都要数不过来了，我叹了口气："你这又是何必呢？"

司命也叹了口气，问道："你这不是废话吗？要是哪天思凡躲起来不见你了，我估计你比我更惨！你还不得疯啊？我现在还有你医治，等你疯了，谁能治你？"

我笑着说道："那是你太不了解思凡了，他要是哪天真的不想见我了，绝对不会躲起来，他会给我安排好日后的一切，让我离开他。"

司命白了我一眼，说道："思凡这又走了三日，你不担心吗？"

"不担心，他总要跟过去告别的，三日我等得起。"

我嘴上如是说，可是心里又怎能不焦灼呢？只是艾草的一幅画，就可以让他消失三天用来告别，若是艾草真的回来了呢？他会选择我，然后用多长时间来跟艾草告别呢？

我茫然，我怎么如此笃定他一定会选我？师兄说，这盲目自信不好。可我从来都相信，我是这天底下最好的。

司命忽然拿起了刀，对着自己的胳膊开始比画，我赶紧拦住他："你这是干吗？"

他说："我不给自己来点儿狠的，苏音不见我啊！"

"你要真的这么放不下她，你娶了她啊！"

司命张了张嘴，我知道那表情是不能。我冷笑，得亏苏音是个神女，若是寻常家的女子，被你这么蹉跎岁月，还不抽死你。一个女子最好的年华都给你了，你又怎么忍心辜负她。

但是我没对司命说出这些话来，我怕我太文艺，他受不了。他要是走了，我身边就连个说话的人都没有了。一个人孤独地等待，我也是会害怕的。

傍晚时分，驿站的门被敲响了。我扔下正在挑选的药材，一路狂奔出去。

思凡一身白衣，纤尘不染，见到我，笑了一下："听说你想我了？"

我点头，然后扑到他怀里，像只树袋熊一样手脚并用地挂在他身上。

思凡抱着我，看着我笑道："桉笙，让你久等了。"

我摇头说道："回来就好。"

"啧啧，听你这话，有点儿怨妇的感觉啊。来，让我好好看看。"他说着就将我抱回了房间，手一指，将房门关得死死的。

他将我放在桌子上，仔细端详着我，我的脸"唰"地一下红了，小声说道："你要做什么？"

思凡不语，只是一直盯着我，我觉得我的脸都能煎蛋了。就在我为了缓解尴尬问他需不需要吃个煎鸡蛋，我的脸正好能煎熟的时候，思凡将额头抵在我的额头上，轻声说道："想你了。"

我哈哈大笑，拍着他的背，抱住他道："你这脸皮也太薄了，你就为说一句想我了，至于把门窗都关上吗？"

"如此……我也不能让你失望了。"他说着就放开我，然后当着我的面开始宽衣解带。

"你干吗？"我紧张起来，想伸手去按住他的手，却也不好下手，他已经将

外袍脱了，并且将衣带都解开了，露出结实的胸膛来。

"思凡，这样不好！还没成亲呢，你这……"

我的声音细如蚊呐，他似乎没听清我说什么，捏了捏我的鼻子，说道："去给我放洗澡水，我在外奔波了三日，脏死了！"

我愣了，问道："就为这个？"

"不然呢？"

我哼了几声，跳下桌子，去给他准备热水。思凡在我的房间哼哧哼哧地洗澡，我守在房门口生怕有人来偷看，没过多久，他竟然还喊我进去帮他加水。

我很不情愿地拎着水桶进去，真想顺着他的脑袋给他来这么一下。

"别偷看。"他的身体隐藏在腾腾的水汽下。

我哼了一声，一脚踏上台阶，打算上去给他倒水。岂料台阶上放着一块皂角，我一脚踩在皂角上，水桶瞬间飞了，我整个人也往前扑去，朝思凡砸了过去，摔进了他的浴桶中。

"啊！"我尖叫道。

思凡一把将我抱住，我的衣衫尽湿，贴在了我的身上。他看了看我，这场面别提有多尴尬。

他的呼吸急促，我挣扎了一下想起身，思凡却将我抱得更紧，在我耳边充满魅惑地说道："我总觉得这种事情应该留在我们成亲之后，可是现下看来，却是把持不住了。"

"嗯？"

思凡吻住了我的唇，极尽温柔，他将我的衣衫退去，不知何时已经温柔地抚摸着我。我被他吻得忘乎所以，几乎快要溺死在这温柔当中。

他轻轻地咬我的唇，咬我的舌头，一路吻下去……

　　我的脑袋"轰"的一声，猛地从浴桶里坐起来，将他推开。思凡因此撞到了头，不解又委屈地问我："怎么了？可是我弄疼你了？"

　　我摇了摇头，郑重地说道："你搓泥了吗？我刚才掉进水里的时候好像喝了一口洗澡水。"

　　思凡的脸一瞬间黑了，他似乎气急了，又十分好笑地看着我，最后他捏着我的脸说："桉笙，老子太喜欢你了！"

　　我也急了："那你到底搓泥了还是没搓泥？"

　　思凡一副被我打败了的表情，无奈地翻白眼，大概意思是，你这会儿问这个问题合适吗？

　　可是作为一个大夫，我觉得这个应该问啊，万一不干净病了呢？

　　最后他怒了，将我搂到怀里，狠狠地亲了我一通，说道："没搓泥！"

　　我松了一口气。

　　他抱着我站起身，将我们俩湿漉漉的头发迅速弄干，又裹上衣服，回到床上睡去。只是简单的拥抱，不越雷池。

　　我睡到一半醒过来，看他的脸，指尖轻轻地描绘着他的相貌。我如今总算知晓，思凡当真好看，精致如画。不不不，这世上没有任何一幅画能比得上思凡。

　　他突然抓住我的手，睁开眼睛问道："你有心事？"

　　他是肯定的语气，我"啊"了一声。

　　"你想问我艾草的那幅画吗？那幅画有了自己的思想成了灵，我处理掉她需要一些时间，因此回来晚了。"

　　"嗯。"我埋进他的怀里，嗅着他的味道。

　　"你是不是还有什么想问我？"

　　我昂起头，有些犹豫地问道："什么都能问？"

他笑了笑："只要我能说。"

我一咬牙，说道："你能现出原形给我看看吗？"

思凡整个人僵住了。

我解释道："哎呀，你别露出这副表情，你看我本体是个胡萝卜，你都看过好多次了。可是我还没看过你的啊，虽说你是神君吧，但你现在也是妖界的二太子啊，我就想知道你到底是什么变的。你就给我看看好不好？"

思凡皱眉问道："一定要看？"

我点头，恳切地看着他："就一眼好不好？"

思凡眉头紧锁："还不曾有人看过我妖身的本体……"

"我是你媳妇呀，我不会说出去的！"

他挑眉问道："果真？"

我拍着他的肩膀说道："那当然了，自家相公，怎么好告诉别人呢？"

思凡无奈地叹了口气，妥协道："那……好吧……"

片刻之后。

"哈哈哈……"

"不许笑了！"

"哈哈哈……可是……哈哈哈……我忍不住啊……哈哈哈……"

"桉笙，你想死吗？"

"哈哈哈……神君大人……哈哈……你怎么是只……哈哈……猫啊……"

"……"

"神君大人，你喵一个好吗？你会喵喵叫吗？"

然后我就笑不出来了，思凡再一次吻住我，一双唇如火一般。我一句话也说不出了，一整晚的亲吻，第二天师兄见到我之后愣了一下，问道："嘴上叼着香肠干吗？"

我狠狠地瞪着他，说道："你才香肠，你全家都香肠！"

翌日我们去向皇上和皇后辞行，顺便毁了我跟司命的婚约。思凡的本事当真不是盖的，三寸不烂之舌，愣是让皇上这样久经沙场的人哑口无言，也让在后宫斗了一辈子的皇后心服口服。临行之前，皇上送了我一个礼物，说是作为拯救了全国子民的报酬。是他们国家曾经用过的国玺，后来因为钦天监的占卜，觉得此乃圣物，凡人不宜使用，因此又造了新的国玺。

今日皇上将此物送给了我，他说："我总觉得神医不是凡人，你就当留个纪念吧。"

最终我和司命成了自由之人，司命得知这件事情，来给我们送行的时候，还说了句："大恩不言谢！日后若有用得着我的地方，我一定赴汤蹈火！"

我嘿嘿一笑："不必了。你只要快点儿回来就行了，我们在上头等着你们俩。"

"上头？什么上头？"司命望了望天，又看了看我们，忽然笑了，说道，"人生数十载，当真短暂啊，有缘再见吧！"

他那一笑意味深长，我也不知他到底有没有想起自己是神界的司命星君，还是纯粹将自己当成杜若呢？

神界，我们终于回来了。我拒绝了思凡要带我畅游名山大川的提议，神界还有我的一位病人——战神的小女儿茵沫。我一刻也不曾忘记，我这个年幼的病人正在饱受病痛的折磨。我从人界走了这一圈回来，发现自己先前给茵沫的药方差不多齐了。最后一味良药，竟然是踏破铁鞋无觅处，得来全不费工夫的国玺，传闻中如云璧的残璧，能解百毒，六界至宝。

　　我有了魔族圣物血灵珠、人界国玺如云璧和火凤族的灵草涎雪草，再搭配上几味调理气血的药，相信茵沫的病一定能够药到病除。

　　我很兴奋，因此去天君那里复命，得了什么封赏都不知道。还是我阿爹告诉我，我们一家都得到了赏赐，阿爹升了官，师兄被赦免了罪。

　　我当时并没有仔细打听师兄几时获罪了，只当是因为他们东海那会儿和苏音的那点儿恩怨。

　　回到雪海涧，渊浊见到我的时候脸色还是有些难看，但是已经尽力克制撒腿就跑的冲动。他对思凡说道："爷，雪海涧和竹隐已经全部修缮完毕。"

　　思凡"嗯"了一声："那我们择日完婚吧。渊浊日后对桉笙要像对我一样尊敬。"

　　渊浊眼神极为复杂地看了看我们，似是不解，然后低下头说："是。"

　　我和思凡回到竹隐小院，修缮过的院子跟原来也没什么不同，只是不光雪海涧山下有了药炉，竹隐小院也有一间我的药炉。我推开门，琳琅满目的药材，还有我之前研究的各种器具，都被人临摹了一份放在这里。我一时开心得不能自己，拉着思凡转了几圈。

　　"思凡，我好开心！"

　　"你喜欢就好。"

　　渊浊打了个寒战，似乎是受不了我们俩这么肉麻。我故意说道："思凡，我有点儿渴了。"

　　思凡说道："我给你倒茶。"

　　渊浊像看怪物一样看着思凡，大抵是他的这位爷还从不曾伺候过别人。

　　茶水入口，有些不对味，我皱了一下眉头："怎么不是凝心茶？你们都换口味了？"

渊浊一愣，思凡笑了笑，说道："我们以后不喝凝心茶了。"

"爷！"渊浊似乎急了，声音都透着焦灼。

思凡摆手让他下去，又对我说道："休息一日，明天再去看茵沫好吗？"

我摇头说道："今天先去把脉，晚上我把药弄好，她明天醒来病就好了，就是正常的小孩子了。"

思凡揉了揉我的头发，颇为怨念地说道："你晚上还要加班？苍衣给了你多少诊费啊？"

我突然想起一件事，说道："对了，之前你们不是说好了，你把他孩子的病治好，他就要告诉你一个人的下落吗？应该是对你很重要的人吧，所以我一定会努力治好茵沫的。"

思凡呆愣地看着我，良久才道："你如此费心，是为了我和苍衣当初的那个约定？"

我笑了笑："也不完全，你当时还说我治好了茵沫，帮我把腿找回来呢，现在我的腿都长出来了。"

思凡看着我，眼中闪烁着十分复杂的光芒，他说："你为何不问我打听的是何人的下落？"

"每个人都有不想说的秘密，你若愿意告诉我，我就当个听众，提供一双耳朵。你若不想说，那就藏在你心里。"我又笑了，"但是，如果这个秘密说出来我会难过，那你还是别说了。思凡，我希望我们在一起的时光每一天都是好的。思凡，你别看我是个大夫，但是我很怕疼的，你别伤害我。"

思凡拥我入怀，温暖而有力的拥抱。

"桉笙，我好像真的爱上你了，怎么办？"他说。

"这不是早就确定了的事吗？"

"可我是神君。"

"难不成神君只能娶媳妇，不能有真爱啊？"我打趣道，没想到他却迟疑了很久没有说话，我突然一阵心惊。

"远古的神，生来便要守护这天下苍生，而我已经被诸神遗弃了。从前，我所爱上的人皆没有好果，桉笙，我……"

我捂住他的嘴，不让他说下去，创世之神会因担心我而害怕，我想这世上再没有什么情话比这更加动人了，师兄那些话本子比起来真是弱爆了。

"你不会被遗弃了，我的手就在这里。"

他只是用力地抱着我，长久的拥抱。

茵沫的脉象和我走之前没有什么不同，想来战神这一家子为了这个孩子没少费心。我参考之前的药方，又加入了人参和雪莲等名贵的药材。茵沫体弱，还得吊着点儿气才行。

第二日，一剂良药将茵沫身体里的毒素全化解了。她幼小的身躯在床上打滚，不停地呕吐，她喊疼，喊着娘亲，期间我给她针灸了几次。三个时辰过去，她疲倦了，靠在醒醒的怀中睡了过去，面色也渐渐如常人一般红润。我过去摸了一下她的脉搏，对战神一家笑道："余毒全清，日后调养就行了。"

醒醒和苍衣皆是十分震惊，连道多谢。

我笑了笑，然后眼前一黑，昏了过去。

失去意识之前，我听到思凡惊恐地喊着我的名字："桉笙，桉笙，你怎么了？"

第十三章 CHAPTER 13

你这样出去容易挨揍

　　无穷无尽的混沌与黑暗。

　　仿佛是一场身心的放逐，我在流浪，在不知名的地方。前路茫茫，我看不见任何东西，我只听到有人在我的耳边谈笑。

　　他说："从今日起你叫艾草，我是你的主人，我叫夜寥。"

　　她说："既然是主人，我便不能直呼您的名字。二太子，您这幅字写得不好。"

　　他说："呃？你懂书法？且说说看，哪里不好？"

　　她说："这个'卯'字下笔有些仓促，收放并不自如，二太子的弯钩有些问题，可是手腕上有伤？让我瞧瞧如何？"

　　他先是一愣，然后便笑了："艾草，你竟然有自己的思想，我真诧异。"

　　她只是温柔地浅笑，偶尔才发出清脆的笑声。我看见她，却知道她是个恬静的女子，温柔大方，师兄说这样的女子是许多男子都会爱慕的类型。

　　我迈着沉重的脚步，似乎在奔跑，力气几乎要用尽，无尽的黑暗之中突然有了光点。我跑进了那个光点，一切豁然开朗。

　　突然，我睁开了眼睛，竟然已经浑身汗湿。我理了一下黏在脸颊上的头发，环顾四周，才发现已经回到了雪海涧的竹隐，这是思凡的房间。我拍了拍胸口，方才那个梦很奇怪，对话竟然似曾相识。

只是，夜寥竟然也认识艾草？艾草不是思凡的妻子吗？又怎么认夜寥为主人呢？

我穿上鞋子，打算出门去看看，外面阳光正好，也能缓解一下因噩梦造成的紧张感。

竹隐的院子里有一些喧闹，我方才并没有注意到还有人在。我走到门口，刚打算推门，就听到渊浊的声音，他似乎在跟思凡汇报什么。我这样出去好像不太好吧，渊浊大哥毕竟对我有点儿阴影。我犹豫了一下，算了，等他走了再出去好了。

只听门外突然传来了争吵的声音，竟然是思凡大声呵斥了渊浊。

"爷，您若一开始就存着这样的心思，又何必对桉笙这么好？您既然一开始就没打算跟她在一起，就不该给她希望！"渊浊咆哮着，十分生气的样子。在我的印象中，渊浊一向都是谦卑的。

"主子如何做事，几时轮到你来插嘴？"思凡猛地一拍桌子，震碎了桌子上的几个茶杯，茶水洒了一地。

思凡皱了皱眉头，说道："我不是交代过你不要再准备凝心茶了吗？桉笙最近看的医书古籍上有这凝心茶的记载。"

"爷，这凝心茶到底有什么功效？您以前一直让我给她喝，为何忽然又不了？"

"凝心茶也叫洗髓茶。"

渊浊连连后退了几步，惊讶道："竟然有洗髓的功效，爷是想将她变成另外一个人吗？爷，莫非您是想……想用桉笙来复活神女大人吗？"

思凡冷冷地看着他，说道："这乾坤逆转的体质千载难逢。"

"爷！可这是逆天而行，即便您是神君，可这……"

"住口！我好不容易收集到了艾草的记忆碎片，只要我将那乾坤逆转的体质洗髓成和艾草一样的身体，成为艾草的载体，再注入这记忆的碎片，艾草就能够活过来了。即便是逆天而行又如何？我的艾草从来就不该应天命而死！"

渊浊难以置信，一副看疯子一样的神情看着思凡，说道："爷，如此一来，桉笙就彻底消失了。爷难道对桉笙姑娘一点儿情谊也没有吗？爷陪着她历经生死，护了她这么多次，回溯法阵如此凶险，爷眼睛也不眨就跟了她去。爷，您当真没有半点儿情谊吗？"

思凡冷笑一声："渊浊，我若不如此，她如何能心甘情愿做艾草的载体？我若不如此守护，她乾坤逆转的特殊体质早就被人发现，被他人占有。情谊……即便是有，又能如何？她终究不是艾草，而我只要艾草。"

渊浊突然跪在了思凡的面前，哀求道："爷，请您三思啊！

思凡拂袖，说道："看好她，本君的事，你莫要插手！"

思凡从怀中小心翼翼地掏出了一块石头，散发着黄色的光芒，石头经过重铸拼凑，如今只差一个小小的缺口。思凡视若珍宝地捧在掌心，充满怜爱地望着那块石头，他说："艾草，我一定会救活你，纵使万劫不复又如何？有你陪着，哪怕是片刻，此生也足矣。"

我捂住嘴巴，浑身止不住地发抖。门外的人离开了，留下一道我破不开的结界。我冲到镜子前，仔细看如今这具身体。我的头发那样长，我的个子也长高了不少，我的皮肤变得那样红润有光泽，不似以往不见天日的苍白。这一切的改变，我以为只是因为思凡多给了我五百年的修为，可如今竟然是凝心茶的功效吗？

我颓然地跪在了地上，那样凉，那样刺骨。冷，好冷，这竹隐怎么变得这样寒冷？我的心上好像破了个缺口，一股难以言喻的绝望涌出。我踉跄着找到我的药箱，翻找里面的灵丹妙药，可是没有一剂药能够治疗这心伤，我突然害怕至极。

这种害怕就好像自己所认知的一切都突然被颠覆，你知道的黑变成了白，光明变成了黑暗，所有的柔情似水只是为了在杀你的时候没有痛楚。

不！我不相信，这一切不是真的！

我在竹隐里一个人待了三天，思凡不曾来过，我没机会去问他真相。除了他也没有别人来过，我出不去，这一方曾经我认为最美的世外桃源，一下子变成了一个囚笼。这笼中只有我一只鸟儿，困在这一方天地里，却是我自己心甘情愿飞进来的。

我似乎明白过来，那天所听到的都是真的。不然我病得这么严重，思凡怎么可能不来见我？我曾经想过，自己真的能从艾草手里抢走思凡吗？现如今终究是输了，一败涂地。

恍惚之间，我笑了，喉咙一阵腥甜，一张口竟然喷出血来。

要给自己止血吗？罢了，我虽然是个大夫，却怎么也治不好自己。师兄，你的话本子里为什么没有说过情爱里面的替身从来没有好结果？而我只是个替身。

"桉笙！桉笙，你怎么了？"

有人将我抱在怀里，用力地摇晃了几下，声音里满是急切。

我努力地睁开了眼睛，看清了面前的人，竟然是渊浊。他一脸的急切，还隐约有点儿心疼。我笑了笑，说道："怒火攻心啊！没事的，你怎么来了？"

"桉笙，你是不是都知道了？"

我点了点头。

"你怎么吐血了？有药吗？怎么治你？"

我笑着问道："你是大夫吗？"

"你傻了？你自己就是大夫啊！"

我摇头说道："医不好的，我是个庸医，我眼盲心瞎啊！"

说着，我竟然又吐出一口血来，沾染了渊浊的衣衫，他竟然丝毫不嫌弃我。

"桉笙，你是不是傻啊？你都知道了，你怎么不跑？你不是很厉害吗？你要在这里等死吗？"他吼我，震得我耳朵都疼了。

我咧了咧嘴，说道："这六界之中神君独尊，我跑了就能平安了吗？神君想杀我，总还是有办法的，所以我不跑了。"

渊浊哼了一声："这可不像你的性格！桉笙，我劝你赶紧离开。"

我一怔："你这是什么意思？"

"我放你走！"

我没听错吧？思凡最忠诚的属下竟然要瞒着他放我走？我一定是幻听了！

渊浊说完已经将我扶起来，将我的药箱挂在我身上，一副打算带我出去的样子。

我大惊："你没开玩笑吧？你为什么要帮我啊？你不是特别讨厌我吗？"

难不成他……

我想起了那日他替我向思凡求情的场景，该不会是……啊，不会吧，我有这么大的魅力？

渊浊狠狠地瞪了我一眼，说道："你想什么呢？我们爷如今是被蒙蔽了双眼，他心魔作祟才会如此，日后他醒悟过来，一定会后悔的。我不能让爷后悔！

赶紧走，结界只有在这个时候最弱，你离开雪海涧就去找二太子夜寥，只有他能够保护你！"

我心想，你傻了吧？夜寥已经疯了啊！

渊浊似乎看穿了我的心思，说道："二太子苏醒之时，我们爷已经感知到了，因此前去封印了二太子的一部分灵力、神志和记忆。你回去只要找到解开封印的办法，就能够治好二太子。桉笙，你应该还不知道，我们爷跟二太子是至交好友，因此哪怕明知道二太子会坏了他的计划，爷也只是封印了他，所以去寻求二太子的庇佑吧！"

"我……夜寥……"

渊浊拉着我走到了结界的边缘，深深地看了我一眼，说道："桉笙，时至今日，我能问你一个问题吗？"

我深吸了一口气，犹豫着开口："没爱过！"

渊浊翻了个白眼，说道："我是想问你，我真的丑吗？我是妖界最美的九尾狐啊！"

我满脸黑线，说道："大哥，是我对不起你，你不丑，你天下无双。"

渊浊笑了笑，那一瞬间我才觉得他当真是风华无双。他抬起一脚，狠狠地踹在我的身上，大喊一声："走你！"

然后我就从雪海涧的竹隐飞了出去，这一脚相当用力，直接把我踹到了清鸾山脚下。若不是一棵歪脖子树接住了我，只怕我的身子骨得粉碎啊！

清鸾山不再热闹，阿爹升了官，不再做小财神，此刻怕是外出游历了。我一路跟跄着跑到家，一推门竟然只有夜寥一个人在，他手里握着扫把，正打扫着我房门前的石板路。我真该庆幸，从人界回来的时候让师兄带走了夜寥。

夜寥看见我，停止了扫地的动作，直起身来喊了一声："娘亲！"

我扑到夜寥的怀里，紧紧地抱住他，这天地之间，我仿佛只剩下夜寥可以依靠了。

"娘亲，是不是有人欺负你了？你告诉我，我去给你报仇。"

我摇了摇头，说道："没有人能欺负我，我可是天下名医。夜寥，我带你去找你父亲好不好？"

夜寥疑惑地看着我，问道："娘亲要去找夫君了吗？"

我再次摇头："夜寥，只有天君能保护你，他是你的父亲。"

如今我逃离了雪海涧，思凡必定会知道我回到清鸾山了，而放眼六界，唯一能够庇护夜寥的似乎只剩下这神界之主了。毕竟夜寥是他的亲生儿子，夜寥是天定的下一任天君。只要夜寥好好的，其他便无所谓了。

我摸了摸夜寥的脸，看到他满是天真的眼神，我不由得一阵心酸。是我打扰了夜寥的沉睡，才让他醒来变成了一个傻子。终究这一切都是我的错，如果当初我没有走出清鸾山，就不会误入雪海涧，不会抓了思凡回来，也就不会有这一切。

可若是说后悔，我也是不后悔的。

我带着夜寥躲进了他在长守山的那一所宅邸，也是天君关押夜寥的地方。夜寥的那一口水晶棺材还在，夜寥看见那棺材的时候有点儿害怕，往我身后缩了一缩。我拍拍他的肩膀，说道："别怕，有娘亲在。"

夜寥抱着我的胳膊撒娇道："娘亲，我们为什么不回家，要来这里啊？"

"这里就是你曾经的家啊！"

我终于知晓，长守山这一带是天君给夜寥的封地，不允许天后进入的一块地方，为了保全自己最愧对的儿子。夜寥在这里长大，他天赋异禀，更是落寞的。神界的二太子如何与上古神君思凡成了好友，这还要从几万年前说起，我在翻阅古籍的时候看到过关于这事的记载。说是两个绝顶的高手，在几万年前还有着好胜心，两人相约比试，神君感慨多年来终于有个对手，而夜寥初生牛犊。

那一场战斗，夜寥不知以什么样的办法取得了胜利，神君思凡因此亲自到了夜寥的府中，跟他同进同出切磋武艺。只是关于后来夜寥到底是怎么获罪于天地，又为何会因为他的过失让不周山的擎天柱倾斜，却没有记载了。

我按照古书上说的方法，找到了夜寥被封印的法门，可是以我的灵力修为，无法解除他的封印。我只能每日给他熬药，慢慢调理。

"夜寥，都怪我不好，我以前好好修炼就好了，我帮不了你。"我和他一起坐在温泉旁边，看桂花盛开。

没想到回溯法阵之中夜寥带我去的温泉，竟然就在这长守山里。夜寥启动这里的机关，让这衰败的一切变成了以往繁华的模样。

"这样已经很好了。"他躺在我的腿上，微笑着数天上的星星。

我叹了口气："真的好吗？你本是神界的二太子，是至高无上的二太子，却因为我变成这个样子，还要躲在这里。夜寥，是我对不起你。"

夜寥摸了摸我的脸颊，笑道："别难过，若不是因为你，我还只是个活死人。你一定能治好我的，你是这世上最好的大夫。"

"最好的大夫？"我喃喃道，突然一股悲凉之感涌上心头，这些日子因忙碌压抑的悲伤一下子泛滥，我突然号啕大哭，"我是这世上最没用的人，我以为我能治好所有的病，可是我连自己都治不好！夜寥，思凡为什么要这样对我？他难道不知道我得了相思病吗？我离不开他，我治不好自己啊！"

夜寥抱住了我，轻轻地拍我的背，柔声说道："我们去问问他好不好？也许他有苦衷，也许是不为人知的秘密。思凡并不是一个坏人，他是六界最仁慈的神君。诸神创世，后又诸神混沌，唯独留下了思凡一人，这一定是有原因的。你要相信，创世诸神不会留一个恶人给后世子孙。"

我摇头，我又怎么敢带着夜寥去见思凡，如今的我们毫无自保能力。

"带我去见战神苍衣，他是我昔日好友，或许能为我解除封印。"

夜寥说完这句话，我就呆住了，他怎么一点儿也不傻了？夜寥见我盯着他，咧嘴一笑，傻里傻气的样子惹人发笑。

他问道："娘亲，你亲我一下好不好？"

"啊？"

"娘亲，亲亲我吧，亲一下我就去睡觉。"夜寥近乎无赖地撒娇，我实在承受不住，只好答应。

"你闭上眼睛，转过脸去。"

"嗯！"夜寥欢快地应道。

我靠近他，轻轻地亲吻夜寥的脸颊。谁知他突然转过头来，一瞬间唇齿相依。

"唔……"我飞快地推开他，嘴唇上仍然留着他的气息，我摸了摸自己的唇，在心里默念着：没关系，这是我儿子，这是我亲儿子！既然是亲儿子，亲一下怎么了！

夜寥看着我，笑了笑："桉笙真好！"

他起身朝房间走去，如墨的长发悄然变色。

我惊呼道："夜寥，你的头发！你的头发怎么啦？"

月光下，夜寥金发飞扬，正如我第一次见到他的时候那般气宇轩昂。

我带着夜寥上涣璃山，一路上我都在想，我治好了茵沫，战神一家应该会卖我个面子吧，应该会出手帮助夜寥吧？

可是当我们到了涣璃山，竟然是苍衣亲自出来迎接。他见到夜寥的时候似乎感慨万千，拍了拍夜寥的肩膀，说道："二太子终于归来。千年刑法期满，可喜可贺。"

夜寥笑了笑，说道："这次醒来，脑子有些不灵光了，还请苍衣帮我解除封印。"

苍衣微微一愣，仔细观察着夜寥，皱了一下眉头："你们俩没一个省心的。现如今你刑法期满，以后该好好打算了，神界还指望你呢。"苍衣说完，扫视了一圈，好像是突然见到我一般，吓了一跳，"你们俩怎么在一起？桉笙，你不是思凡的未婚妻吗？跟二太子在一起合适吗？"

"呃……"我要不要说我是路过的呢？

"她是和我一起的，苍衣，许多事情还是不问为好。"夜寥道。

"好吧好吧，我先帮你把封印解了，桉笙交给醒醒照顾。"

战神醒醒当真是一位八卦之人，我和我师兄跟她比起来简直是小巫见大巫。她那日只是围着我转了一圈，仔细观察了我一番，就得出一个结论——我被思凡抛弃了，夜寥好心收留了我，现如今思凡正满世界地找我打算抓我回去，只因为自己不要的女人也不能让自己的兄弟捡去。

她如此猜测一番之后，哈哈大笑，为自己的机智鼓掌。我不禁感慨，神界的神仙们是不是都太闲了，所以个个都是写话本子的高手吗？

她说："你放心，在我这里，思凡不敢乱来。上回他求我家苍衣寻的人还没回来，他还有求于我们呢！"

我突然想起，她说的应该是治好茵沫的那个约定，于是我问："思凡要找的到底是什么人？"

醒醒看了看四周，然后冲我钩钩手指，小声说道："你不能告诉别人啊，思凡要找的人是我的损友司命星君！"

"司命星君？我们在人界的时候遇见他了，这样思凡还要找他吗？"

醒醒大为失望："遇见了啊！唉，没得威胁了，不过司命星君还没到归位的时候呢。即便你们遇见了，思凡也问不出那人的下落来。"

"可是……艾草？"

醒醒一惊："你怎么知道？"

我苦笑一下，谁又能知道思凡娶我的真正目的呢？

醒醒又说："司命这个蠢货，偷偷给艾草改了命格，本该消亡的人转世去了，思凡这次醒过来，知道了这个消息，于是想找司命问问艾草转世去了哪里。可是司命怕天君知道自己干了这种事，便跑去轮回了，他真是机智啊！如此一来，天君拿他没辙，思凡也拿他没辙，他成了凡人反倒安全了。不然，这神界可要出乱子了！只是可怜了我的苏音姐姐，也不知道什么时候才能回涣璃山，想她想得嘴巴都淡了！"

我只剩下震惊了，艾草转世了，她竟然转世了，而思凡是知道的，那又何来以我乾坤逆转的体质复活艾草一说？这里面一定有误会！

三日后，夜寥的封印彻底解开，他和苍衣从房间里出来的时候，我仿若一下子不认识夜寥了。他一头金色的长发，整个人无比庄严，又那样风度翩翩，无形之中给了人压力——不敢靠近他的压力。

我站在醒醒的身边，听她说了好一会儿。

"二太子竟然这么帅，但是没有我家苍衣帅。啧啧，二太子这要是当了天君，那得有多少姑娘打破头想入后宫啊！"

醒醒的话音刚落，神界响起了警钟，足足有七声，他们三人面色皆是一凛，我有些不明所以，发生什么事了？

醒醒大喊了一声："天君羽化回归洪荒了？这也太快了吧，我这嘴……有点儿准啊！"

"我先回天宫，苍衣，来日再叙。"夜寥说完就腾云而起，还没忘将我也拉到身边。

他的飞行速度本就无人能及，不多时就回到了天宫。整个天宫一片缟素，仙婢们哭成了一片。天君寝宫的大殿门口跪了一群人，他们都是来恭送天君的。

夜寥降落在大殿门口，下面跪着的群臣看见他的时候皆是一愣，没有人知道二太子是什么时候苏醒，又是什么时候回来的。他们的目光有些诡异，纷纷投向了刚巧赶来的天后身上。

这名义上的母子二人在相见的一刹那各怀鬼胎，且心照不宣。

这么大的场面，我哪里见过，下意识地就想躲起来，让夜寥去办正事，我正好也去雪海涧找寻答案。然而他抓住了我的手，那样用力地攥着。

他朝我点了点头，说道："桉笙，陪着我走完这条去见父皇的路吧，从今以后我就没有亲人了。"

我一阵心酸，也用力握紧了他的手。

夜寥带着我迈出第一步，被天后拦了下来。她盛气凌人，怒指夜寥："你这逆天而行的六界罪人，有何资格站在这里？你速速回到长守山去！"

"天后娘娘，千年刑期已满，我乃神族二太子，是命定的天君，我为何没有资格站在这里？"

夜寥说话掷地有声，一瞬间似乎群臣都想起了伴随着夜寥出生而出现的那一条预言，他是天命所归的天君。

"你……逆子，以禁术害人，擅离职守，不周山擎天柱险些倾塌，你这样随心所欲的人，如何做得了天君？"

夜寥和天后之间的战火一触即发，他少年丧母，寄人篱下，都是因为这个叫天后的女子，他是否会憎恨自己这样的命运？而天后又如何能够眼睁睁地看着自己的夫君爱上别的女人，自己的儿子将天君的宝座拱手让人？

"可否听在下一言？"

一瞬间，整个天地间都寂静了，只剩下那人的脚步声。他缓缓走来，站在大殿的台阶上，遗世独立。他是上古给六界最后的希望，他是神君思凡。

我甩了甩手，没能够挣脱夜寥的手，我只能下意识地再往他身后躲藏，希望思凡并没有看到这样渺小的我。他的目光扫过全场，淡淡地瞥了我一眼，没有任何不同。

我庆幸，却又失望。他没看见夜寥抓着我吗？他以前都会生气的啊！

思凡看了一眼天后，又看了看夜寥，朗声说道："天君临行之前请我过来做个见证，下一任天君由天命所定，可若天后有异议的话，请司命星君过来卜算一卦，自然可知天命。"

有人提出："可是司命星君历劫去了，尚且没有回归神位，如何卜算？"

有人问道："招他回来不可吗？"

有人反对："现如今，神界有哪个人对命理的了解更甚司命星君？他自己设定好的命数，自然要全部走完了才能回来，我等哪有办法强行召回，除非找人破了他的命数，可这耗损极大啊！"

一时间大殿前陷入了混乱，夜寥皱紧了眉头。那些争吵声萦绕在耳边，他闭上了眼睛，似乎烦透了。

"夜寥，你还好吗？"

"吼……"

顷刻间地动山摇，夜寥怒吼一声，趁着他们还没反应过来直接带我飞了进去。玉床上，天君的身体正在一点一点地消散，他即将化成繁星，飞到天河里，同许多神君一样，变成星辰守护着六界的安宁。

夜寥放开了我的手，跪在了天君的床前，施法凝结了天君的身体，让他停止消散。我微微吃惊，这种法术总是有些不合规矩的。

"你便要这样走了？言而无信的小人！天君？你也配做天君？简直混账！"夜寥用力摇晃着天君的身体，然而天君再也不会醒来了。

"我母亲因你而死，你分明答应过，只要我做这个继承人，你会为她平反，让她沉冤得雪，可现如今呢？你的天后还高高在上，我的母亲被世人唾弃，你不许别人提起我的母亲，你让我成为母不祥之人，你若是做不到，为何要答应我？"

"你派我去不周山，临行前你又答应过我什么？只要我替你守护好六界，你会放她一条生路，可结果呢？你杀我妻子，夺我儿子，就为了你那可笑的天道！"

　　夜寥失声痛哭起来，他伏在天君的身体上。我分明看不清他的表情，却觉得他的眉头一定是紧锁着的，他一定是很悲痛的，就仿佛这些感觉我感同身受。

　　"你锁了我的仙骨，我在水晶棺材里如同行尸走肉一般躺着，我没有一刻是沉睡了的。我时时刻刻都在想，我要离开那里，我要来找你算账，可你如今告诉我，你死了！"

　　夜寥将天君的尸体狠狠地摔到了一边，我惊恐地尖叫了一声，一瞬间闪身进来一个人。他的速度竟然比夜寥还要快上几分，他站定，牢牢地盯着我看了一会儿，似乎是在确定我有没有危险。

　　夜寥直起身，将眼泪擦了，转身看着我们，问道："思凡可是有事？"

　　思凡这才将目光收了回去，对夜寥说："已经找到可以推算天君之命的人，三日后见分晓。"

　　夜寥冷笑道："是谁？"

　　"司命星君的徒弟，昔日东海小龙子敖梓。"

　　在回溯法阵之中，我曾偶遇过司命来找他，竟然真的是师徒。可是我们从法阵出来以后，我也多方打探过，这个敖梓已经消失了啊！

　　"竟然是他……那么静候佳音了。"夜寥说完将天君身上的法术解了，天君的身体再一次开始消散，夜寥朝我招了招手，"桉笙，我们走了。"

　　"哦。"

　　我缓缓走向夜寥，与思凡擦肩而过，他始终不曾看我，仿若他方才闯进来流露出的紧张只是我的错觉。

　　"夜寥，你登基之后，我尚且有一桩喜事，还请新任天君允诺。"

　　"什么喜事？"

思凡笑了笑，面不改色道："迎娶神界大公主瑶沁，同妖界结百年之好。"

夜寥微微一愣，然后说道："好，我答应你。"

我的心就好像被人用利器狠狠地刺了一下，我甚至不敢低头看自己，我怕看到鲜血淋淋的画面。我盯着思凡的眼睛，可是看不出一丝欺骗。他怎么会要娶瑶沁公主呢？他不是在等艾草吗？

"为什么？"我问道。

"小小神女，没有资格对本君发问，看在夜寥的面子上，我不与你计较。"他转身拂袖而去。

他走得干脆，不带一丝留恋。

可这到底是为什么？

经过白日的折腾，确定了卜算的人选，天宫总算是安静了。夜寥作为二太子，天君的继承人，他自然要留在天宫里等待卜算的结果，而我也被安置在了这里。

此刻的夜寥烦心事如此之多，我不应该再给他添麻烦，即便是要离开，也等过些日子吧，免得他还要分心安排我的去处。

夜里，我漫无目的地在神界溜达。神界还真是有太多我没有去过的地方，自从我跟着思凡，被册封了封号，再也不用担心自己出门受局限了。说起来，思凡也不是什么都没给过我的。

可人总是太贪心，想要的往往更多。

走着走着，我竟然走到了雪海涧的入口。我站在入口眺望了许久，最终也只能掉头，继续漫无目的地前行。

不知走了多久，不知走到了哪里，突然听闻有人叫我："桉桉。"

我抬头，看到了一张非常陌生的脸，却是见过的。他是回溯法阵之中酒肆的老板，也是敖梓。

"你认得我？你怎么知道我的名字？"我警惕地看着他。

他点头，忽然有些哽咽地说道："桉桉，药炉里的珍珠面膜都被我贴光了，你什么时候回家？"

我震惊了。

"你……你是我……师兄？"

敖梓点了点头："桉桉，你可会恨师兄骗你？"

面前的这人容貌俊秀，在过去千年的历史中，有人记载，东海的小王子敖梓俊朗无双，我如何能联想到他和我的师兄美南梓是同一个人？我不住地摇头，为什么？为什么仿若我身边的一切都是假的？

我后退了几步，他过来一把拉住我："桉桉，你别跑，师兄今天来找你，就是想把所有的真相都告诉你。因为师兄一旦卜算得不尽如人意，我大概也就没有命活下去了。"

我再一次大惊："师兄，你什么意思？"

他苦笑道："夜寥和天后总有一个人会想要杀了我。这是我的劫数，我躲不过。只是在这一切开始之前，我想要告诉你一件事。桉桉，听我说完好吗？就当师兄最后一次求你了。"

师兄带我来到了司命星君的天文馆，这里只有司命和他指定的人才能够进来，所以也算得上是一个安全的地方。

师兄说，在很多年前，司命星君推算出下一任司命星君会降生在东海，于是他去东海苦寻了数十载，终于等到了敖梓的出生。当真如卦象上说的一样，敖梓天生就拥有预知未来的能力，是司命最好的继承者。司命星君竭尽全力培养自己的这个徒弟，就像当初他的师父培养他那般。

然而当敖梓终于成年，他却无比厌恶预知未来的能力。他在感应到自己的母亲死亡，自己的兄弟姐妹死亡之后，整个人崩溃了，他盗走了会让兄弟反目的东海至宝，逃到了人间，也因此成了被东海除名并且通缉的人。

师兄在人界开了酒肆，隐藏自己的身份，也因此结识了二太子夜寥。

一百多年前，司命星君算准了自己有一劫难，他要去人界避祸，同时为了给自己的徒弟隐藏身份，让他成了贰财神的徒弟，这样一过就是百年。

这一过程有点儿惊心动魄，我猛地发觉，我身边的这些人仿佛都有点儿故事，只有我的人生平淡了一些。我唏嘘不已，师兄拍了拍我的肩膀，说道："你现在还小，等你长大了，自然就有故事了。"

我说："师兄，你平日里写的那些话本子，其实是在为六界的人写命运吗？"

他有些诧异，然后点头说道："桉桉，你这智商几时如此高了？竟被你猜着了。"

"我听醒醒说，司命是因为给一个人改了命格，因此才有了天谴，他下凡历劫避难。那你知道他到底给谁改了命格吗？"

师兄反倒一愣，说道："师父从不曾对我说过这个，我问他，他也总是嬉皮笑脸地打太极。"

"师兄，你明知道自己卜算有危险，为什么一定要站出来？"

"还记得我们在人界遇到司命吗？那日你们两个喝醉了，我先送了你回来。

然后我用师父历劫之前留给我的乾坤镜唤醒了他的神志，他曾嘱托我去寻他的，他告诉我，要在今日站出来，代替他成为司命星君。"

我茫然地问道："什么意思？你代替他，那他不回来了？"

师兄怅然道："师父因为这司命的担子，已经失去了太多。现如今该是他追求自己真正想要的东西的时候了。师父说得对，天命所归，我是认定的司命。"

可是，司命星君不会来，思凡要找的人就没有人知道在哪里了啊！

我赶紧问道："乾坤镜能借给我吗？我能不能去唤醒他一次？"

师兄摇了摇头："只怕是不行，师父叮嘱过这个东西只有一次有效。"

"他这不是坑你吗？"

师兄笑了笑："习惯就好。"

我们又聊了许久，他将我送回天宫，说道："桉桉，无论如何，保护好自己。你需要强大起来，我们不可能一辈子陪着你。"

我点头，我又何尝不知道呢？

他说："桉桉，你看，师兄这个样子也算得上美男子了吧？"

我笑了："师兄，我还是看着你以前的那张脸比较习惯。"

"你还真是审美独特啊！"

我们两个哈哈大笑，末了他说："桉桉，以前是师兄对不住你，让你的审美观都扭曲了。你以后记着，跟神君长得差不多的，那才是绝世美男子。"

神君……我苦笑了一下。他仿若想起了什么，自知失言。

"师兄，我走啦。"

"保重。清鸾山永远是我们的家。"

"嗯。"

我从宫门走到御花园，听说这里曾经有过很多花仙，还有那个叫知颜的花仙。我恍惚觉得，回溯法阵里我还是灵重雨的那段时光就在昨日一般。而说不准一会儿那边的门一开，就会有一个知颜走出来，而我的身边还有思凡的陪伴。

我闭上了眼睛，静静地感受着月色，再睁开眼时，眼前竟然真的有思凡的影子。我揉了揉眼睛，然后又给自己把了把脉，我竟然有气虚之症，并且已经严重到出现幻觉了。

我盯着思凡的幻影看，他一动也不动。我又是一阵心酸，对着他的幻影狠狠地抽了一巴掌，反正也不会真的打到他，就出出气了。

"骗子，浑蛋，负心汉！神君了不起啊，我还是神医呢！我告诉你，我就要跟夜寥在一起了，是我抛弃你，不是你不要我！你尽管去娶什么瑶沁公主好了！"我又对那幻影拳打脚踢了一番。

可还是不过瘾，我打着打着突然哭了起来："思凡，你为什么不要我了？哪怕你告诉我你找到了艾草也好，可是你竟然告诉我你要娶瑶沁公主。我怎么会输给了她呢？我宁愿是输给你最爱的艾草，这样我在你的心里还是有些地位的。如今是一文不值吗？呜呜……思凡，你不是会封印人的记忆吗？你能封印夜寥，也把我封印了好不好？让我彻彻底底变成傻子，把你忘了吧。"

"哦，不行不行，还是让我记得你吧。我这就回去扎个小人，每天打你一百遍。"我哭得上气不接下气，突然一顿，又哭得更厉害了，"可是我连你的生辰八字都不知道，我怎么扎小人啊？"

我哀号一声，又狠狠地抽了那个幻影一巴掌。

突然我听到有人大喝一声："放肆！何人胆敢殴打神君思凡！"

我的哭声戛然而止，看了看自己红肿的手掌，难怪我方才觉得有点儿疼啊！

思凡看了看我，问道："爽吗？"

"呃……你疼吗？"

"过来！"他不由分说地将我拉走了。

耳边风声呼呼作响，他竟然在转瞬之间将我带回了雪海涧。

"思凡，你放手！"

我用力挣脱了他的钳制，可是下一刻他又紧紧地抓住了我的肩膀，将我用力一推，抵在墙上。

"要嫁给夜寥？"他怒视着我，质问道。

"不嫁他，我只是跟着他而已。"

"无名无分地跟着吗？桉笙，你是在作践自己？"

我冷哼一声："我原本以为，你故意赶我走是怕我难过，你已经得知了艾草的转世尚在，你要去寻找你此生的挚爱了。你故意和渊浊大哥说了那些话让我听到，不然以我的灵力，怎么能够偷听到你们的谈话？可是你如今却说你要娶瑶沁公主，当真是令我大开眼界！我跟你在一起不过担了个虚名罢了，我现在倒是觉得，无名无分地跟着他也好过与你在一起！"

"虚名？"他笑道，"原来你介意的是这个，那么我便坐实了这名分如何？"

我一惊："思凡，你要干什么？"

他冷笑道："谁允许你直呼本君名讳？"

"神君大人，请让我离开，夜寥还在等我回去！"

"等你回去？"他靠近了几分，微微勾起的唇角几乎要贴上我的唇，他说，"那便让他等着吧！"

"你……"

思凡将我的襦裙撕裂，手肆无忌惮地在我的身上游走，他将我牢牢地按住，我惊恐地看着他。他笑着吻住我的双唇，阻止我将那些咒骂和质问说出来，我只能发出"唔唔"的声音。

"夜寥可曾这样吻过你？桉笙，不如你给我做小？但是要等我娶了瑶沁之后才能接你回来。"思凡在我耳边轻笑，他像一朵正在绽放的罂粟，有毒却妖艳。他的舌尖轻轻地滑过我的耳垂，让我整个人都颤抖起来。

手脚好似失了力气，任凭我怎样反抗，都无法将他赶走，让我们回到安全的距离。我只能一直怒视着他，说道："神君请自重！"

"自重？你即便是陪在夜寥的身边，也日日都想着回到我的雪海涧来，你今日在夜寥身边一直盯着我瞧，以为本君不知道吗？如此勾引我，却叫我自重？桉笙，你哪来的道理？这样如何？可还喜欢？"他说着一口咬在我的肩膀上，然后唇舌一路下滑。

我尖叫一声，他突然捂住了我的嘴，说道："小声点儿，瑶沁在雪海涧做客，她善妒得很。"

"不要，求你了，思凡，给我留下一点儿好的回忆吧，别这样逼我。"

不知不觉我已经泪流满面，思凡愣了一下，吻干了我脸上的泪痕，说道："桉笙，我要你知道，要么臣服于我，我会给你万千宠爱，要么就滚远点儿，不要再妄图引起我的注意。"

他去拉扯我身上仅存的寸缕，我想放声大哭，却只能捂住自己的嘴巴。

"你这个样子，我倒是有些不忍，有些欢喜了。要上我的床吗？"

他轻佻至极，我终于崩溃，冲他哭喊道："神君，我此生再也不会出现在你

的面前了。我明白了，多谢神君教诲！"

思凡按着我身体的手渐渐松开了，他将头埋在我的身上，许久之后，抬头看着我笑了笑："滚吧，从后门走。"

我将地上破碎的衣服捡起来，披在自己身上，在雪海涧一路狂奔而去。我的眼泪不住地倾泻而下，我一路跑回了清鸾山，只盼着阿爹回来。神界这么大，我已经无处可去。

清鸾山一片灯火辉煌，似乎有人。我一路奔跑，一路喊着阿爹，却一直都没有人出来迎我，直到我跑到了阿爹的门前，里面似乎有人正在交谈。

"阿爹，明日带孩儿去蟠桃园走走吗？孩儿在东海的这一百多年，可是要闷死了。"一个年轻女子说道。

阿爹宠溺地摸了摸那女子的头，笑着说道："等过几日阿爹带你和你娘亲一起去，好不好？"

又有一妇人说道："璃儿乖，等二太子登基以后，你五百一十岁生日，我们再出去，让别人瞧见咱们不好，现在大局未定呢。"

年轻女子有些闷闷不乐："好吧好吧，等二太子登基，安顿好了桉笙，咱们一家三口就能真正团聚了。"

阿爹说道："不知司命星君何时归位，璃儿的病多亏了他才能治好。"

妇人抹了把眼泪，说道："只是要咱们一家三口骨肉分离这一百多年，夫君，你独自抚养桉笙那孩子，辛苦了。"

阿爹又道："是苦了你们有家不能回，桉笙那孩子虽然不是咱们亲生，可待我很是亲厚呢。咱们又怎么是一家三口，以后就是一家四口了。"

阿爹说什么？我不是……亲生？

慌乱之中，我碰倒了门口的花盆，里面是我亲手种下的一株仙草。我赶紧变成本体，挤进花盆里。阿爹闻声出来，后面还跟着他的夫人和女儿。

一家三口瞧了一会儿，发觉没人，阿爹摆了摆手说道："许是风大，你们先进去吧。"

阿爹抱着门口的花盆，一言不发地回到我的小药炉。他给我浇了浇水，缓缓说道："一百多年前，璃儿重病不治，司命星君想了个以命换命的法子，就换来了我的宝贝女儿桉笙。那时候桉笙还是个小婴儿，司命星君也不告诉我们这孩子是哪里来的，只让我守口如瓶好好抚养长大，借了璃儿的寿命养大了桉笙。这个法子虽然有些荒谬，但是若不如此，璃儿立刻就会死，我们夫妻也就答应了。好在人微言轻，司命星君又派了他的徒弟来保护，在神界无人注意到此事，也就平安无事地过了百年。我这个当爹的有时候不靠谱，桉笙的师兄也是，爷仨这百年来过得也逍遥自在。后来我就总是担惊受怕，万一我的桉笙知道了这一切，可还愿意叫我一声阿爹。"

阿爹哽咽了好半天，才说："我瞧着桉笙这孩子命运坎坷，也帮不上她什么，只盼着一家人都平平安安的。桉笙那房间永远都留着，我们一家永远不离开清鸾山。"

阿爹摸了摸挤在花盆里的我，张了张嘴没再说些什么，缓缓地退出了小药炉。我伸长脖子努力看着阿爹，不知何时，他已经佝偻了，可是阿爹的年纪并不大。我隐约觉得有些地方不对，可是我想不通。

我再一次漫步在神界，当真是无处可去了。一百年的岁月竟然都是欺骗，我从来没有爹娘，也不曾有过师兄，清鸾山所有的逍遥日子只是一场虚幻。我不曾有过真心待我的爱人，即便是我引以为傲的医术，以为可以救治天下人，到头来

所治好的人哪一个不是借助旁人的力量才治好的？

这一百多年当真可笑。

一件披风裹住了我，我回头，看见夜寥正望着我。

"三日不见，怎么走到天河来了？"

我从日出走到日落，走遍了神界大大小小的地方，这里竟然是天河？我抬头一看，果然繁星灿烂。

"你……"我看见他身穿一身明黄的华服，想必是师兄卜卦出了结果，夜寥登上了天君的宝座，我当即抓住他的袖子，"夜寥，救我师兄！"

他握住了我的手："放心吧，神界不能没有司命星君，你师兄已经是新任的司命了。有我在，他就不会有危险。"

我松了口气，又问："你怎么会来这里？你应该有很多事情要做吧？"

"渊浊找到了我，交给了我这个东西，让我务必给你。"他摊开手掌，是那块散发着淡黄色光芒的玉石，仍然缺了一角，是思凡一直在收集的东西。

"这……"

"是渊浊偷的，思凡尚未发现。"夜寥望着我，顿了许久才说，"你知道艾草吗？"

我点了点头。

他说："那是我的妻子。"

我将玉石握在掌心，和夜寥一起漫步在天河之中。我的耳边是夜寥低沉的声音，脑海里回忆万千。

原来竟是如此……

第十四章
CHAPTER 14

十 世

♥

我从混沌中醒来，看到了两个长相绝美的男子。其中一个人一直盯着我，他好似非常震惊的样子。

另外那个穿墨绿色衣服的男子笑道："煞，我没骗你吧？本太子制造符人的技术可谓一流！"

被叫作煞的人点了点头："只是不知道这个的智商怎么样。夜寥，你前些日子做的那一大批符人，都快把你这宅子点着了！"

夜寥便笑了，走到我的跟前，和煞一起看着我。

我盯着他们看了一会儿，然后笑了笑："爹爹？娘亲？"

夜寥和煞皆黑了脸。

夜寥说道："从今日起你叫艾草，我是你的主人，我叫夜寥。"

煞也说道："我是你主人的主人，本君名煞。"

后来我才知道，煞是创世的神君，比主人夜寥这个神界二太子还要高贵许多。煞跟主人打赌输了，要留在主人的府上万年之久。主人与煞博弈的时候时常说："煞，这一局我若是赢了，你就变成本体，让我玩一天如何？"

煞瞪了他一眼："你以为本君真的是宠物吗？"

夜寥微微诧异："莫非当初你和我打赌输了之后，答应的不是来我府上做宠物吗？"

266

煞怒火中烧，掀翻了棋盘："老子不下了！"

夜寥哈哈大笑，我则是将棋子捡起来，摆好了棋盘，夜寥就让我跟他一起下完棋局。

长守山的日子当真不知岁月，那样狭隘快活。煞喜动，我和夜寥却喜静，时常看书习字就是一整日，煞便陪在我们身旁。

后来有一日，夜寥被天君找去了，我就跟煞一起下棋。我没想到他的棋艺竟然如此精湛，想来以前是让着夜寥的。

"煞，你这个名字有点儿骇人。"

"那我该叫什么？"

我翻了翻书，突然想到什么，说道："不如叫思凡？日后我们有机会，三个人一起去人间走走？"

煞想了一下，说道："也好，那我以后就是神君思凡了，谢你赐名了。"

我含笑道："神君言重。"

他倚在了藤椅上，伸了个懒腰，对我说道："艾草，你这个人有时候特别无趣呀！"

我和夜寥成婚似乎是水到渠成之事，然而我也为此担心良久。主人是何等身份，我又如何配得上呢？思凡每每听到我有这样的想法，就恨不得过来打我几下，他说："不如我认你做干妹妹好了。我的妹妹出身总不会低了吧？天君他敢不同意！"

"即便不是这样，我也能娶到艾草。"夜寥回来了，他总是这样自信。

然而，我和夜寥的婚礼只来了思凡一位宾客，天君到底是不同意的。只因为我是灵，而夜寥是神。若只是跨越了种族也就罢了，可偏偏我这种灵是不该存在

的。很久以后我才知道，夜寥用灵符造人，用的是禁忌之术。

　　婚后我们的日子还跟以往一般，只是夜寥变得有些忙碌，他答应了天君帮他处理政务，以此换来天君对我的不闻不问。思凡总是出去游历，回来的时候会带许多好玩的东西给我。他知道我喜欢书，所以总是想方设法收集一些古籍孤本回来。我都爱极了，放在书房里，只看自己誊抄的版本。

　　夜寥不忙的时候，还是会留在家里和我品评诗词，偶尔也临摹书法。我觉得一切并没有什么不同，只是夜寥不在，思凡也不在，我有些不习惯。后来思凡说，他这叫避嫌。

　　我们三人哪来避嫌一说呢？

　　思凡总是笑我："你是木头做的，当然不懂。"

　　长守山的平静在夜寥驻守不周山而思凡去妖界为我取药的那一日打破。我被抓到了天宫，第一次瞧见了威严的天君。

　　我被按在地上跪着，听他们说了许多莫须有的罪名。

　　"以下犯上，妖媚惑乱，险些造成生灵涂炭，腹中孩子天生煞气，恐为祸六界……"

　　我想要辩解，可是他们没给我任何机会，除去了我的舌头。我被定了罪名，被推倒在云端上，落下断魂台。疾风似刀，将夜寥给我铸造的身躯一点一点撕碎，最终落入了可怕的忘川。那些厉鬼妖魔将我的记忆撕成碎片，一哄而散。

　　我疼得说不出话来，我只能默默流泪。我即将消散在这忘川之中，我还未出世的孩子已然不在，我的夜寥不知去向。我该如何？

　　突然，东方飞来如同白昼一般的光芒。

　　思凡站在了我的面前，说道："我终究是来迟了，不过我会不惜一切代价，

让你重生。"

　　他手上拿着的是妖界的至宝——勾魂玉，聚拢起我残存的记忆与身躯。

　　我只能望着他哭泣，我想告诉他：思凡，我很疼。然而我却什么也说不出来。

　　再一次醒来，我脑子一片空白，只看见一个陌生的男子坐在我的床前，似乎是他日夜守着我。此刻他已经熟睡，我用手指戳了戳他。

　　他猛地惊醒，看着我笑道："艾草，你醒了？觉得如何？能活动自如吗？"

　　"我叫艾草？你叫什么？"

　　他微微一愣，似乎是在喃喃自语："夺舍之法竟然会让人丧失记忆，犹如重生一般？"

　　他当真莫名其妙，在我的注视之下，良久才说："在下思凡。"

　　他当真是绝色之人，也是我唯一的依靠。我听思凡告诉我，我无父无母，我在十四岁这一年遇见了他，他说我受了伤，照顾了我整整一个月，我才醒过来。思凡当真是一个话痨，他给我讲了很多故事，大多数是天上的神话，我有时候听不懂，但是为了表现我不是一个智障，大多数时候我都假装听懂了。反正思凡只是讲故事而已，他也不会回过头来问我："我昨天给你讲的故事，你记住了吗？记住了就让我来考考你。"

　　十五岁那年，我不小心撞见了思凡洗澡，他很惊慌，我也很惊慌，然后我掉进了他的洗澡水里，还不小心摸了他几下。我盯着他看了一会儿，好半天才说出一句："你的皮肤真好。"

　　思凡当即就将我丢出了房间，我在外面蹲了大半夜，第二天直接病倒了。思

凡整个人紧张极了，从那以后，他万事都顺着我。我在我们家的地位有了飞一般的提升。

然而这种我说什么就是什么的日子，一直到我十八岁那年，我对他说："思凡，我嫁给你吧。"

他看着我愣了许久，大概是在思考到底要用怎样的方式将我扔出去。然而后来他怕我再生病，毕竟我体弱是整个城镇都知道的事情。

最终思凡走了，留我一个人在家里后悔。我心里烦闷，喝醉了酒，然后撒酒疯。我说，我都十八岁了，这十里八村的年轻男子，谁会愿意娶我这么一个病秧子，并且我这么多年都跟一个男人住在一起，名声是方圆百里最差的。

思凡再一次回来，竟然带着聘礼向我求亲，我们自然而然地在一起了。

他对我相敬如宾，我也觉得这样的日子没什么不好，我们还跟以前一样，对门住着。他经常外出，常常一走就是半个月，他每次出去之前都会对我说："我打听到了一些好消息，我去找找看，希望这一次是真的。"

然而他大多数时候都是失望而归，思凡每每如此，就会抱一抱我，温柔地安慰我："我一定会找到的，艾草，你再等等我。"

其实我并不知道思凡到底在找什么，那东西与我有关吗？

渐渐地，我发觉到了不对劲，我十四岁的时候，思凡二十多岁的模样，我二十岁的时候，思凡二十多岁，我三十多岁了，他仍旧是最初的模样。

我经常觉得奇怪，或许他驻颜有术？可是当我四十岁之时，我似乎明白了什么。六十岁的那一年，我外出洗衣服摔了一跤，没想到一病不起。思凡从远方赶回来，很是心疼地抱着我，整日给我吃补品，然而我的身体就好像是一个无底洞，已经虚不受补。

我看着他仍旧年轻的容颜，又抚摸了自己布满皱纹的脸，笑了笑说："思凡，你是妖吗？"

思凡微微一愣："若我是妖，你会怕吗？"

我摇了摇头："我这一生都在等你，我又怎么会怕你呢？"

思凡震惊了，喃喃道："一生都在等我？"

我努力地笑，气若游丝："思凡，你不知晓，从我睁开眼睛看见你第一面开始，我就想跟你在一起。我拒绝了所有向我示好的男子，我整日在你面前闯祸，我故意散布有损自己名节的谣言，只为了逼你娶我。所幸你娶了我，可是思凡，你让我等了一辈子。聚少离多的日子，当真是痛苦啊。"

"我……只是在寻找你的记忆。"

我闻言，再也忍不住哭了起来："思凡，我这辈子所有的记忆都是你啊！你就在我的面前，还去寻找什么？"

"竟是如此？"

"思凡，你是妖，你的寿命会很长，若我还有来生，请你找到我，我不想再等一辈子了，可好？"

思凡重重地点头："好！"

我含笑而终。

又一世，打从我有记忆起，身边就有个美男子，他说他叫思凡，而我叫艾草。他问我："你什么时候才能长大？"

我懵懂地问他："长大做什么？"

"娶你啊！"他哈哈大笑。

彼时我根本不懂他什么意思。

　　十五岁笄礼之后，思凡娶我为妻。他带着我游历天下，我们总是在奔波赶路，他说要找什么东西，我们从天南走到海北，发现只是一场空。思凡总是失望，却一直不灰心。我闲来无事，就将路上的见闻都写了下来，他说以后定能流芳百世。

　　可是这世间大多数的爱情都会在经过岁月的打磨之后变得没有棱角，同其他情感混在一起，没有那么鲜明，不再轰轰烈烈。我与思凡也是如此，他容颜不老，可是我已经老了。我起初视他为怪物，后来我便嫉妒，我若是能跟他一般年轻该有多好。临死之前我对思凡说："若是下辈子还要遇上，请你一开始就告诉我你不老不死，然后再让我决定要不要和你在一起。思凡，我看着自己老去的面容，总是无颜面对你，我们从神仙眷侣变成了神仙祖孙，这种感觉太糟了。"

　　他点头应了。

　　第三世，他在找到我的第一天就说："我是个神君，也是妖界的二太子，我不老不死，你以后会老掉牙，你还愿意跟我在一起吗？"

　　我惊愕地看着他，然后泼了一盆冷水过去，尖叫一声："神经病啊！"

　　思凡叹了口气："怎么说实话也不行了吗？现在是什么世道啊。"

　　他死缠烂打了一阵子，我喜欢诗词歌赋，常常出题刁难他。我以为他就是个绣花枕头，可没想到肚子里也是有些墨水的。渐渐地，我不再排斥他，同他一起走南闯北，快意江湖。我一生未嫁，他一生未娶。后来当我老了，我才知道他当初说的话是真的。

　　而后的每一世，我的身边都有他，我变换着不同的相貌，和他长相厮守，从不曾越雷池一步。我虽然嫁了他很多次，然而思凡都是恪守礼节的。我作为凡人的时候并不知晓，为什么自己的相公从来不碰自己。

可现如今我总算知道，因为在那些时候，他始终觉得我是夜寥的妻子，他娶我只是权宜之计，尽管他内心爱着艾草已经爱到了癫狂的地步。

直到上一世结束之时，思凡终于说出了那个秘密。我这样的灵根本不能轮回，我的每一世都是作为九命猫妖的思凡渡给我的命数，而给了我最后一世，便再也给不了我性命了。在临死前，思凡说："我一定会找到所有的记忆碎片，让你重生归来。艾草，你要等着我，我一定会让你再一次见到夜寥，你们一定会在一起的。"

那时候我已经老态龙钟，只能看着他默默流泪。思凡，你并不知晓，夜寥于我来说只是个名字，这几辈子走下来，我记得的人唯有你一个，此生挚爱也唯你一人。

我用尽了最后的力气问他："若你把我拼凑完全了，可不可以跟我在一起，没有夜寥？"

思凡一下子就哭了："艾草，我以为你此生都不会看见我的存在。"

神君思凡的灵力无边，然而这样夺舍的法术，每用一次就要消耗掉自己一层的灵力。他还没来得及修补好自己的身子，就又要给我一条性命。如此下来，他的身体千疮百孔，终于在最后一次夺舍给命的时候，我们被神界发现了。

我这样一个祸害，天君容不下，六界容不下。思凡在为我打点好一切之后，陷入了沉睡。可我没想到的是，司命星君找到了我。他将思凡为我塑造好的身体舍去，为我写了一个新的命运，于是我转世成了桉笙。

一幕幕过往，一种种心酸。我从回忆里挣扎出来，凝视着夜寥，他也正在看着我，神色似乎有些悲伤。

"你是不是想起了什么？"他小心翼翼地问道，"我的艾草回来了吗？"

我闭上了双眼，眼泪从眼角滑落："夜寥，已经没有艾草了，我是桉笙。"

夜寥苦笑道："我知道我有个情劫，只是没想到历情劫这样痛苦。桉笙，你需要我做什么？"

天空中突然下起了蒙蒙细雨，淅淅沥沥，沁人心脾。我张开手掌，接住雨滴，满目哀伤。

"天河怎么会下雨？桉笙，我们回去吧，你的身体太弱了。"

我摇了摇头："他哭了。"

"他？"

我笑了，握紧了手里的淡黄色玉石，它慢慢地和我的身体融合，变得很小很小。

"你可曾见过天河下雨？"

"我家门都没出过几次，还未去过天河。"

"你若是见到四海八荒无一处不下雨，那便是我哭了。只怕你见不到那一日。"

思凡，我已经见到了这一日，你为何落泪？

我扭头对夜寥笑了笑："夜寥，凡间的那间酒肆，我们一起埋下的桂花酿，一起去挖出来喝了可好？然后……就忘了彼此吧。"

"好。"

桂花曾经是我最喜欢的，长守山的那一棵桂花树是我们三人亲手种下的，温泉水灌溉却是思凡想的法子。我那时候总是一时兴起，他都当成了真。这么多年来，思凡，我已经无法让你走出去了，可是我也不能让你牺牲最后一条性命。你

那样深爱艾草，就让我彻底变回艾草吧。我同夜寥痛饮了那一坛桂花酿，他答应了我最后的请求。

我要变成艾草，请求他将我冰封陷入沉睡，等他寻找到艾草最后的记忆碎片，再让我醒来。我要第一眼见到的人是思凡，我要夜寥从此以后再不出现。思凡给了续命八世，我还他一个完整的艾草，如此是不是也算两不相欠？

桉笙桉笙，如何安生？从此以后再无桉笙。

我最怕水，因为我是纸做的。我躺在冰冷的水晶棺里，夜寥将我的身体一点一点封印，我能想起越来越多曾经三人的过往。

"桉笙，再见了。"夜寥在我耳边轻声说道。

我闭上了眼睛，他将我封印。我如何不知我伤害了夜寥，可是感情这种事，三人拥挤，总要对不起一个人的，而我选择了你。

"对不起。"

夜寥放声大笑，然后咳出了血，喷在了封印我的冰块上，触目惊心。我渐渐睡去，昏昏沉沉。

没多久我听到有人在我的耳边怒吼，用力地砸我身上的冰块。

他说："你为何这么蠢？我已经想到了解决的办法，桉笙，你为什么不肯等我？为什么不好好待在夜寥身边？为什么要冰封？为什么不相信我？即便是我把这条命给你，天地孕育万年，我仍然可以重生，我还是可以站在你的面前，从他手里把你抢回来，为什么不能等等？桉笙，你这个蠢货！"

他说："我如今自私得很，我已经舍不得把你变成艾草，可是你的身体已经不允许你以桉笙的身份存活。我只能让你离开我，我们在一起那么多世，你每次

离开都有话留给我，你说你不喜欢什么样子，那么下辈子我就不会变成什么样子。可是这一次，你为何一句话都没有说？"

"桉笙，你是不是打算再也不见我、不认我了？"

"桉笙，我把桉笙弄丢了……"

百年之后。

当我醒来，我浑身的骨头都要散掉了，这一觉简直是睡死过去了。这一百年来发生了太多的事情，信息量大得我险些无法接受。

我们寻找了多年的最后一片碎片，竟然在铸剑上神献上他闭关铸造的绝世神兵之后找到。原来当年他奉命铸剑，剑灵便是艾草和夜寥夭折的孩儿。而艾草当时伤心欲绝，又思念孩子，就有一部分的记忆碎片飘去了铸剑台，化身为盘龙剑穗陪伴着剑灵。

听说瑶沁公主和妖界大太子在去年完婚了，然而婚后一个月，瑶沁公主就因为驸马太唠叨，每天都觉得有上千只蚊子在自己耳边嗡嗡作响，最后实在受不了，再一次历劫去了。

听说神界在夜寥的管理之下，有了质的飞升。治安好得不得了，井然有序，已经到了夜不闭户路不拾遗的状态，再也没有人去太上老君那里坑蒙拐骗了。

但是我觉得夜寥非常不靠谱，他当初答应我让我醒来看见的第一个人是思凡，可是现如今，我醒来看到的第一个人竟然是神界第一大八卦——司命星君。不，应该是前任司命星君，现今的司命帝君了。

他趴在我的水晶棺前，笑嘻嘻地看着我："好友啊，你终于醒了！可了不得了，你们家思凡也要冰封了呢，你们俩一个赛一个，有趣啊！"

"你在说什么？"

他咧嘴笑道："哎呀，没想到你今天醒呢，我和苏音明日成婚，你可别忘了送礼啊。"

我从水晶棺里跳出来，揪住他问道："你刚才到底在说什么？思凡怎么了？"

"哦，他要冰封呀！真不是我说他，神君大人也太智硬了。他居然想找齐艾草的记忆碎片，将你变成艾草，让你跟艾草心爱的夜寥在一起。"司命叹了口气，又说，"神君以为你这具身体不堪重负，就要垮掉了，只有让你变回艾草才能活下去。殊不知，他给你续命那么久，早就改变了这一切。"

"那他呢？我离开他，他又怎么办？"

"他打算沉睡在自己布的回溯法阵当中，跟百年前的桉笙的幻影厮守一生。你说他这种智商，到底是怎么创世的啊？他就不知道等我回归神位之后，问问我吗？我给你改了命格之后，你就是你，不会丧失有关桉笙的一切品质，包括愚蠢。"司命说完就捂住了自己的嘴，"哦，我刚才是不是说神君智硬来着？罪过啊！"

我顺手揪住了他的领子："跟我去找思凡，阻止他，解释给他听。"

"不去，我这刚回到神界，还得回家看看你师兄呢。"

我眯了眯眼睛："那我就告诉思凡，你说他智硬。"

"去去去！"

天宫之中遍寻不到思凡的踪影，司命好几次都抱怨自己是个文官，飞行速度已经是极限了，比不得天君夜寥。可是夜寥已经遵守承诺，此生永不相见，我自然不好去找他帮忙。我们将雪海涧翻了个遍，渊浊也不知道思凡的下落。

"你不是会算吗？你给我算算思凡在哪里？"我抓着司命病急乱投医。

他向我投来了一个"你是神经病"的眼神："神君如果不想被人打扰，那就肯定没人知道他在哪里。就如同他上一次沉睡了百年，也没人找到他。"

渊浊若有所思道："也不能说没人找到，爷睡着睡着，就被桉笙抓走了。"

我一怔，司命侧目看我："好友啊，你当真勇猛！"

清鸾山！他一定在清鸾山。

百年不见，清鸾山似乎变了样子，又似乎没有改变。我阿爹一家已经不住在这里了，听说阿爹升官了，被外派到一个风景秀丽的地方安度晚年。

"思凡！"我一路狂奔，司命和渊浊紧紧地跟着我。

我进了清鸾山的大门，他们却被拦在了外面，一道无形的屏障将他们隔离。

渊浊面上一喜："这是爷的结界，他一定在这里！桉笙，靠你了。"

司命在一旁抱怨了几句："神君竟然只允许你一个人进去，好歹我们也算相识啊！"

我冲渊浊点了点头，直奔青鸾山顶。

小药炉四周有法阵加持，金光闪过，寒意四起。我来不及多想，直接将门撞开，思凡正躺在我的摇椅上，身体慢慢地结冰。他紧闭着双眼，手上抱着的是一个泥制的花盆，便是我曾经栖身过的地方。他唇边带着一丝笑意，仍旧那样风华绝代。

"思凡，你起来！"我冲他大吼。

他微微蹙眉，庆幸他还没有封闭五感。

"你就这么丢下一切吗？思凡，你起来！"

我冲过去，抱住他的身体剧烈地摇晃，思凡无奈地睁开眼睛看了看我，笑了

笑："艾草，好久不见。"

我的眼里蓄满了泪水，强忍着问他："好久不见，思凡，这是要做什么？"

"去见一个我令我愧疚之人，伴她左右。艾草，你既然醒了，快些去找夜寥吧，他这些年来一直都在等你。"他拍了拍我的手，似乎想让我放手。

我如何能放开他？我问："夜寥在等我，那你呢？可是在等艾草？"

"你我永远是至交。"

"仅此而已？"

"自然。"

"是不是因为义气，你才选择放手？"

思凡看着我笑了，难得释怀："早些年，我也以为如此，后来不得不让她消失，我才明白过来。过往的万年陪伴比起她短暂的陪伴，竟然变得模糊起来。这些年我时常后悔，当初或许不该用那么激烈的方式让她离开，她虽然脑袋不聪明，可总还是讲道理的，我同她说明白一些，也好过遗憾一辈子。"

"神君也会遗憾？"

"相守的日子本就不多，我当初为何要浪费？艾草，你以后好好珍惜眼前。去吧，再也不要来了。"思凡缓缓闭上了眼睛，他的身体继续结冰，并且比方才的速度还快了一些，眼看着就要淹没他的心脏。

一阵利器入血肉的声音响起，阻止了他的身体继续结冰。思凡睁开眼睛，震惊地看着我。

我拍了拍手，说道："你别看这血肉模糊的，但刚好避开了你身体的要害。这可是神君当初教我的，如今总算用上了，我的刀法如何？"

"你……桉笙？"

"神君，我看你伤势不轻，可需要一个大夫？在下刚好是天下第一名医。"

当今天君继位已有百年之久，可迟迟没有立后的迹象，这天君不娶妻，臣子们又有哪个敢明目张胆地娶老婆。一时之间，大家伙为了表示衷心，都甘愿陪着天君打光棍。久而久之，朝堂之上光棍的怨念极深。

但是这股怨念在某位身份更高贵的神君宣布成亲之时，一下子烟消云散了。大家伙纷纷前去道贺，并且在暗地里抓紧时间娶个老婆。美其名曰，神君选定的大婚日子必定是千载难逢的好日子，大家可万万不可错过。

一时之间，月老忙得天昏地暗，险些吐血告老还乡。

但实际上，在思凡追问我什么时候成亲的时候，我只是刚好困了，手落在了皇历上，他便选了这一天成亲。

然后问题接踵而来。

因为皇历上分明写着：今日宜动土，忌嫁娶。

"怎么办？"我问道，"不然改一天？"

思凡坚决反对："你选的日子，为什么要改？"

我又不好说，我那时候太困了，随便一指。我若是说了，他肯定要骂我了。

"没关系，我去找你师兄，他堂堂司命星君，掌管天下命数，把一个忌嫁娶改成宜嫁娶，那还不是小菜一碟？"

我一怔，赶紧摇头："你这办法固然是好，但是随便改星辰命数什么的，太损害师兄的身体了。"

思凡顿了顿，说道："那我去找司命帝君来改好了，他皮糙肉厚，不怕这个。"

我甚是赞同："给神君点赞！"

远在百里之外的司命听说之后，跳脚狂骂："老子舍其自身成全你们，你们居然这么坑我？交友不慎啊！"

筹备婚礼这种事向来麻烦，思凡却凡事都要亲力亲为，我能躲则躲。他简直就是魔障了，成亲用哪里产的干果这种小事，他都要拉着我说上很久，哪里还有当初霸气十足的神君模样。

躲来躲去，我就躲到了战神醒醒那里。她听了我的诉苦之后，跟苍衣大吵了一架，理由是当初成亲都是外包的，苍衣竟然不亲自动手。两人吵了几句之后大打出手，我瞠目结舌，茵沫飞奔而出，一脸的兴奋。

"你好像很高兴？"

茵沫点点头："来来来，下注了啊，我爹娘谁能赢，买定离手！"

我汗颜。

恰好有仙婢来报，魔界新任魔君来访，这才让那两个正在过招的人停下来。我很少同外界打交道，当看到新任的魔君之后，着实震惊了。

我怎么也没想到，灵重雨已经从玲珑塔里出来了，并且当上了魔君。并不是之前呼声最高的魔族大公主灵重雪继位，而她此行一是拜见天君，二是来叙旧。她已经完全不是我记忆中的模样了，她成熟稳重，举手投足之间都有了帝王的气场。

她离去之时，我终于忍不住叫住她，问道："你可还记得知颜？"

她微微一愣："知颜是谁？我从玲珑塔里出来之后历了天劫，记不得过去的事情了。他可是我的旧识？"

我摇了摇头："我记错了，你们并不相识。"

我问："思凡，你到底喜欢我什么？"

思凡说："我也不知，或许是因为你蠢吧。"

"你是不是有病才会喜欢别人蠢？"我恼怒了。

思凡也恼火了："如此说来，好像也没什么特别喜欢的。"

"那不成亲了！"

"爱你，爱死你了，你是天底下最聪明的人！其他人跟你站在一起，都是智硬！"

我嘿嘿一笑，我已长发及腰，神君娶我可好？

九月初六，神君思凡娶亲，天君夜寥依约永不相见。

魅丽优品

新会员招募令

致亲爱的你：▶▶

魅丽优品网络平台会员大征集！

每月， 史无前例的丰富新人大礼免费送上；

每周， 粉丝活跃大奖不定期发送；

每天， 海量新书、精彩试读、有奖互动！

总有一款
给你
带来惊喜！

现在， 请扫一扫以下二维码，你就能立即加入Merry大家庭，和我们一起畅享快乐文字和精彩活动。

★ 扫一扫，发送#新会员#，即可100%中奖。

魅丽优品贴吧二维码

魅丽优品微博二维码

魅丽优品微信二维码

瞳文社贴吧二维码

瞳文社微博二维码

瞳文社微信二维码

世界尽头等到你

一见少年，误终生
《世界尽头等到你》终倾城

往后十年，皆因他爱她。

他陪着她长大，这个站在巷尾的诗意少年，是她绚烂青春里最后的救赎。他陪她青春无双，领着她见识不一样的天地，让她摆脱了一切阴暗伤感的影子，只有青春与激情。他陪她走到世界尽头，即便心如死灰，此生终负……然而，这些都比不上，终有一天会失去爱的人那样让人绝望。

🍒 初见他，是因为一张照片。

他黑发微曲，面容静美。如果不是他穿着西方骑士服，眉目间有种夺人的英气，简直要怀疑他是个女孩。在那最孤冷和寂寞的孩童时代里，他突然成为了她最大的希望——等大洋彼岸的他回来，成为她唯一的朋友。

那年，她十岁，他不曾知道有人等他。

🍒 再见他时，是因为《三国志》。

坠水柳枝绿芽萌发，风声过耳，少年的眉头平和，是少年独有的清正明朗。他字正腔圆，枯燥而乏味的古文被他念得别有味道，让她也不由得附声念道："策英气杰济，猛锐冠世，览奇取异，志陵中夏。割据江东，策之基兆也……"

那年，她十四岁，他已归来，一眼便记住了她。

多少年后，她才明白——初初开始，一见少年，误终生。世界尽头，终倾城。

书名：《世界尽头等到你》

作者：青林之初　　上市时间：已上市　　定价：24.80元

内容简介：

乔萝因母亲的再婚而进入新家庭，但因与继父的女儿乔欢不合，并间接导致乔欢受伤，母亲只好将她送去江南小镇青阖与外婆生活。在那段孤单的岁月里，乔萝遇见了古镇少年秋白。然而，来之不易的年少缘份，却因秋白的不告而别戛然而止。在等待秋白的岁月里，少年江宸来到了乔萝身边，他陪她一起长大，一起走过青春无双，却终究抵不过岁月的细碎流光……